주인공의
여동생이다

주인공의 여동생이다 6

안경원숭이 장편소설

초판 1쇄 찍은 날 | 2021년 4월 23일
초판 1쇄 펴낸 날 | 2021년 4월 30일

지은이 | 안경원숭이
펴낸이 | 권태완 우천제

편집책임 | 박은정
편집 | 박가연 심성경 유안진 손혜진 장현아 이예린 정나래

펴낸곳 | (주)케이더블유북스
등록번호 | 제25100-2015-43호
등록일자 | 2015. 5. 4
WFN | 제3-072호

주소 | 서울특별시 구로구 디지털로31길 38-9 에이스테크노타워 1차 401호
전화 | 02-867-4626 팩스 | 02-866-4627
E-mail | cl_production@kwbooks.co.kr

ISBN 979-11-293-7675-6 04810
979-11-293-6235-3 (set)

주인공의 여동생이다

안경원숭이 장편소설

6

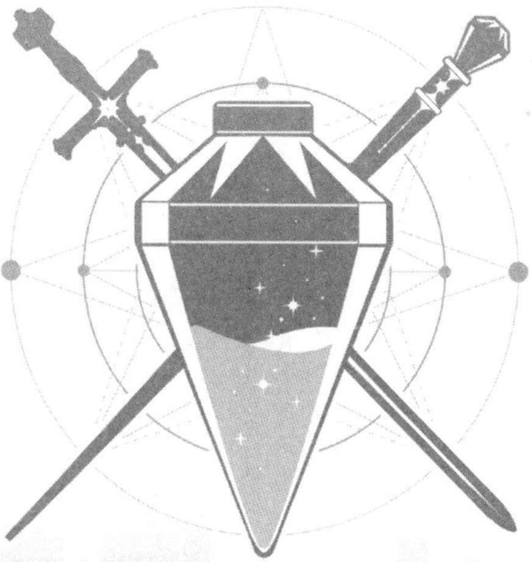

위치북

CONTENTS

외전 12. 이상한 나라의 양아치 (2)

눈보라 치는 설산의 정상은 맑았다. 눈도 쌓여 있지 않은 돌바닥이었기에 이보배와 이한생은 첫째와 둘째의 등에서 내려왔다.

마력의 흐름대로라면 정상에 균열 보스나 균열 핵이 있어야 한다.

실제로 설산 정상엔 균열 보스가 있었다.

보스인 설원 고릴라뿐만이 아니었다. 균열에서 등장하던 모든 종류의 몬스터의 사체가 작은 동산처럼 쌓여 있었다.

몬스터 사체에서 흘러나온 피가 고여 작은 피 연못을 만들었다. 그리고 얼어붙은 피 연못의 위엔 제단이 있었다.

정상의 돌을 잘라 만든 제단에 제물이 올려져 있었다.

이해기가 출구에서 발견하지 못한 노블레스 길드원이었다.

'다들 아직 살아 있다.'

제단의 앞에서 지독히 사악해 보이는 괴물이 몬스터 사체를 찢어 제단과 제물에게 뿌리고 있었다.

등을 돌리고 있기에 앞모습은 보이지 않았다.

괴물은 직립보행했고 등엔 나방 날개 비슷한 것이 달려 있었다. 머리에도 나방과 비슷한 더듬이가 있었지만 전체적인 실루엣은 인간과 비슷했다.

나방 괴물이 타락한 마기의 근원지였다. 나방 괴물은 피를 뿌리고 사체를 찢어 갈기며 귀에 거슬리는 소리를 냈다.

"끼륵, 끼르르륵, 궭괋맑휐."

살면서 한 번도 들어본 적 없는 기괴한 소리였다. 계속 듣고 있으니 마치 노래나 주문처럼 들렸다. 아니, 주문이 맞았다. 주문이 맞다는 확신이 들었다.

'제물을 바치면서 주문을 외우는 건가?'

제단에 제물을 올리고 피를 뿌리며 주문을 외운다.

화르세인지가 혐오하던 흑마술사와 비슷했다.

"흐읍."

이한생은 평생 잊을 수 없는 끔찍한 광경을 견디지 못했는지 헛숨을 들이켰다. 그 소리를 들은 나방 괴물이 몸을 돌렸다.

그건 인간과 나방의 혼종처럼 보였다. 파리 인간이 등장하는 고전 공포 영화가 절로 떠올랐다.

"저게 뭐야!"

인간은 추악한 괴물보다 인간을 닮은 괴물에 더 혐오감을 느낀다.

이한생이 기겁했고 이보배는 급히 〈관찰〉 스크롤을 찢었다. 이보배가 가진 것 중 제일 비싼 A 등급 관찰 스크롤이었다.

[타락한 나파키토]

–Lv.100 이상

–악신 ???의 광신도

이보배가 나방 인간의 정보를 확인하면서 동시에 새로운 알림창이 떴다. 퀘스트 완료 알림이었다.

[〈오염된 마력의 진원을 파악하시오〉 퀘스트를 완수했습니다.]

[보상으로 진짜마지막최종파이널라스트엘릭서 레시피 조각(0.001%)을 지급합니다.]

퀘스트를 완수했지만 이보배는 웃을 수 없었다. 추정 레벨이 100 이상이어서가 아니다. 이보배가 주목한 건 '광신도'였다.

누군가 그랬다. 종교야말로 문명의 상징이라고. 이제까지 균열에서 등장한 몬스터들에겐 문명이 없었다. 전략과 전술, 마법을 쓰고 무기를 사용하긴 했다. 하지만 게임 속 AI처럼 그것들에겐 자아가 없었다.

광신도에게 자아를 찾는 것도 우습지만 이보배는 긴장했다. 물론 게임 속 NPC 중에 광신도가 있듯 저 광신 또한 설정에서 끝날 가능성도 있다.

하지만 이보배는 직감했다. 저건 '진짜'라고.

타락한 나파키토는 이씨 사남매를 알아챘으면서 바로 공격하지 않았다. 그것은 입으로 보이는 것을 움직여 소리 냈다.

"끼릭끼릭."

몬스터를 찢으며 주문을 외울 때와 울림부터 달랐다. 타락한 나파키토가 말한 것이다.

"몬스터가, 말을 해?"

비록 언어가 달라 그 뜻은 이해할 수 없더라도 타락한 나파키토가 먼저 이씨 사남매에게 말을 건 것은 틀림없었다.

타락한 나파키토는 어쩐지 기뻐 보였다. 나방을 닮은 얼굴인데 이상하게 감정을 알 수 있었다.

타락한 나파키토는 이씨 사남매를 환영하듯 세 쌍의 다리 중 두 쌍을 활짝 벌렸다. 제단에 바쳐진 제물만 아니었더라면 균열 내 문명인과의 조우라고 할 법한 기념비적인 사건이었다.

"꺄륵꺄륵."

마왕을 쓰러뜨리고 시공간을 거스른 회귀자조차 처음 겪는 상황에 놀라 선불리 움직이지 못하는 때, 맏이인 이귀한이 무언가 떠올랐는지 입을 벌렸다.

"생각났다."

"형, 짐작 가는 게 있어?"

이귀한은 대답 대신 감춰둔 힘의 극히 일부를 드러냈다. 그러자 몬스터가 말한 것보다 더 놀라운 일이 벌어졌다.

타락한 나파키토가 입을 쩍 벌리더니 황급히 무릎 꿇은 것이다.

타락한 나파키토는 검은 돌바닥에 거칠게 머리를 박았다.

한 번이 아니다. 두 번, 세 번, 열 번, 수십 번.

이귀한이 멈추라고 할 때까지 계속 박을 기세로 맹렬히 절했다.

"궯궕맡퀫! 궯궕맡퀫! 궯궕맡퀫! 궯궕맡퀫!"

이귀한은 광기마저 느껴지는 타락한 나파키토에게 시선 한 번 돌리지 않고 무시했다.

"집에 오는 길 찾느라 다른 세계 돌아다녔다고 했잖아. 직전에 있던 세계에서 뿌셔뿌셔 하다가 뭔가 느껴져서 바로 여기에 왔는데, 거긴가 보다."

세계 여럿 부수고 온 대마왕은 직전에 부수다 만 세계

가 있다며 타락한 나파키토를 가리켰다.

"그래도 절반은 뿌셔뿌셔 했던 거 같은데. 용케 살았네?"

"궦꿿맕휈!"

타락한 나파키토는 이귀한이 다가오자 더욱 몸을 떨며 맹렬히 절했다. 이귀한은 '와~ 대단하다~' 하고 감탄하더니 타락한 나파키토의 머리를 밟아 부쉈다.

"궦꿿. 끼에엑!"

타락한 나파키토는 광신하던 악신의 발에 밟혀 절명했다.

이귀한은 룰루랄라 콧노래를 부르며 눈 쌓인 곳으로 가 발바닥을 비벼 타락한 나파키토의 잔해를 닦았다.

"사건 해결! 집에 가자!"

이귀한이 활짝 웃었다. 이해기는 형의 웃는 얼굴을 보고 부들부들 떨었다.

혹여나 또 다른 대마왕이 강림하려는 것일까.

혹시 이귀한이 무의식중에 파괴 충동을 참지 못하고 힘을 뿌린 것은 아닐까.

혹시 이 세계가 반파되는 게 막을 수 없는 숙명이면 어쩌나.

마기를 발견하고부터 모발이 소실되는 느낌이 들 정도로 마음고생 했다.

그렇게 심력을 낭비한 일의 원인이 큰형이었다는 소식에 이해기는 멱살부터 잡았다.

"그러니까. 이 모든 일이 형이 원인이라고?"

"나는 모름. 얘가 나빠."

"이 새끼가, 공포에 미쳐 형을 신으로 모시는 이 새끼가 형 따라서 여기로 넘어온 거잖아. 그렇지!"

"나는 모름."

"저 새끼가 외친 이상한 말이 '천마강림 만마앙복!'이나 '이야이야 크툴루파탄!' 뭐 이딴 거란 얘기잖아!"

"나는 모름."

"애초에, 어떻게 차원 이동한 거지? 검성도 제자를 제물로 바쳐 간신히 이동했는데."

"균열은 이미 구멍 난 차원 벽에 허술하게 들러붙어 있는 잔재니까. 거기로 이케 이케 비벼서 들어오면 쉽지롱!"

이해기의 눈이 경악으로 물들었다.

"그럼 앞으로 이런 새끼들이 더 올 수 있단 얘기야?"

"나는 모름."

"놀리지 말고 제대로 말해! 전부 형 때문이잖아! 미쳤어? 아직 정화수도 없는데 어떡할 거야, 어떡할 거냐고!"

"이미 벌어진 일인데 어쩔 수 없잖아. 진정하고 저 사람들부터."

"가까이 가지 마!"

이보배가 제단에 쌓인 노블레스 길드원을 챙기려 하자 이해기가 고성을 질러 막았다.

이보배는 깜짝 놀라 제자리에 멈췄다.

"지금 저기 있는 마기는 네가 감당할 수준이 아니다. 한생이도 거리 벌려."

타락한 나파키토의 마기는 이귀한의 마기에 비할 바 못 되었다. 다만 타락한 나파키토가 악신을 위해 의식을 치르던 중이었다는 게 문제였다.

미약한 마기도 모이면 짙어진다. 타락한 나파키토가 오염시킨 몬스터들을 잔인하게 죽이고 기괴한 주문을 외운 결과, 제단과 제물에 상당한 양의 마기가 고였다.

마기에 저항하지 못하는 사람은 단숨에 타락시켜 광인으로 만들 수 있을 정도였다. 육신은 죽지 않겠지만 정신적으로 죽는 것이나 마찬가지다.

멀쩡한 사람이 접근만 해도 그렇게 될 텐데 마기의 가운데에서 제물로 바쳐지던 노블레스 길드원들은 어떨까?

"이미 늦었다. 차라리 이대로 죽는 게 나아."

"그럴 수가……."

이보배는 망연자실하고 이한생은 눈살을 찌푸리고 제단을 보았다.

몬스터의 피를 뒤집어쓴 노블레스 길드원들은 간신히 숨을 이어가고 있었다. 의식 없는 그들은 그저 다치고 도움이 필요한 사람처럼 보였다.

이보배가 다시 작은오빠를 설득하려고 하자 이해기가

고개를 저었다.

"당장은 멀쩡해 보일 거다. 하지만 이미 늦었단다. 이성을 유지하고 지능이 있는 채로 인간 사회로 파고들어 더 큰 파괴와 살육을 위해 움직일 거다. 우정을 이용해 친구를 배신하고 사랑을 속삭여 연인을 죽일 거야. 모든 지성체의 타락과 생명체의 말살을 목표로 움직일 거다."

마기에 오염된 광인은 빠른 속도로 인간 사회를 좀먹었다.

갑자기 폭주하는 살인마는 차라리 기꺼웠다. 진짜 골치 아픈 적은 평범한 인간을 가장한 놈들이었으니까.

강해진 몬스터를 상대하는 것도 버거운 인류에게 내부의 적은 멸망의 단초였다.

인류는 그 위험을 극복하고 다시 번성하려는 의지를 다졌으나.

'형이 왔지.'

고향으로 돌아가 동생들과 만나겠다. 모든 걸 잊었으면서 '가족'은 잊지 않은 대마왕이 강림했다.

이귀한은 하늘에 지옥문을 드리웠고 인류는 희망을 버렸다.

이해기가 이해 불가능한 승리를 얻어 인류에게 미래를 선사했으나 그는 회귀했다.

모두 없는 일이 되었다.

이귀한은 억지로 차원 벽을 뚫으면서 세계를 반파하지

않을 것이고 이귀한의 강림으로 인해 균열에서 등장한 마기에 오염된 몬스터가 튀어나오는 일도 없을 것이다.

그러니 반드시 여기서 오염을 끊어야 한다.

노블레스 길드원을 죽이고 균열 핵을 파괴해 균열째 소멸시키는 게 가장 현명한 대처였다.

"보기 싫으면 눈 돌리고 있거라."

이해기는 제단으로 다가갔다. 그의 솜씨라면 그들을 의식이 없는 동안 고통 없이 보내줄 수 있었다.

"작은오빠, 꼭 그래야 해?"

"괜히 시간 끌어 깨어나면 보내주기만 어려워진다."

"그렇지만 거기 허누리도 있고……."

기껏 오빠들을 설득해 노블레스 길드원을 구하러 왔다.

한데 구해주지는 못할망정 죽여야 한다니?

균열의 날 이후 온갖 부조리를 경험했지만 이런 일은 처음이었다.

이보배는 제단으로 걸어가는 이해기를 붙잡았다.

"뭔가 다른 방법이 있을 거야. 관리국 지하에 격리해서 정화수 제작할 때까지 기다리게 하거나. 내가 노력할게. 현우가 만들었다며. 그땐 내가 없었으니까 둘이 같이 만들면 더 빨리 제작할 수 있어."

"저 정도로 마기가 침투하면 정화수도 소용없다."

"그럼 더 효과 좋은 정화수를 제작하면 되지!"

“정화수를 제작하려면 S급 균열에서만 나오는 재료가 필요하다. S급 균열이 등장하려면 몇 년 더 기다려야 해. 그동안 저 사람들이 버티지 못할 거다. 타락한 정신의 영향을 받아 육체도 변형될 거야. 괴물이 되는 거다.”

이해기가 용살검으로 노블레스 길드원을 가리켰다.

“마기에 오염된 괴물은 인간일 때보다 몇 배나 강하다. B급 헌터인 원범찬은 A급 균열의 보스 몬스터만큼 강해질 거야. 허누리는 또 어떠냐? 재능 있는 천재니 힘이 몇십 배는 증폭될 거다. 그런 괴물을 균열이 아니라 인간 사회에 둘 순 없다.”

“그렇지만.”

“보배야.”

이해기가 자신을 설득하려는 이보배의 말을 끊었다.

“이것만은 오빠가 양보할 수 없구나.”

이보배는 포기하지 않으려다 이해기의 얼굴을 보고 입을 다물었다.

이해기라고 좋아서 사람을 죽이기로 결심했겠는가.

이해기는, 이보배가 아는 이해기는 보기 드물게 선량하고 진솔한 청년이었다.

동생이 준 포션을 본인이 쓰기보다 다른 사람에게 양보하는 선인이었고 호인이었다.

그런 이해기가 죽여야 한다고 결정했다면 어쩔 수 없는

일이다.

“지금 저 사람들 죽이겠다는 거야? 도와주러 와놓고서, 위험하니까 죽이겠다고?”

이보배가 물러서자 이한생이 나섰다.

이한생은 크게 뜬 눈으로 작은형과 쓰러진 사람들을 번갈아 보았다.

이귀한이 사람들을 죽이겠다고 나섰다면 차라리 수긍했을 것이다. 그의 큰형은 오늘 하루 인간 같지 않은 모습을 정말 많이 보여주었으니까.

하지만 멀쩡해 보이던 이해기가 사람을 죽이겠다고 나설 줄은 몰랐다. 정말 몰랐다.

이상해진 세계에 적응하려 노력했지만 이한생의 윤리관은 여전히 균열의 날 이전으로 고정되어 있다.

그는 사람을 죽이겠다고 말하는 작은형을 이해할 수 없었다. 말리지 않는 동생도 마찬가지다.

이해기는 길고 긴 설명을 하려다 막막하여 그만뒀다.

이럴 땐 차라리 화르세인지가 편했다. 성신의 사랑을 받는 공자님은 마기와 상극이라 그게 얼마나 위험한지 잘 알았다.

“한생아, 어쩔 수 없다. 아까는 네 말이 옳았지만 이번엔 화르세인지도 찬성했을 거야.”

“돌았어? 죽어서 좀비가 된 것도 아니고 사람 좀 미쳤다고 죽이는 게 말이 돼?"

이한생이 거칠게 항의한 순간 그의 머릿속에 무언가 떠올랐다. 노블레스 길드원을 방치할 경우 벌어질 수 있는 여러 가능성이었다.

이한생은 시스템을 의심했지만 시스템이었다면 알림창을 이용했을 터.

그는 곧 깨달았다. 이건 그가 이미 알고 있으면서 모르는 지식이었다.

'화르세인지.'

이건 화르세인지의 지식이었다. 그 순간 강렬한 깨달음이 이한생의 뒤통수를 때렸다.

지금 이 자리에 있는 사람이 이한생이 아니고 화르세인지였다면 이해기는 손에 피를 묻힐 필요가 없다.

이상한 세계, 이상하게 바뀐 상식, 더 이상해진 가족들.

이 세계가 이상해졌기 때문에 이 세계의 신은 화르세인지 드 체키빙을 원했다.

무능한 주제에 반항적이고 할 줄 아는 것이라곤 욕설밖에 없는 이한생이 아니라 목숨을 걸고 피해를 막으려 한 정의로운 사람들을 구할 수 있는, 그런 능력이 있는 화르세인지를.

두 형과 여동생 사이에 치여 부모님의 관심 조금 더 받아보겠다고 반항아인 척하는 멍청한 이한생이 아니라 조금 늦게 철들었지만 종국엔 한 세계를 위해 스스로를 희생한 성자 화르세인지를 원한 것이다.

당연한 일이었다. 누구라도 이한생보다 화르세인지를 원할 것이다.

갑작스러운 깨달음에 이한생이 멍해졌다.

이해기는 동생이 살인이란 충격적인 사건에 놀랐다고 생각하고 후회했다.

“너희를 데려오는 게 아니었는데. 험한 꼴 보게 해 미안하다.”

“둘째야, 피 싫으면 내가 할게.”

이귀한이 이해기를 따라 제단으로 이동했다.

이해기는 가라앉은 눈빛으로 형의 호의를 거절했다.

“아니야, 형. 형 탓으로 돌리긴 했지만 따지고 보면 내 잘못이니까.”

타락한 나파키토는 이귀한을 쫓아 이 세계로 이동했다.

이귀한이 지금 시점에서 이 세계로 온 건 이해기가 회귀했기 때문이다.

사건을 거슬러 올라가다 보면 언제나 시작엔 회귀자가 있었다.

이해기가 알고 있던 대로라면 여기서 쓰러지지 않을 사람들. 하늘에서 강림한 대마왕과의 결전에서 함께 싸운 허누리의 삶이 이렇게 틀어져 버렸다. 모두 이해기의 탓이다.

"큰오빠 힘이면! 큰오빠가 거둬갈 수 있는 거 아니야? 아니면 흡수한다든가."

"생기랑 영혼도 같이 빨려."

이귀한은 파괴 전문이라 그 외 영역은 서툴렀다.

시도야 얼마든지 할 수 있지만 결과는 반드시 안 좋을 것이다. 그가 재앙이기 때문에.

"아무리 생각해도 말이 안 되잖아. 다 죽어가는 사람들 구해주러 와놓고서 죽이겠다는 게."

"한생아."

"아니, 그러니까."

부모의 관심과 사랑을 얻기 위해 시작한 반항이었지만 한평생 해왔기 때문일까.

이한생은 여기서도 형의 결정에 어깃장 놓길 그만두지 못했다.

나름의 명분은 있었다. 아무리 세상이 뒤집어졌어도 형이 사람을 죽이려고 한다?

돌아가신 부모님을 생각해서라도 말려야 한다.

"내가 전환하면 되잖아, 시발. 화르세인지랑 바꾼다고! 그럼 되잖아!"

이한생 딴엔 작은형을 생각해서 내린 결정이었지만 남동생에게 마음의 빚이 있어 아예 무시하지 못하던 이해기가 정색했다.

"너 방금 뭐라고 했냐."

"바꾼다고 했다, 왜."

"막내 오빠!"

놀란 건 이보배도 마찬가지였다.

실랑이하는 두 오빠를 보며 어쩔 줄 몰라 하던 이보배가 이한생의 두 손을 잡았다.

그녀 눈에는 보이지 않는 전환 버튼을 누르지 못하게 하기 위해서였다.

"내가 그러지 말랬지!"

"시발, 더러운 마력인지 뭔지가 문제라며. 근데 화르세인지는 그거 정화할 수 있잖아. 바꿔줄게. 어차피 화르세인지랑 나랑 차별도 안 한다며. 바꿔도 상관없네."

오염된 마기에 중독된 사람들을 죽이는 이야기가 어째서 이한생-화르세인지 전환으로 튄단 말인가.

이해기는 절대 이해할 수 없는 논리의 비약이었다.

이해할 수 있든 없든 전환만은 막아야 한다.

이해기는 저도 모르게 뒷목을 잡았다. 흘깃 이한생의 뒤를 보니 이보배도 뒷목 잡고 싶은 얼굴이었다.

이한생의 손을 붙들고 있지만 않았더라면 잡고 쓰러졌을 것이다.

"막내 오빠, 그러지 말고 이쪽으로 와봐. 아마 제단이랑 가까워져서 나쁜 생각이 들고 그랬나 본데."

이보배는 이한생의 두 손을 잡고 뒤로 질질 끌었다.

이한생 입장에서 화르세인지와 전환하는 건 자살과 비슷하다. 그걸 알고 있고 전환할 마음 추호도 없다던 사람이 갑자기 왜 이러는지.

"이거 놔라."

"못 놓지."

이한생은 반항했지만 체중까지 실어 질질 끄는 각성자 이보배를 당해내지 못했다.

'확 기절시켜 버려?'

쓸데없는 생각 하지 못하도록 또 수면 가루를 뿌려야 하는가.

고민하던 이보배의 뒤꿈치가 무언가를 밟았다.

뒤를 보지 않고 이한생을 질질 끌다가 타락한 나파키토의 신체 일부를 건드린 것이다.

타락한 광신도지만 시체를 밟는 건 내키지 않았기에 이보배는 발을 옮기려 했다.

타락한 나파키토의 머리 없는 시체가 세 쌍의 다리를 파닥인 건 찰나였다.

이보배는 이한생을 끌어안고 주마등을 보았다.

행복했던 어린 시절, 끔찍했던 대피소 생활과 막막하고 갑갑했던 20대. 큰오빠가 돌아왔고 작은오빠가 각성했고 막내 오빠가 깨어났다. 그리고 진짜 막내 오빠가 돌아왔다. 이제 정말 행복하게 사는 일만 남았다고 생각했는데.

'이렇게 죽냐고!'

이보배가 눈을 질끈 감는 것보다 타락한 나파키토의 다리가 빨랐다.

뾰족한 가시가 솟아난 다리가 이보배의 몸을 반으로 갈랐다. 이보배의 몸에서 영롱한 금빛이 번쩍이더니 치명적인 공격을 흡수했다.

콰아앙!

바닥에서 검은 송곳이 솟아올라 타락한 나파키토의 몸을 꿰뚫었다.

타락한 나파키토의 사체는 뚫린 부위에서 악취를 내뿜는 검은 연기를 내보냈다. 그러다가 점차 하수구 오물 비슷한 것으로 변해 흘러내렸다.

"어버, 어버버버."

죽을 뻔한 이보배는 영혼이 빠져나갈 정도로 입을 크게 벌렸다.

같이 놀란 이한생도 마찬가지로 숨을 헐떡였다.

"보배야, 한생아! 괜찮니?"

순식간에 동생 둘을 잃을 뻔한 이해기가 놀라서 다가왔다.

이해기는 놀란 동생들의 뺨을 두드리고 다친 곳이 없는지 살폈다.

"안 죽었네?"

"어떻게 살았지?"

이보배는 자신이 살아 있는 게 믿기지 않아 제 볼을 쳤다.

짜악!

더럽게 아픈 걸 보니 현실이었다.

[치명적인 공격! 〈황금만능주의〉가 타락한 나파키토의 공격을 방어합니다.]

[소지금 확인! 방어 성공! 소지금에서 피해량을 차감합니다.]

"반지가, 날 살렸어!"

김율이 준 반지가 이보배를 살렸다.

이보배는 숨을 가라앉히기 위해 '으허허' 울면서 김율에게 감사 기도를 올렸다.

"아라크네에게 고맙다고 전해야겠구나."

동생들이 무사한 걸 확인한 이해기가 안도의 한숨을 내쉬었다. 그는 즉시 이귀한에게 항의했다.

"형, 왜 막지 않은 거야! 형이라면 보배가 맞기 전에 막을 수 있었잖아."

비상사태에 놀란 그의 머리는 평소보다 회전이 빨랐다.

이해기는 곧장 다른 가능성을 떠올렸다.

"아니지. 나방 인간이 죽었으면 시스템 알림이 형에게

떴을 테니 완벽하게 죽지 않은 걸 알고 있었을 테고."

이해기는 머릿속에서 떠오른 놀라운 의혹에 안색을 굳혔다.

"설마 일부러 방치한 거야?"

이해기는 동생들을 잡아끌어 본인의 뒤에 두었다.

막내와 셋째는 당황했고 둘째는 긴장했으며 첫째는 웃었다.

"내가 생각해 봤는데."

이귀한이 웃으며 동생들을 보자 이해기는 더욱 경계했다.

"셋째도 그렇고 막내도 그렇고 약해. 약해도 너무 약해. 둘째는 어디서 맞을까 걱정되진 않는데 그래도 약해. 어쩌겠어. 귀여운 동생들이니까 내가 지켜줘야겠다고 생각했거든. 그래서 계속 참았거든."

이귀한은 턱을 괴고 진지하게 고민하는 척했다.

"근데 얘를 봐. 절반만 뿌셔뿌셔 했어도 세계에 내 힘이 남아 있었잖아. 솔직히 못 버티고 다 죽었을 거라고 생각했다? 근데 살아 있네? 이렇게 강해져서 날 따라왔네?"

이귀한은 원을 그리며 느긋하게 걸었다.

"참기 싫은데 참는 건 너희가 너무 약해서 그렇거든? 너무 착해서 그랬거든? 근데 얘처럼만 강해지면 내가 안 참아도 되는 게 아닐까? 내가 이 세계를 신나게 뿌셔뿌셔 하고 다른 세계로 이동해도 너희가 얘처럼 따라오면 신나지 않을까?"

이귀한이 소풍 계획 짜는 어린아이처럼 활짝 웃었다.

그러나 지켜보는 이씨 삼남매는 웃을 수 없었다. 따라 웃기엔 말의 내용이 너무 무시무시했다.

"물론 너무 약하면 내 힘 받아들이기 전에 녹아 죽겠지. 근데 이 세계엔 빌런이 있잖아. 사람 잔뜩 잡아 와서 너희가 죽이게 하면 시스템이 빌런으로 바꾸고, 그럼 사람 죽일 때마다 레벨이 오르고, 그렇게 강해져서 내 힘을 받아들이고!"

이귀한의 얼굴에 웃음꽃이 만개했다.

"너희가 멸망한 세계에서도 생존할 만큼 강해지면 그때 세계를 부수자. 그땐 너희도 파괴가 얼마나 재밌는지 알게 될 거야."

이보배는 죽을 뻔한 공포에 벌벌 떨다가 죽음보다 무서운 공포에 전율했다.

"우리를 타락시키겠다고?"

"오래오래 같이 놀러 다니는 거야. 좋지? 백 년은 너무 짧으니까 여기 기준으로 천 년이고 만 년이고 계속 같이 놀 수 있어."

악마의 유혹은 언제나 달콤하다지만 이번 유혹은 달콤하지 않았다.

대마왕의 유혹은 짜고 쓰고 떫고 매웠다. 멀쩡한 사람이라면 도저히 받아들일 리 없는 제안이었다.

문제는, 이 악마가 유혹을 거부하는 이를 억지로 붙잡고 타락시킬 수 있는 대악마라는 사실이다. 힘으로 붙으면 백 퍼센트 진다.

이해기는 애써 입을 열었다.

“형 갑자기 왜 이러는 거야?”

“참기 시렁.”

“잘 참았잖아. 앞으로도 참을 수 있잖아.”

이해기가 미간을 찌푸리고 이귀한을 직시했다.

“고작 이러려고 돌아온 거야?”

친애하는 맏이에게 무슨 일이 있었는지 동생들은 모른다.

대체 무슨 일을 겪었기에 호인이던 청년이 인간에서 한없이 멀어진 부정 덩어리가 되었는지 그들은 모른다.

맏이가 일부러 말하지 않으니 동생들은 그저 상상하고 안쓰러워할 뿐이다.

분명히 고통스러웠을 것이고 동생들이 그를 기다린 시간보다 더 오랜 세월이 흘렀을 것이다. 그럼에도 이귀한은 스스로와 동생들을 잊지 않았다.

차라리 모두 잊고 참지 않으면 편해질 텐데 동생들이 보고 싶어 더 괴로워했다.

이해기는 그걸 안다. 22년 늦게 돌아온 이귀한을 목격했기에 이귀한이 그렇게 되기 전에 돌아와 얼마나 기뻤던가.

"기껏 돌아와서 우릴 타락시키겠다고?"

간단하게 생각해 보자. 살인과 출산 중에 어느 쪽이 더 쉬울까.

하나의 생명이 태어나는 것과 하나의 생명이 사그라드는 것. 어느 쪽이 더 쉬울까.

삶은 늘 그렇다. 옳고 바른 길을 지키는 일은 어렵고 나쁘고 그릇된 길을 걷는 것은 수월하다.

영웅이 되는 길은 멀고 험난하나 타락은 한순간이다.

이해기가 그러했듯이.

이해기의 등줄기를 타고 식은땀이 흘렀다.

"그치만 내가 이런 괴물이어도 괜찮다고 했잖아. 나도 너희가 어떤 모습이라도 좋아."

분명히 이보배와 이해기가 그런 말을 하긴 했다.

하지만 그건 이런 식으로 써먹으라고 한 말이 아니다.

"큰오빠, 그건 좀 아닌 것 같아."

이해기는 나서지 말라고 이보배를 압박했지만 이보배는 결국 그의 보호망을 뚫었다.

몸은 여전히 작은오빠의 뒤여도 목소리는 낼 수 있다.

"나는 정말 큰오빠가 큰오빠이기만 하면 괜찮지만, 큰오빠는 우리가 자아를 잃은 꼭두각시가 되어도 좋아?"

"그건 내가 잘 조절할게. 오빠 믿지?"

"정말 우리가 큰오빠처럼 되었으면 좋겠어? 아니잖아."

이귀한이 입술을 내밀어 오리 부리처럼 만들었다.

"너희는 너무 약해. 걱정하는 것보단 조금 맛이 가더라도 강한 게 안심돼."

일부러 우스꽝스러운 표정을 만들던 이귀한의 얼굴에서 감정이 사라졌다.

이보배가 심연을 보았기에 심연 또한 이보배를 응시했다.

"아니면 우리 막내가 한 말은 거짓말이었나?"

순간 이보배의 말문이 막히자 이해기가 나섰다.

"형, 그렇게 되면 보배가 때려도 더는 아프지 않을 거야. 그래도 좋아?"

"그건 쪼끔 슬프지만 대신에 같이 뿌셔뿌셔 하러 다니는 것도 즐거울 거야."

이귀한은 파괴신과 졸개들이 얼마나 즐겁겠냐며 무표정한 얼굴로 흥얼거렸다.

이보배는 진지하게 그를 설득했다.

"큰오빠, 난 그러고 싶지 않아."

"막내야. 세상일이 언제는 마음대로 되던? 억울하면 강해지렴. 여기서 깜짝 질문!"

이귀한은 느닷없이 질문을 던졌다.

"너희가 기억하는 나랑 지금 나 중에 어느 쪽이 좋아?"

그걸 질문이라고 하는가. 당연히 과거의 이귀한이 좋다.

인간이고 착하고 유쾌하고 책임감 있던 이귀한을 사랑했기에 지금의 이귀한도 사랑하는 것이다.

하지만 여기서 과거의 이귀한이 좋다고 해버리면 이귀한이 어떻든 괜찮다고 했던 말과 모순된다.

이보배가 바로 대답하지 못하자 이귀한이 숫자를 셌다.

“십, 구, 팔, 칠.”

‘뭐라고 하지?’

이 소통 불가 대마왕을 달래려면 무슨 말을 해야 할까.

이보배가 필사적으로 머리를 굴리는데 이귀한이 순식간에 남은 숫자를 셌다.

“육오사삼이일, 땡! 막내야, 늦었구나! 이런 쉬운 질문엔 망설이면 안 되지!”

“조금만 더 시간을 줘.”

“이미 끝났습니다. 이런 걸로 망설이면 안 되지.”

제시간에 답을 내지 못한 이보배는 어깨를 움츠렸다.

이해기도 언제든 동생들을 데리고 도망갈 수 있도록 경계했다.

이씨 집안 장남은 목을 베고 심장을 뽑아도 죽어주지 않으면 죽지 않는다. 죽어줄 의사가 없어 보이니 동생들을 피신시키는 게 급선무였다.

이한생은 급변하는 상황에 적응하지 못하고 형과 동생을 붙잡은 손에 힘만 주었다.

동생들이 긴장하든 말든, 무서워하든 말든 파괴신은 천하태평이었다.

무표정하던 얼굴에 감정이 돌아왔다. 이귀한은 배시시 웃었다.

“정답은 당연히 과거의 나야. 지금 나는 당연히 싫어해야지. 나도 내가 싫은데.”

이귀한은 애정이 듬뿍 담긴 목소리로 말했다.

“우리 막내 착해 빠져선. 이런 괴물도 오빠라고 좋아해줘서 얼마나 고마운지 몰라. 나도 막내가 어떤 모습이든 좋지만, 그래도 파괴신의 졸개 막내보단 포션 만들어주는 막내가 좋아!”

이귀한이 활짝 웃었다. 이 당연한 걸 왜 모르냐는 듯 동생들에게 훈계했다.

“그러니까 셋째야. 화르세인지도 좋지만 우린 네가 더 좋다.”

설산 정상의 차가운 칼바람 대신 묵직한 침묵이 휘몰아쳤다.

이해기는 부들부들 떨었다. 그러니까 이 모든 게.

“연기였어?”

전환 버튼 누르겠다고 난리 친 이한생의 마음을 돌리기 위한 이귀한의 계략이었다.

이귀한은 진지하게 V 자를 그렸다.

"멍청해서 귀여운 셋째를 위한 특별 서비스."

바짝 긴장했던 이해기의 어깨에서 힘이 빠졌다.

이해기는 이마를 짚고 이보배는 가슴에 손을 올리고 안도했다. 이한생은 다리가 풀려 털썩 엉덩방아 찧었다.

망연자실한 이한생에게 이귀한이 다가와 머리를 가볍게 두드렸다.

"우리 셋째는 멍청하고 무능해서 귀여워."

저런 괴물이라도 큰형이다.

이한생은 이귀한을 가족이라 말한 이보배를 이제야 이해했다.

이귀한은 무섭고 징그러운 괴물이지만 그의 큰형이었다.

술 마시고 놀러 다니기 좋아하던 모습은 온데간데없이 사라졌지만 그래도 그의 형이었다.

"난 너희가 인간이든 아니든 좋아할 거지만 그래도 인간인 너희가 더 좋아. 화르세인지든 한생이든 다 셋째지만 한생 셋째가 더 좋아."

이귀한은 검지를 입술에 붙였다.

"화르세인지 셋째에겐 비밀이다. 걔 삐치면 오래가."

이한생의 목이 메었다. 이한생은 억지로 목소리를 끄집어냈다.

"그래도 작은형보단 뒤끝 짧잖아."

"그건 그래. 뒤끝은 우리 둘째가 제일 길지."

"그러면서 끊기도 잘 끊잖아. 완전 뱀이라니까."

이한생이 너털웃음을 지었다.

이보배는 길었던 공방이 끝났음을 알았다. 이해기도 그리 생각했는지 실없는 농담을 이었다.

"야, 꼬리 끊는 건 도마뱀이지."

"도마뱀이든 뱀이든 뱀이지."

이한생은 전환 버튼을 누르지 않을 것이다.

'이걸로 다 끝나서 집에 가서 씻고 잤음 좋겠지만.'

현실은 그리 녹록지 않다. 노블레스 길드원은 아직까지도 살아 질긴 숨을 이어가고 있었다.

이귀한이 놀라서 감탄했다.

"와, 저게 사네."

이귀한이 작은 목소리로 혼잣말했다.

"일부러 시간 끌었는데."

남매끼리 말다툼하다가 노블레스 길드원의 숨이 끊어지면 이해기는 피를 묻히지 않아서 좋고 나머지는 이해기가 피 묻히는 꼴 보지 않아서 좋다.

악마 나름의 잔꾀였는데 승리한 건 악마의 마기였다.

이귀한의 타락한 마기가 노블레스 길드원의 숨통을 잡고 어떻게든 붙여두었다.

갈등이 하나 풀렸지만 사건은 원점으로 돌아왔다.

이해기가 묵묵히 제단으로 내키지 않는 발걸음을 옮기

려 하자 누군가 그를 붙잡았다.

돌아보니 이한생이었다. 이해기가 이번엔 정말 물러서지 않으려는데 이한생이 놀라운 말을 했다.

"내가 전환할게."

"막내 오빠!"

이보배가 비명 지르듯 이한생을 부르고 이귀한은 대놓고 기분 나빠 했다.

"형님의 특별 서비스를 개무시?"

"한생아, 우리 이 얘기는 끝났다고 생각했는데 아니었니?"

"끝난 게 맞아. 아까까진 그냥 재수 없고 열 받아서 지른 거면 이번엔 내가 생각해서 결정한 거니까."

"막내 오빠 미쳤어? 그걸 왜 결정해. 힘없어도 괜찮아. 애초에 화르세인지에게도 신성력 없어도 괜찮다고 했는데."

"알아. 화르세인지 그 새끼가 너한테 그 말 듣고 얼마나 감동했는지 모를 거다."

이한생도 알 턱 없건만 그는 아는 사람처럼 이야기했다.

"저 사람들이 걱정되어서 그래? 생판 모르는 남을 위해서 죽으려는 거야? 오빠가 언제부터 그렇게 착한 사람이었다고."

말은 그렇게 해도 이보배는 안다.

이한생은 착한 사람이다.

겁 많고 관심종자에 애정 결핍이지만 무서운 괴물로부

터 눈엣가시처럼 여기던 동생을 감싸는 사람.

정이 많고 눈물도 많고 다른 사람이 다치는 게 싫어서 때리지도 못하고 허세만 부리는 그런 사람.

다친 사람을 보고도 그냥 넘어가지 못하는 선인이다.

그걸 알기 때문에 이보배는 더욱 힘주어 말했다.

"그럼 이렇게 하자. 어디 지하실 만들어서 저 사람들 가둬두면 되잖아. 큰오빠랑 작은오빠가 경비 서면 되지. 저 사람들에겐 좀 미안하지만 몇 년만 기다리면 내가 정화수 만들게. 작은오빠가 도와줄 테니까 더 빨리 만들 수 있어. 그러니까 막내 오빠가 나설 필요 없어."

이보배는 이한생을 붙잡고 매달렸다.

이한생은 그런 이보배를 쳐냈다.

"족발 치워라. 재수 없다."

이한생은 건들거리면서 바닥을 걷어차려다 얼어붙은 피를 보고 곱게 발을 내려놓았다.

"솔직히 우리가 친하면 얼마나 친했냐. 소 개 보듯이 하다가."

"닭."

"그래, 소 닭 보듯이 하는 우스운 견원지간이었지. 내가 잠시 회까닥해서 구해줬다고 몇 년씩 병원비 대고 생활비 대주고 그럴 사이는 아니잖아, 솔직히. 형들도 그래. 돼지 새끼 예뻐하면 예뻐했지 날 예뻐한 적은 없어. 인정? 응,

인정. 반박 거절.”

이한생은 어떻게 말을 시작해야 할지 몰라 복잡한 머릿속을 정리했다.

이보배가 본 주마등, 그도 보았다. 차이점이 있다면 이한생의 주마등이 아니라 좀 더 과거의 기억을 본 것이다.

오늘 하루 벌어진 많은 사건과 주마등. 거기에 이귀한의 연기까지 보고 나니 대충 이한생의 안에서 결론이 났다.

이한생은 화르세인지와 전환할 것이다.

“난 말이야. 우리 집구석이 지긋지긋했어. 엄마랑 아빠는 형들이랑 돼지만 좋아하고 나는 찬밥이지, 저 돼지는 볼 때마다 시비 걸지, 형이라고 있는 새끼들은 지들끼리 죽 맞아서 나만 놀리고 장난치고. 진짜 지긋지긋하고 싫었다고, 시발.”

이씨 사남매는 모두 자기가 제일 불쌍하단 피해 의식을 갖고 있었다.

이한생이라고 다르지 않았다. 아니, 넷 중에 제일 심했다.

“근데 시발. 존나 웃긴 게 뭔지 알아? 적당히 부유한 집안, 무관심한 부모님, 나와 다르게 애정과 관심을 퍼 받는 형과 여동생, 이런 상황에서 쥐뿔 도움도 안 되는 무능력. 이게 모두 그 새끼가 바란 소원이라는 거야.”

성자 화르세인지 드 체키빙의 인생은 전형적인 영웅의 일대기였다.

시작은 망나니였으나 영웅이 되었고 결국 제 한 몸 희생해 성신의 세계를 지켰다.

성신은 총애하는 성자의 위를 올려 신격을 주려 했으나 화르세인지는 성자의 삶에 염증을 느꼈다.

그는 죽기 직전 성신에게 빌었다.

"다음 생엔 적당히 자식 많은 부잣집 막내아들로 태어나게 해주세요. 아, 남자만 있으면 삭막하니까 여동생은 하나쯤 있어도 괜찮겠네요. 얼굴은 지금도 만족하지만 다른 유형의 미남이면 좋겠고 체격도 좀 더 키워주세요. 한평생 큰 사건 사고 없는 지루한 인생이면 좋겠습니다. 능력도 필요 없어요. 그리고 마지막으로 신과 신성력이 없는 세계에서 태어나게 해주세요."

스스로를 희생한 성자를 안타까이 여긴 성신은 화르세인지의 조건을 모조리 들어주었다.

환생한 화르세인지는 원하는 것이 모두 충족된 세계에서 심심하고 무난하게 무병장수할 예정이었으나…….

"균열의 날이 터졌지. 성신의 예측이 백지장이 되면서 화르세인지가 받은 환생 특전도 엉망이 되었어. 본래라면 괴물에게 당해 그 자리에서 죽어야 했는데 쓸데없이 무병장수 특전을 받은 바람에 죽지 않고 버티게 된 거지."

"그럼 네가 신성력을 쓸 수 없는 것도."

"죽기 전에 빈 소원 때문이야. 망할 새끼가 신성력 지긋지긋하다고 징징거렸거든."

회귀자가 과거로 돌아와 미래를 위해 준비했듯, 시스템도 미래에 닥쳐올 위험에 대비해 준비했다.

화르세인지 드 체키빙이 그 준비의 일환이었다.

성신은 아끼던 성자의 환생 계획이 엎어진 걸 보고 안타까워 신성력 판매에 동의했고, 시스템은 환생 특전과 어긋나지 않도록 이한생이 아닌 화르세인지 드 체키빙을 깨웠다.

"공자님 기억이 열여덟 살까지밖에 없는 건 왜 그러는데?"

"딱 열여덟 살까지의 화르세인지는 머리가 텅텅 비었거든. 이후론 머리에 너무 든 게 많아서 막은 거겠지."

곰곰이 무언가를 생각하던 이해기가 입을 열었다.

"혹시 시스템이 형의 대항마로 너를 선택한 건, 네가 형의 동생이어서가 아니라."

"응, 그냥 신성력 쓸 수 있는 사람 찾다 보니 내가 걸린 걸걸."

이귀한이 동생은 건드리지 않으니 일부러 이한생을 대항마로 몰았다고 오지게 욕했던 이보배와 이해기가 침묵했다.

시스템을 욕한 게 아주 조금 미안했다.

"근데 막내 오빠. 그거랑 전환이랑 무슨 상관이야?"

"돼지 새끼가 성질머리는 멧돼지 같아 가지고. 계속 들어봐. 지금 난 굉장히 쓸모없는 인간이야. 그리고 전환 버튼을 누르는 게 내가 할 수 있는 최선이고."

"무슨 소릴 하는 거야! 살아서 밥이랑 산소 축내고 똥만 싸도 좋아!"

"그래, 한생아. 하루하루 똥 싸는 기계여도 형은 환영이다."

"아이 시발, 끊지 말고 들으라고! 내가 이래서 너희 싫다고! 맨날 지들끼리 편 먹고 나만 따돌리고!"

주마등이지만 성자의 숭고한 희생을 목격해 약간 자비로운 상태였던 이한생이 흥분했다.

그는 바들바들 떨다가 심호흡해 흥분을 가라앉혔다.

"나는 너희가 싫은데, 진짜 싫은데! 화르세인지 그 새끼는 원했잖아. 그리고 그 새끼가 어릴 때부터 싹수가 노래서 그런가 나보다 담력이 있어."

'아니던데. 겁 비슷하게 많던데.'

이보배는 근질거리는 입술을 꽉 깨물었다.

"그 새끼가 대, 대, 대, 존버하면 크는 타입이라 세계도 구했거든. 그러니까 큰형도 정화할 수 있을 거야."

이한생은 대기만성을 떠올리지 못해 존버로 대체했다. 가오가 상하긴 하지만 어쨌든 뜻은 통했기에 상관없었다.

"나한테 이런 X 같은 현실을 준 게 그 새끼니까, 이 X 같은 현실 누리면서 큰형 정화하라고 해. 재주는 개가 부리고 돈은 내가 버는 거지."

"한생아, 곰이다."

"곰은 존나 무섭잖아. 곰이 어떻게 재주를 부려."

우기는 이한생이 미련 곰탱이 같았지만 이보배와 이해기는 뒷말을 기다렸다.

"시스템이 전환 퀘스트를 준 걸 보면 화르세인지에게도 똑같은 퀘스트를 줄 수 있다는 거야. 그러니까 시스템이 그 새끼한테도 전환 퀘스트를 준다고 약속하면 나도 전환하겠어. 그럼 되잖아."

자살이 아니다. 언젠가 반드시 돌아올 것이다. 다만 이한생이 꼭 하고 싶은 일이 있는데 직접 할 수 없으니 화르세인지에게 맡길 뿐이다.

"막내 오빠……."

"그딴 눈으로 야리지 마라. 재수 없으니까."

"셋째야, 나는 정화 안 해도 괜찮은데."

"솔직하게 말하라며. 나도 큰형이 계속 그렇게 있는 거 싫어. 큰형은 우리보다 더 오래 살 거니까 가능하면 오염도를 낮추고 싶어."

이씨 사남매는 분명 우애 깊은 남매는 아니었다.

하지만 세계가 뒤집어진 사고와 여러 불행, 비극이 겹쳐 지금에 이르렀다.

"고맙다, 한생아. 형이 부족해서 네가 고생하는구나. 형이 더 잘하고 싶었는데, 너무 부족해서 미안하다."

이해기가 눈가를 붉히고 이한생의 어깨에 손을 올렸다. 이귀한은 보다 직접적으로 마음을 표현했다.

"고맙다, 셋째야!"

이귀한이 이한생을 덥석 끌어안았다.

"뭐야, 징그러!"

이한생이 기겁했지만 이귀한은 놓지 않았다.

이보배는 영화 엔딩 장면이 나올 때인가 싶어 두 오빠에게 달라붙었다. 이해기도 쓴웃음을 지으면서 셋을 잠깐 안았다가 떨어졌다. 그는 엔딩 크레디트 대신 사건이 끝나지 않았음을 경고했다.

"시스템이 응하지 않으면 소용없는 거 알지?"

"작은오빠 꼭 중요할 때 초 치더라."

이보배가 핀잔 주어도 이해기는 세상 진지했다.

천만다행으로 이해기가 나서기 전에 시스템이 응답했다.

[딱 한 번 가능.]

'더럽고 치사하게 딱 한 번이야?'

이보배는 오만상을 찡그리고 시스템 알림창을 노려보았다. 그러다 곧 체념했다.

'하긴 이것도 공짜는 아니겠지.'

퀘스트 보상이든 뭐든 시스템도 공짜로 해내는 게 아니다. 전생이라지만 이미 죽은 이의 인격과 전환하는 것이니 시스템도 무언가 대가를 치를 것이다.

그렇게 생각하면 시스템이 이한생의 제안에 응해준 것만으로도 감지덕지였다.

"그럼 막내 오빠. 하고 싶은 말은?"

"뭐 그딴 걸 하고 그래, 오글거리게. 그냥 전환 버튼 누른다."

이한생은 마지막까지 우애 깊어진 남매에 적응하지 못했다.

그는 오른손을 들어 검지를 폈다. 말은 그렇게 했어도 막상 전환 버튼을 누르기가 쉽지 않은지 잠시 머뭇거렸다.

"야, 돼지."

"꿔이익."

"혹시 모르니까 그거 한번 해봐라."

"그거?"

"그거 있잖아, 그거!"

"그게 뭔데?"

"아이 씨."

이한생은 말하지 않으면 모르는 동생을 한심한 듯 쳐다봤다.

"〈사랑의 매〉인지 〈사랑의 회초리〉인지 그거 함 써봐! 얼마나 아픈지 보게!"

뜻밖의 말에 이보배는 눈을 깜빡였다. 영혼이 같고 몸도 같아서 그런지 달밤에 골목길을 걷던 날 〈사랑의 매〉를 요청했던 화르세인지가 겹쳐 보였다.

이보배는 입술을 앙다물었다.

아마 이한생이 〈사랑의 매〉를 요청하는 이유도 그때의 화르세인지와 같을 것이다.

더없이 소중한 것을 포기하면서 얻은 사랑을 확인받으려는 것이다.

화르세인지는 그가 살아온 세계를 포기했고 이한생은 인생 자체를 포기하려 한다.

포기의 대가는 눈에 보이지도 잡히지도 않는 사랑뿐이다.

수치화할 수 없는 무형의 감정은 신이라 할지라도 타인에게 정확히 전달할 수 없다.

그러한 감정을 통증일지라도 소중한 이에게 전할 수 있다는 게 얼마나 감사한 일인가.

목이 꽉 멨는데 억지로 말하려니 목구멍이 아팠다.

이보배는 오른손을 들어 올리고 눈물을 머금고 경고했다.

"많이 아플 거야."

"아파봐야 족발이지."

몇 초 뒤, 이한생은 설산의 정상에서 동생의 사랑을 외쳤다.

굳게 감긴 눈꺼풀이 꿈틀거렸다.

초조하게 침대 곁을 지키고 있던 이보배가 상체를 기울였다.

착각이 아니었다. 눈꺼풀이 거칠게 떨리더니 침대에 누운 이가 눈을 떴다.

막 눈뜬 이는 초점을 잡지 못하고 불안하게 흔들렸다.

여기 봤다, 저기 봤다 불안하게 흔들리던 눈동자가 이해기를 발견하더니 더욱 격렬하게 떨렸다.

이귀한은 아예 무시한 눈동자는 이보배를 발견하고 간신히 안착했다.

이보배가 살짝 웃었다.

"깼어?"

"시발."

양아치든 망나니든 일어나자마자 시발을 찾는 건 여전했다.

화르세인지는 깨어난 장소가 본인 방 침대라는 사실에 안심했다.

"흑마술사의 제단을 정화하는 실로 끔찍하고 현실감 넘

치는 꿈을 꾸었느니라. 꿈이라 다행이로다."

이한생에서 전환되자마자 정화하고 쓰러져서 그런지 화르세인지는 균열에서 벌어진 일을 꿈으로 치부한 듯했다.

화르세인지는 이해기를 흘겨보았다.

"기절할 정도로 나를 폭행하다니. 멍청한 돼지여, 혼쭐을 내줬느냐?"

"안 그래도 엄청 혼쭐났다. 형이 다시는 그렇게 안 때릴게. 미안하다."

이해기가 머쓱하게 웃으며 사과했다.

망나니는 이해기가 뻔뻔하게 굴지 않고 솔직하게 사과하자 계속 이해기를 비난했다. 그러다가 겁먹었다.

"무, 무어냐. 내가 이렇게까지 비난하는데 손을 올리지 않다니. 진심으로 반성한 것이냐?"

"머리는 함부로 때려선 안 된다는 사실을 깨달았지."

"둘째가 큰 깨달음을 얻었어."

이귀한은 본인이 깨달음을 얻은 사람처럼 거들먹거렸다.

화르세인지는 더 묻지 않았다. 어딘지 분위기가 이상했기 때문이다.

그는 겁 많은 최약자답게 본인과 관련된 일엔 예민하게 반응했다.

"한데 너희 눈빛이 꽤 불손하구나. 이전보다 더 경외감이 줄었어. 누차 말하지만 나는."

"네네, 성신의 사랑을 받는 체키빙 가문의 유일한 후계자 화르세인지 드 체키빙 공자님이시죠. 알아요, 공자님이 숭고한 성자님이신 거."

이 망나니가 철들어 스스로를 희생하고 세계를 구한다니. 말도 안 된다 싶은데 또 어찌 생각하면 클리셰 그 자체다.

'죽기 전에 빈 소원 생각하면 죽을 때까지 철이 안 든 것 같기도 하고.'

어쨌든 이보배는 공자님이 원하는 대로 존경의 눈빛을 보냈다.

세계를 구한 영웅에 대한 경의와 존경심을 담고 봐주자 성자께서 만족하시더라.

"크흠, 알면 되었느니."

"어디 아프고 그러진 않지?"

"불편한 덴 없느니라. 흠?"

아픈 데가 없냐는 질문에 머리부터 매만지던 화르세인지의 시선이 허공에 멈췄다.

그는 이보배의 눈에 보이지 않는 무언가를 보더니 천천히 손가락을 올렸다.

"전환 버튼? 이건 무어냐?"

화르세인지 눈에만 보이는 전환 버튼이 무엇인지 그만

모른다.

"안 돼! 누르지 마!"

이보배와 이귀한, 이해기는 누가 먼저랄 것 없이 외치며 망나니를 말렸다.

외전 13. 뒷수습

무슨 일이든 마찬가지지만 사건이 벌어진 후 뒷수습이 중요하다.

때로는 뒷수습이 더 어려울 때도 있다.

서울 중심부 산기슭에 위치한 균열 및 각성자 관리국 지하 취조실에서 온화한 목소리가 울렸다.

"이보배 씨를 여기 모신 건, 다른 게 아니고 몇 가지 질문드릴 게 있어서 그래요. 부담 갖지 마시고 편히 대답해 주세요. 여기서 나누는 대화는 전부 오프 더 레코드예요."

최요한은 평소와 마찬가지로 선량하게 웃었지만 이보배는 따라 웃지 못했다.

말이 몇 가지 질문이지 사실은 용의자 취조였다.

대화가 전부 오프 더 레코드란 소리는 이보배가 몇 대

맞아도 전부 묻힌단 얘기와 일맥상통했다.

이씨 남매는 아라크네에게 의뢰해 균열 내에서 남매의 흔적을 지웠다. 균열에 새로이 진입한 헌터들의 눈을 속이기 위해서였다.

하지만 세상에 영원한 비밀은 없고 완벽한 비밀 또한 없는 법이다.

살인 멸구하면 시체에서 단서가 튀어나오는 세상.

과학 수사가 아닌 스킬 수사가 이씨 남매의 발목을 붙잡았다.

최요한은 접촉한 상대에게 마커를 달아 표적의 위치와 상태를 실시간으로 감시할 수 있는 스킬을 보유했다.

옹기종기 모여 있던 이씨 사남매의 마커가 갑자기 사라지고 얼마 지나지 않아 균열이 소멸되었다. 이씨 남매가 균열을 공략했다는 논리적 추론이 가능하다.

최요한의 보고를 받은 박마노는 '얘기 좀 하자'는 말 한마디로 이씨 사남매를 소환했다.

이보배의 심장이 물에서 튀어나온 잉어처럼 펄떡거렸다.

'이래서 작은오빠가 요한 씨랑 악수 안 하려고 했구나.'

마커 좀 찍히면 어떠냐. 그렇게 편히 생각했는데 그게 아니었다.

이보배는 이해기를 예민하게 생각했던 과거를 반성했다.

"너무 긴장하지 마세요. 공략 실패하고 마감 끝나기 일

보 직전인 균열 공략해 주신 건 감사한 일이죠. 이귀한 씨와 이해기 씨 힘숨찐인 건 과장님도 묵인한 일이니까 그것 때문에 모신 게 아니에요."

최요한이 믹스 커피를 타 왔다.

달콤한 냄새가 이보배의 코를 자극하고 반사적으로 입에 침이 고였다.

"이번 균열이 조금 이상했다, 평소의 균열과 달랐다. 그런 증언이 나와서 추가적으로 정보를 모으려고 모신 거니까요. 아시는 대로 답해주시면 됩니다."

"균열이 이상했대요?"

이보배는 알면서도 모르는 척 물어봤다.

커피를 건넨 최요한이 맞은편에 앉아 고개를 끄덕였다.

"네, 노블레스 길드도 그렇고 후에 진입한 헌터들도 공통적으로 증언했거든요. 원래 균열 자체가 이상하긴 하지만 그래도 그간 쌓아온 데이터란 게 있잖아요? 그런데 그 데이터와 전혀 다른 균열이었다고 그러더라고요. 균열에 이상이 생기면 조치를 취하든 대책을 세우든 해야 하니까 조사하는 거예요. 저희가 일단은 균열도 관리하는 입장이라."

실상 균열은 시스템도 통제할 수 없으니 관리국이 관리하는 건 균열 출입밖에 없다.

최요한이 그런 점을 강조해 가벼운 어조로 말했다.

이보배의 긴장을 덜어주려는 의도 같았다.

"저는 그러니까, 달리 이상한 건 느끼지 못했는데요."

"그럼 균열 진입은 인정하시는 거군요."

어차피 들킨 거 거짓말해 봐야 신뢰만 깎아먹는다.

"아시면서."

"그러게요."

최요한이 빙그레 웃었다.

이보배는 이번에도 따라 웃지 못했다.

식은땀이 등줄기를 타고 흘렀다.

"노블레스 길드원의 증언에 따르면 이상한 점이 한두 개가 아니었다고 하네요. 균열 내 날씨가 갑자기 변화하고 몬스터의 등급이 올랐으며, 행동 양식도 갑자기 바뀌었다고 해요."

보고서를 읽는 최요한은 여전히 웃는 낯이었지만 꽤 심각해 보였다.

"데드 라인을 앞둔 균열이 변화하는 경우가 있긴 하지만 이렇게 많은 변화가 동시에 벌어지진 않아요. 보통은 균열의 등급 자체가 오르지 몬스터의 행동 양식에 영향을 주진 않거든요."

이상한 건 그것만이 아니다.

"몬스터의 등급이 오른 것도 그래요. 심하면 세 단계까지 등급이 막 오르기도 하지만 그건 정말 극히 예외적인 경우예요. 국내에선 단 한 번 발생했고 그 균열은 조사 결과 나름의 인과 관계가 있었습니다. 등급이 오르는 것도 마감이 끝난 뒤의 일이지 마감 전엔 조금 더 강화된 수준에서 그쳐요. 마감 직전과 마감 이후는 차이가 정말 크거든요."

최요한은 따로 인쇄한 노블레스 길드의 길드 마스터인 원범찬의 증언을 내밀었다. 이보배는 얌전히 증언을 읽었다.

[몬스터의 등급이 오른 것처럼 강해지고 광포화했다. 전멸을 각오하고 균열 내부 사정을 알리기 위해 허누리를 내보냈다. 치명상을 입고 쓰러졌는데 깨어나 보니 병원이었다. 어떻게 살았는지 모르겠다.]

"이건 허누리 씨의 증언입니다."

이보배는 허누리의 증언도 읽었다.

[가장 가까운 대피소에 알려 대피를 촉구한 뒤 대피소 내 헌터의 도움으로 부상을 치료했다. 균열에 재진입해 파티가 있던 곳으로 향했으나 파티원을 발견하지 못하고 당황하던 중 몬스터의 습격을 받아 기절했다. 깨어나 보니 병원이었고 죽은 줄 알았던 길드원들도 모두 병원에 있었다. 어떻게 살았는지 모르겠다.]

증언을 모두 읽은 이보배가 종이에서 눈을 떼자 기다렸다는 듯 최요한이 질문했다.

"허누리 씨의 증언에 나온 대피소 내 헌터가 이보배 씨인가요?"

"제가 아니라 작은오빠요."

"허누리 씨가 균열에 재진입하는 걸 목격하셨죠?"

"네, 말렸지만 막지 못했어요."

'어차피 공략할 생각이었다면 어째서 허누리와 같이 진입하지 않았냐고 물어보려나?'

이보배는 최요한의 다음 질문을 예상하고 마른침을 삼켰다.

"사실 이번 사건에서 가장 의아한 점은 노블레스 길드원의 생존이에요. 인간을 살려서 보존하는 몬스터도 있긴 하지만 설산 시리즈는 그 자리에서 죽이는데, 끌려간 노블레스 길드원과 파티를 이탈했다가 재진입한 허누리 씨 모두 생존했죠."

이보배가 예상하면 언제나 이루어지지 않는다.

'앞으로 예상하지 말아야지.'

이보배는 가볍게 생각했다가 최요한의 얼굴을 보고 숨이 멎었다.

최요한의 얼굴에서 미소가 사라졌다. 항상 선량하게 웃고 있어 부드럽고 인상 좋은 사람이라 여겼는데 미소가 사라지니 생각보다 눈매가 날카로웠다.

'무슨 사람 눈이.'

최요한의 눈은 서슬이 시퍼런 비수 같았다. 눈빛만으로 사람을 죽일 수 있을 것 같았다.

"아, 죄송해요. 진지한 얘기라 저도 모르게."

최요한의 얼굴에 미소가 돌아왔다.

다른 사람이 된 것처럼 분위기가 바뀌었다.

날카롭게 벼린 비수 같던 눈매가 꽃망울 그득 달린 가지처럼 휘었다.

북풍한설이 봄꽃 만발한 봄으로 변했다.

"제가 눈초리가 조금 사납게 태어나서 오해를 많이 샀어요. 하하하."

"하하하, 그러시구나."

이보배는 이번엔 따라 웃었다.

제대로 웃는 게 아니었지만.

"아는 대로 말씀해 주시면 감사하겠습니다."

"제가 아는 게 있나요."

"심증뿐이지만 이번 일과 이보배 씨 가족이 연관되어 있다고 생각하는데. 제 생각이 틀렸나요?"

"저는 모릅니다."

"가족분들과 같이 균열에 진입하셨잖아요. 이귀한 씨와 이해기 씨 성격상 균열 밖보다 곁에 두는 게 안전하다고 판단하신 듯한데, 계속 같이 있으셨죠? 균열 보스는 어떻게 생겼는지 기억하세요?"

실수인 척 무서운 분위기를 조성했다가 바로 웃는다.

이보배가 인정한 적 없는 일들도 사실로 확정하고 다음 단계의 질문을 던진다.

'이게 취조 기술이구나.'

입안이 바싹 마르고 등에선 식은땀이 줄줄 흘렀다.

이보배는 최요한에게 취조받는 현실에 서러워하다가 이내 인정했다.

'내가 남 탓할 때가 아니구나.'

애초에 최요한이 이보배를 취조하는 이유가 무엇인가.

이보배가 그들에게 먼저 사실을 숨겼기 때문이 아닌가.

그래놓고 취조한다고 서러워한다니. 말 그대로 적반하장이었다.

"저는 그러니까."

"네."

"잘 모릅니다."

이보배가 대답하려다가 말을 바꾸자 최요한의 눈초리가 아래로 처졌다.

"보배 씨, 이귀한 씨와 이해기 씨가 힘을 숨기고 계신 건 저와 과장님 모두 알고 있어요. 그 외에 각종 편의를 봐드렸고 저희가 사적으로도 많이 친해졌잖아요. 저만 그렇게 생각하나요?"

"아뇨, 저도 그렇게 생각하고 있어요. 네."

"저희는 보배 씨와 다른 분께 피해를 주지 않을 거고 그냥 사실을 알고 싶은 거예요. 그래야 저희가 물밑에서라도 대처하거나 준비할 수 있잖아요."

국가와 국민을 위해 불철주야 헌신하는 관리국의 노고를 모르겠는가.

편의를 봐준 것도 무척 고맙게 생각하고 있다.

사건 발생 직후 소환할 수 있었으면서 이한생이 퇴원할 때까지 기다려 주지 않았는가.

이보배도 사실대로 말하고 싶었다.

'그렇다고 큰오빠가 다른 세계에서 악신이나 대마왕 비슷한 게 되었는데, 이 세계로 돌아오려다 다른 세계 파괴하고 돌아다녔다고 말할 순 없잖아.'

심지어 이번 사건의 원흉인 타락한 나파키토는 이귀한을 따라 이 세계로 건너왔다.

자기 세계 절반을 파괴한 마왕에게 복수하러 왔느냐? 정반대다.

이귀한을 신으로 숭배하기 위해 따라왔다.

전쟁신을 믿는 전사들이 전투와 전쟁을 신에게 바쳤듯 살육과 파괴, 타락을 이귀한에게 바쳤다.

이 모든 사실을 털어놓으면 어떻게 될까?

만약 믿는다면 이귀한은 즉시 인류의 잠재적인 적이 될 것이요, 믿지 않는다면 허황된 거짓말을 한다며 그간 쌓은 신뢰를 잃을 것이다.

이보배가 쉽사리 입을 열지 못하고 컵만 만지작거리자 최요한이 작게 한숨을 내쉬었다.

"보배 씨, 전에도 말씀드렸지만 알려주지 않으면 도울 수도 없어요."

"앞으로 이런 이상한 일 없을 거예요. 아마."

타락한 나파키토 같은 이상한 광신도가 또 차원 이동해 올까? 가능성은 낮다.

이귀한도 나파키토가 생존한 걸 신기하게 여겼으니 나파키토가 특이 케이스였던 게 틀림없다.

그래야 한다.

'저도 답답해요.'

사실대로 말할 수 없는 미안함에 이보배의 가슴도 갑갑한 와중, 최요한이 미간을 좁혔다.

"혹시……."

다시 미소를 지운 이귀한이 미간을 좁히고 조심스럽게 운을 뗐다.

"이귀한 씨나 이해기 씨에게 협박받는 건 아니죠?"

"네? 아니에요!"

이보배는 깜짝 놀라 큰 목소리로 부정했다. 어떻게 그런 오해를 할 수 있냐는 말이 절로 나오다가 도로 들어갔다.

'다른 사람이 보면 좀 그런가?'

이씨 남매는 전투계 각성자 오빠 셋에 생산계 막내로 구성되어 있다.

전부 성인이고 전원 각성자다.

그런데 막내 혼자 일해 생계를 책임지고 있으니 주위에서 볼 때 얼마나 수상하겠는가.

심지어 오빠 셋이 전부 힘을 숨기고 있다면? 범상치 않은 가정사를 상상하게 되지 않겠는가?

"오빠들이 절 얼마나 아끼는데요! 요한 씨도 아까 오빠들이 제 안전에 신경 쓴다고 말했잖아요."

"두 분이 보배 씨의 안전에 집착하긴 하는데 다르게 생각하면 가정 폭력을 감추기 위해 감시하는 걸로도 보여요."

"그런 거 아니에요. 저한테 〈사랑의 매〉 스킬도 있는걸요. 제가 때리면 때렸지 맞은 적은 한 번도 없어요."

"신체적 폭행이 아니더라도 정서적 학대가 있을 수도 있죠. 가족에게 부채 의식을 갖고 있고 의존하고 헌신하는 성향을 이용해 이보배 씨를 조종한다. 충분히 가능성 있어요."

최요한은 비슷한 사례가 있다고 말했다.

"균열의 날 부모 잃은 남매인데, 동생이 생산계로 각성한 후 누나가 지속적으로 정서적 학대를 일삼아 노예처럼 부렸어요. 동생은 누나보다 신체적으로 우위에 있었지만 벗어나지 못했습니다. 주위 신고가 들어와도 학대가 아니라고 누나를 두둔했고."

"정말 아니에요!"

이보배는 깜짝 놀라 부정했다.

오빠들이 한량이라 고생한다는 말이나 들어봤지 이런 식으로 범죄와 연관 지을 줄은 몰랐다.

'역시 전문가는 달라. 별거 아닌 일이라고 생각했는데 범죄를 의심할 수 있구나.'

사회의 어두운 면을 많이 목격해서 그런지 부정적인 방향으로 의심해 보는 듯했다.

본인이 피해자인 걸 자각하지 못하는 이를 돕거나 범죄를 예방하기 위한 어쩔 수 없는 일일 것이다.

"제가 가끔 그 화상들 때문에 속 터지긴 해도 진짜 아니에요! 제가 말씀드리지 못하는 건 너무, 너무 개인적인 일이라. 저희 가정사라서 그래요."

"사람은 사회적 동물이죠. 개인의 일은 결국 우리의 일이 되고, 우리의 일이 사회적 일로 번지는 건데. 정말 알려주기 어려우실까요?"

"죄송합니다……."

최요한이 이보배와 눈을 마주쳤다.

이보배는 머뭇거리면서도 눈을 피하지 않았다.

"언젠가, 언젠가는 말씀해 주실 수 있을까요?"

'20년 뒤면 가능하겠지?'

회귀자가 21년 후의 미래에서 회귀했으니 대충 20년 뒤엔 사실대로 말할 수 있을 것이다.

그때쯤이면 이귀한도 많이 정화되어 지금보다 안전할 테고.

이보배는 미래엔 모든 게 좋아지리란 희망을 품고 고개를 끄덕였다.

"네, 언젠가 꼭 말씀드릴게요."

이보배의 눈에서 진심 어린 신뢰를 읽은 것일까.

최요한이 온화하게 웃으며 먼저 눈을 거뒀다.

"감사합니다. 그리고 죄송해요. 보배 씨가 걱정되는 마음에 무례를 범했습니다."

"그건 괜찮아요. 비슷한 사례도 있었다고 하고. 제가 생각하기에도 겉으로만 보면 그렇게 해석할 여지가 있으니까요."

"그래도 죄송한걸요. 일전에 샤브샤브도 그렇고 어떻게든 벌충하고 싶은데 혹시 다음 주 월요일 시간 괜찮으세요?"

"죄송해요. 그땐 선약이 있어서요. 바쁘신데 정말 괜찮아요. 신경 쓰지 마세요."

"제가 잘못한 건데 그럴 수 있나요. 다음 주 목요일은 어떠세요?"

"다음 주 월요일부터 최소 2주는 스케줄이 꽉 차 있는데 이게 일정에 따라 언제 끝날지 모르는 거라서요. 계획보다 일찍 끝나면 먼저 연락드릴게요."

이보배는 집과 직장밖에 모르는 집순이다.

물론 미신고 균열에 몰래 진입한 적 있고 사이비 교단에 잠입한 적도 있지만 그건 특별한 경우였다.

그 사실을 알고 있는 최요한은 2주 동안 이보배의 스케줄이 꽉 찼다는 것이 신기한 듯했다.

"가족 여행 가세요?"

"아니요, 현우랑 같이 연구하기로 했어요."

"현우요?"

최요한은 한현우의 이름이 낯선 듯 소리 내 불렀다.

굉장히 어색하게 들렸다.

'왜 저러지? 아, 전투 연금 편하게 불러서 그렇구나.'

한현우는 대한민국은 물론이고 세계적으로도 명성 높은 전투 연금술사님이다. 한현우를 편하게 부르는 사람은 별로 없을 터였다.

"사계절 부길드 마스터 한현우요. 이번에 친구 먹기로 했거든요."

"이번이라 하시면."

"〈마법의 성〉 균열에서요."

"……이번엔 독 내성 안 기르셨나 봐요?"

"대신 현우 특제 최루제 제조법을 배웠어요. 와, 그거 장난 아니더라고요. 저는 눈 밑에 바르자마자 눈물이 줄줄 흐르고 눈 맵고 정신이 하나도 없었는데 현우는 멀쩡히 돌아다니더라니까요."

이보배는 웃으면서 새로 사귄 친구의 장점을 자랑했다.

"알고 보니까 말도 잘 통하고 관심사도 비슷하고요. 그래서 그런지 같이 있으면 편하고 좋더라고요. 아이구, 요한 씨 눈 아래 떨리시네요. 피곤하신가 보다."

최요한의 눈가가 사정없이 경련했다.

이보배는 피곤한 사람에게 사실을 털어놓진 못할망정 쓸데없는 얘길 했다고 반성했다.

취조 아닌 취조가 끝나니 점심시간이었다.

박마노는 밥이라도 먹고 가라며 관리국 구내식당 식권을 줬다.

"관리국 구내식당 밥 맛있다던데."

웃으면서 구내식당으로 이동했는데 하필 메뉴가 설렁탕이었다.

이보배는 복잡한 심정으로 국을 휘저었다.

"기분 묘하네."

취조받고 나서 설렁탕을 먹자니 기분이 오묘했다.

관리국은 열심히 일하는데 제대로 협조하지 못한 것 같아 미안하기도 했다.

미안한 사람은 이보배밖에 없는지 오빠들은 설렁탕에 밥을 말아 야무지게 퍼먹었다.

다 먹고살자고 하는 짓인지라 이보배도 한술 떴다.

기분은 묘했지만 설렁탕은 맛있었다. 깍두기도 적당히 익어서 밥이 술술 들어갔다.

"……."

이해기와 이한생은 야무지게 국에 밥을 말아 뜨끈한 국밥을 즐기고 있는데 웬일로 이귀한의 수저질이 느렸다.

"큰오빠 왜 그래? 입맛이 없어?"

"아닌데."

이귀한은 그제야 밥숟가락 크게 떠 설렁탕을 퍼먹었다.

늦게 시작했지만 누구보다 빨리 식판을 비웠다.

이보배는 든든한 배를 문질렀다.

뜨끈한 설렁탕을 먹고 나니 조사받느라 놀란 마음이 진정되는 기분이 들었다.

"나온 김에 다른 곳도 들를까?"

집에 가긴 많이 이르다.

이보배는 외출해 봐야 동네 마실이 전부인 오빠들을 생각해 멀리 나가자고 권했다.

도리도리.

이귀한이 입 열고 말하기도 귀찮은지 고개만 좌우로 흔들었다.

"마트 갈까?"

혼자 전 세계를 싸돌아다녔다는 이해기는 재미없는 장소만 언급했다.

"오늘은 되었느니라. 힘들다."

관리국 온 김에 겸사겸사 각성자 등록을 한 이한생은 피곤하다고 난리 쳤다. 스킬로 보이게끔 검술 시연하느라 죽을 맛이었다나 어쨌다나.

사람이 기껏 제안했는데 돌아오는 반응이 시들하자 이보배는 볼을 부풀렸다.

"언제는 심심하다고 난리더니 놀러 가자니까 딴소리야."

"응, 귀찮아."

"너도 내 나이 되어봐라. 집이 최고란다."

"내 평소 그놈의 집구석이 지겹긴 하였다만 오늘은 날이 아니니라."

"그럼 이대로 집에 가자고?"

닮은 듯 닮지 않은 청년 셋이 동시에 고개를 끄덕였다.

이보배는 팔짱을 끼고 꿍얼거렸다.

"하여간 재미없는 인간들."

이보배가 이렇게 투덜거리면 연애하라는 잔소리가 돌아온다.

이보배는 잔소리 폭격이 떨어지기 전에 선수 쳤다.

"그럼 나 빼고 집에 가. 난 병원 들렀다 갈게."

"병원 왜 가? 막내 아파?"

"어디 아프니?"

"돼지가 아프면 가축병원에 가야지 사람 병원 가면 못 쓴다."

"아픈 게 아니라 노블레스 길드. 다른 사람은 몰라도 허누리랬나. 허심 님 따님이라는데 문병 가봐야지 싶어서."

허누리의 아버지 강철 깡통 허심은 이보배가 용산에서 노점상을 할 적 사계절 길드를 소개해 준 은인이다.

이후 사계절 길드에서 독립했다가 몬스터 웨이브에 휩쓸려 사망했다.

게다가 이보배는 허누리와 직접적인 연이 없지만 이귀한의 일에 허누리와 노블레스 길드가 휘말렸으니 한번 찾아가는 게 도리였다.

"그럼 같이 가자."

"됐어, 뭘 같이 가."

"네 말대로 허누리와 안면을 터 나쁠 건 없으니 같이 가자. 문병은 금방 하잖니."

허누리는 회귀자의 동료 명단에 당당히 이름을 올린 S급 탱커였다.

균열 사건 때 안면을 트긴 했지만 정신없었을 때라 흐지

부지 잊혀졌을 수 있으니 이참에 다시 만나 좋은 인상을 각인시켜 두는 것도 나쁘지 않았다.

"엥, 귀찮아."

"피곤하다는데 자꾸 딴 길로 새는구나. 쯧."

"오빠들은 병원 로비에서 기다려. 우리만 다녀올게."

파괴신과 망나니만 두고 가는 게 걱정되긴 하지만 이해기 말대로 잠깐이다.

적당히 과일이나 음료수를 사 들고 가서 인사만 하는 건데 오래 걸릴 것도 없었다.

이보배는 병원에 있는 카페에서 핫초코 두 잔을 사 하나를 큰오빠 손에 쥐여 주었다.

"어디 가지 말고 여기서 얌전히 기다려. 알았지?"

"구랭."

이귀한이 금방 나와 뜨거운 핫초코를 빨대로 쪽쪽 빨아 마셨다.

"뜨거우니까 식혀 마셔."

이귀한은 가슴을 갈라 심장을 뽑아도 죽지 않는다.

알고 있음에도 뜨거운 음료를 마시다가 델까 봐 걱정스러웠다.

이귀한은 동생의 관심과 걱정이 마음에 드는지 뿌듯한 표정을 지었다.

"후후 불어 마실게."

이보배는 다음 타자로 눈을 돌렸다.

다음 타자인 이한생은 이해기가 맡아 신신당부하는 중이었다.

“성자님, 여기서 기다리십시오.”

“이 새끼는 나 깨어난 뒤로 계속 지랄이로다.”

“저희가 없는 사이 악마를 묶어둘 수 있는 건 성자님뿐입니다. 성자님의 지혜와 판단력을 믿습니다. 성신의 세계에 이어, 이 세계도 지켜주십시오. 부탁드립니다.”

“지랄 염병 똥을 싼다.”

짜증 난단 눈빛으로 저렴한 욕을 구사하는 화르세인지의 입담이 욕쟁이 할머니 못지않았다.

나름 구성져서 듣기 괜찮았다.

‘전생에 성자님이라 그런가.’

평범한 사람에게 욕먹으면 바로 보복성 쌍욕이 나가지만 부처님, 예수님에게 욕먹으면 인생의 자랑거리가 되는 것 아니겠나.

이보배는 이해기를 밀치고 이한생에게 핫초코를 건넸다.

“금방 다녀올게. 어디 가지 말고 기다리고 있어.”

“알겠으니 얼른 썩 꺼져라.”

“성자님, 믿습니다.”

이보배는 쓸데없는 소리 하는 이해기를 끌고 엘리베이터에 탑승했다.

"막내 오빠한테 왜 그래?"

"신기하잖니."

회귀자가 환생자를 신기해한다.

이보배가 보기엔 도긴개긴이었다.

불교 신자인 부모님을 둔 입장에서 솔직히 환생보다 회귀가 더 신기했다.

이해기와 투닥거리다 보니 어느새 허누리가 입원한 병실 앞이었다.

이보배는 옷매무새를 다듬고 헛기침을 해 목을 가다듬었다.

"실례합니다."

이보배는 인기척을 내고 병실로 들어갔다.

미리 허누리의 병상 위치를 확인해서 그쪽으로 고개를 틀고 웃는데 본 적 있는 얼굴이 거기 있었다.

작은 체구에 전체적으로 동글동글하지만 야무진 인상의 소녀였다.

'살아서 다행이야.'

균열에서 홀로 빠져나와 대피소에 찾아왔던 중갑옷 탱커가 허심의 딸 허누리일 거라고 누가 알았겠는가.

"허누리 씨 되십니까?"

"네, 맞는데요."

딱 한 사람, 회귀자 이해기는 알고 있었다.

이보배는 알면서 말해주지 않은 작은오빠를 흘겨보고는 따라 인사했다.

"안녕하세요, 허누리 씨. 저희 기억하실지 모르겠는데 대피소에서……."

허누리는 낯선 이의 등장에 어리둥절해하다가 이해기의 얼굴을 기억해 내곤 반색했다.

"아! 대피소에서 도와주신 선배님!"

허누리는 침대에서 벌떡 일어나 90도 각도로 깍듯이 인사했다.

"정말 감사했습니다! 이 은혜는 잊지 않겠습니다!"

"인명이 우선이죠. 앉으세요."

"살았으니까 꼭 갚겠습니다!"

허누리는 보는 이보배가 부담스러울 정도로 예의를 차렸다.

이해기는 익숙하게 허누리의 인사를 받더니 오래 알고 지낸 사람처럼 대화를 나눴다.

'허누리인 것도 모르고 사지로 가게 내버려 뒀으니.'

중갑옷 탱커가 허누리인 것도 모르고 균열에 재진입하게 내버려 두었다.

결과적으로 목숨을 구했기 망정이지 은혜를 원수로 갚을 뻔했다.

달리 생각하면 사지로 돌아가는 허누리를 봐놓고서 허

누리를 구해달라고 큰오빠를 설득한 것이 민망하고 부끄러웠다.

이보배는 볼이 화끈하게 달아오르는 걸 느끼며 음료수를 내밀었다.

"무사해서 다행이에요."

정말 다행이었다.

허누리는 이보배가 보배 공방 주인인 걸 알자 깜짝 놀랐다.

가뜩이나 체구가 작아 어려 보이는데 감정 표현을 숨기지 않아 더 어리게 느껴졌다.

고등학교를 졸업했다는 게 믿기지 않았다.

"괜히 저 때문에 이렇게 된 것 같아서 미안하고 그러네요."

"아니에요! 그냥 타이밍이 안 맞았던 거죠."

"그래, 보배야. 이게 왜 네 탓이야. 이상한 자책은 그만 두렴."

"그나저나 신기해요."

허누리는 작게 입을 벌리고 이보배와 이해기를 번갈아 보았다.

"연금술사님이랑 선배님이 남매라니."

“가능하면 비밀로 해주세요. 남매가 각성자라고 하면 아무래도 곤란하거든요.”

“네, 알아요. 저도 아빠가 각성자라서 조금 시끄러웠거든요.”

아직까지 혈통과 각성의 상관관계는 밝혀지지 않았다.

마력에 예민한 체질이 있다는 소문이 돌긴 하지만 소문에 불과했다.

이씨 사남매가 전원 각성한 걸 보면 유전적 요인이 있을 가능성도 없지는 않으나.

‘운빨이랑 재능빨이랬지.’

시스템에게 인정받은 정보상 아라크네 왈, 뽑기 게임과 비슷한 거라고 했으니 혈통보단 운빨이 중요할 것이다.

어쨌든 각성이 곧 대박인 세상이다.

아버지와 딸이 모두 각성자라면 해외 토픽감이다.

강철 깡통 허심이 1세대의 이름난 헌터고 사람들을 지키다 죽지 않았다면 온갖 매체에서 씹고 뜯고 맛보고 즐겼을 터였다.

“지금은 아니지만 아빠가 옛날에 조금 유명한 헌터셨거든요.”

“강철 깡통 허심 님이시죠?”

“네, 혹시 저희 아빠를 아세요?”

허누리는 반가워하기보다 약간 경계하는 기색을 비쳤다.

험난한 세상, 지극히 자연스러운 반응이었다.

"제가 공방 열기 전에 사계절에서 근무했거든요. 허심님 소개로 사계절에 입단해서 여러모로 도움받았었습니다. 아버님께 큰 은혜를 입었어요."

"아, 사계절."

허심과 얽힌 인연을 말했음에도 허누리의 경계는 풀리지 않았다.

이보배는 사계절의 길드 마스터들이 했던 말을 떠올렸다.

'이상한 소문도 돌고 부인 되시는 분이 싫어했다고 했지.'

"지금은 길드를 나와 공방을 운영하고 있어요. 방문하려 하셨던 보배 공방이요."

"네, 알아요. 제가 표정 관리를 못 했죠, 죄송합니다. 아빠가 돌아가시고 조금, 집안이 어수선했거든요. 길드도 그렇고 유산 문제도 그렇고, 엄마는 헌터라면 무조건 꼴도 보기 싫다고 하시고. 다행히 택수 삼촌이 정리해 주셨지만 그 뒤로도 계속 말이 나오니까……."

부택수는 현 강철 방패 길드 마스터다.

설립 초창기에 길드 마스터를 잃고 흔들리던 강철 방패 길드를 지금의 중견 길드로 안정시킨 능력자였다.

실력과 인성을 겸비한 '착한 헌터'로 언론이 자주 언급했다.

"아니에요, 안 좋은 기억을 떠올리게 해 죄송합니다."

"아뇨, 아뇨. 제가 죄송해요. 사계절분들은 직접 뵌 적도 없는데……."

이보배와 허누리는 서로 열심히 고개 숙여 사과했다.

이해기의 고개만 혼자 뻣뻣했다.

자동차에 장식하는 흔들 인형처럼 멈출 줄 모르던 둘의 인사 대결은 외부인의 등장으로 끝났다.

"누구십니까?"

노블레스 길드의 길드 마스터인 원범찬이 휠체어를 타고 병실로 들어왔다.

거칠게 휠체어를 움직여 다가오는 얼굴에 경계가 가득했다.

이보배는 정체를 밝히고 원범찬에게도 간략히 사정을 전달했다.

낯선 문병객을 살피던 원범찬이 경계를 누그러뜨렸다.

"허심 형님과 아는 사이셨군요. 깡통 형님 일도 있고 해서, 누리에게 접근하는 이상한 사람들이 가끔 있어 오해했습니다. 죄송합니다."

"아니에요, 길드 마스터가 길드원 보호하는 건 당연한 일인걸요."

원범찬은 이해기에게도 고마운 마음을 표시했다.

"귀한 B급 회복 포션을 써주셨다는 이야기는 들었습니다. 노블레스 길드에서 반드시 갚겠습니다."

"괜찮습니다."

"사계절 출신 B급 연금술사님과 가족분 보시기엔 많이 모자라겠지만 제가 깡통 형님 아래서 균열 짬 좀 먹었습니다. 부담되지 않으니 갚게 해주십시오."

"제가 갚아야죠."

"아니야, 누리야. 길드가 신세 졌으니 길드에서 갚는 게 맞다."

원범찬은 허누리와 사이가 원만한 듯했다.

'길드원과 길마가 사이 좋은 건 좋은 일이야.'

흐뭇하게 지켜보는데 어째 허누리의 반응이 이상했다.

"아니에요, 여기서 더 신세 질 수 없어요."

허누리가 야무진 얼굴로 또박또박 말하는데 분위기가 묘했다.

이보배는 결국 호기심을 억누르지 못하고 질문했다.

"신세라면?"

"저희 엄마가 제가 헌터로 일하는 걸 반대하시거든요."

"아아."

"아빠가 저희 먹고살 만큼 남겨주셔서 돈이 부족하진 않아요. 저는 아빠처럼 훌륭한 헌터가 되고 싶은데 엄마는 무조건 안 된다고 하세요."

'어머님 마음이 이해된다.'

강철 깡통 허심은 지나가는 길에 목격한 몬스터 웨이브

에서 생면부지의 사람들을 구하기 위해 목숨을 바쳤다.

배우자를 그렇게 잃었는데 자식도 헌터를 한다고 하면 마음에 들지 않을 것이다.

"혹시 그래서 강철 방패 길드가 아니라 노블레스 길드에 들어간 거예요?"

강철 방패 길드가 초기에는 강철 깡통 허심의 원맨 길드였다고 해도 현재는 견실한 중견 길드가 되었다. 하청에 하청받는 노블레스 길드보다 유명하고 조건도 좋았다.

특히 탱커들 사이에선 인지도가 빅 4에 버금갔다.

노블레스 길드와 비교할 수 없다.

심지어 허누리는 길드 설립자인 허심의 외동딸이다.

강철 방패 길드원 대부분이 허심 한 명을 보고 입단했으니 허누리가 강철 방패에 들어가 아빠의 후광을 누려도 다들 환영할 것이다.

그런 허누리가 강철 방패가 아닌 노블레스 길드를 선택한 이유는 엄마의 반대 때문이 아닐까?

"네, 택수 삼촌은 엄마에게 부탁받아서 절대 안 된다고 하거든요."

"그랬구나, 그런 사정이 있었군요."

"노블레스 길드도 좋은 길드예요."

허누리는 부러 밝고 명랑하게 목소리를 높였다.

"범찬 삼촌은 베테랑 실력파고 다른 언니 오빠들도 경

력은 부족하지만 다들 재능 있고 성격도 좋아요! 아직 작지만 화목하고 미래가 있는 길드입니다! 저는 아직 많이 부족하지만 열심히 노력해서 아빠처럼 훌륭한 탱커가 될 거예요!"

"맞아, 노블레스 길드는 좋은 길드야. 너도 재능이 있으니 훌륭한 탱커가 될 수 있을 거다."

이해기가 동조해 주자 허누리의 얼굴이 밝아졌다.

원범찬은 머쓱해하며 감사 인사를 전했다.

허누리는 이해기의 호의적인 반응에 용기를 얻은 듯 두 주먹을 불끈 쥐었다.

그녀는 야무진 표정으로 이보배에게 외쳤다.

"그러니까 부디 포션을 팔아주세요!"

'어째 결론이 요상한데.'

이보배는 허누리의 패기에 밀려 노블레스 길드와 거래를 텄다.

이보배와 이해기는 허누리의 병실을 나와 차에 탔다.

이해기가 운전석, 이보배가 앞 좌석, 이귀한과 이한생이 뒷좌석에 탔다.

이한생은 피곤하다고 투덜거리던 것이 사실이었는지 차

에 타자마자 잠들었다.

이보배는 오만상을 찌푸렸다.

가족만 있으니 하고 싶은 말을 바로 할 수 있어서 편했다.

"내가 근 1년의 특별한 경험 때문에 요상한 상상을 하나 해봤는데."

"뭔데?"

"내가 명예로운 죽음을 깎아내리고 싶지는 않은데……. 허심 선배 돌아가신 일, 혹시 구린 게 얽혀 있어?"

강철 깡통 허심은 몬스터 웨이브에서 사람들을 구하다 죽었다. 고인의 명예로운 죽음을 깎아내리고 싶진 않다.

하지만 최요한에게 나쁜 사례를 들어서인지 몰라도 이보배의 사고도 나쁜 쪽으로 흘렀다.

이해기는 긍정도 부정도 하지 않고 애매모호하게 웃었다.

이보배는 답을 알면서 말해주지 않는 작은오빠를 노려보고는 자신의 상상을 말했다.

"허심 선배는 나쁜 사람들 음모에 휘말려 돌아가신 거고 강철 방패 길드 마스터인 부택수도 실은 나쁜 사람인 거야. 허누리는 그 사실을 모르고 허심 선배처럼 훌륭한 탱커가 되고 싶어 하다가 노블레스 길드에 입단하고, 우연히 아버지의 죽음에 얽힌 비밀을 알게 되는 거지. 믿었던 택수 삼촌이 아빠의 원수였다는 사실을 깨닫고 충격에 빠져 복수를 다짐하게 되는데."

"훌륭하구나, 연재 시작하자."

"실제론 어떤데?"

이해기가 알고 있는 사실은 이보배가 상상한 소설 내용과 별반 다르지 않았다.

"허심이 죽도록 일부러 몬스터 웨이브를 유발했다, 허심을 몬스터 웨이브가 터질 균열로 유도했다, 이건 사람들 사이에서도 의견이 분분했지만."

이해기는 쓴웃음을 지었다.

픽션은 절대로 논픽션을 이길 수 없다.

특히 인간의 잔혹함은 절대로 이길 수 없다.

인간을 포기했으나 그럼에도 결국 인간인 자들에 의해 작가도 감히 상상하지 못할 일들이 자행된다.

"허심을 일부러 죽게 방치한 건 사실이다. 관할 길드에서 대기하던 헌터들은 모두 타 지역 균열로 차출되고 관리국 헌터는 익명의 신고가 빗발쳐 출동하는 바람에 허심을 도우러 가지 못했지."

허심은 우연에 우연이 겹쳐 홀로 몬스터 웨이브를 막아야 했다.

그런데 그 우연이 모두 우연이 아니라 누군가의 계략이었다고 한다.

이보배는 입술을 깨물었다.

"그래도 말이다, 허심은 혼자서 살 수 있었는데 다른 사람을 돕다 죽기를 선택했어. 네 말대로 고인의 명예로운 죽음을 깎아내리지 말자꾸나."

이해기의 말대로라면 허심을 죽인 악당은 그의 인품을 믿고 계략을 짰다는 의미다.

이보배는 이해할 수 없어 숨이 막혔다. 가슴이 너무 답답했다.

"정말 좋은 사람이었는데 왜 그랬을까?"

"그러게, 나도 모르겠구나."

이해기가 하늘을 올려다보았다. 보이는 건 자동차 천장이 전부였다.

"갓보배가 죽었을 때 나도 똑같이 질문했지. 널 죽인 사람들을 찾아가 물어봤을 때 들은 대답이 다양했어. 다양했는데, 전부 들어도 여전히 모르겠더구나."

착한 사람, 좋은 사람, 훌륭한 사람을 죽여 얻을 수 있는 게 무엇인가. 얼마나 소중하고 귀한 것을 얻을 수 있기에 사람을 죽이는가.

부귀영화와 권력은 회귀자가 원하는 답이 아니었다.

차라리 복수라면 이해했으리라.

회귀자가 '모른다'고 답할 때마다 이보배는 성의를 보이라며 하찮은 시선을 던졌었다.

하지만 이번에는 그러지 못하고 작은오빠의 옆모습만 힐끔힐끔 살폈다.

'또 안 좋은 기억 생각하나 보네.'

사라져 버린 미래를 회상하며 씁쓸해하면 뭐 하겠나. 기분만 더러워지지.

이보배는 회귀자가 회귀해 밝고 희망차진 미래를 꺼냈다.

"그럼 이제 어떻게 되는 거야? 작은오빠가 다 알잖아. 허누리 씨 장차 크게 되는 탱커 맞지? 작은오빠 동료 명단에 이름 올리는 훌륭한 탱커가 될 거잖아. 오빠가 복수하는 거 도와주고 친분 쌓을 거지? 나도 도울까?"

회귀자의 울트라초특급스페셜나이스한 독식 계획은 물 건너갔다.

하지만 장차 크게 될 사람과 친해지는 건 좋은 일이다.

게다가 허누리는 이보배의 은인인 허심의 딸이니 개인적으로도 돕고 싶었다.

"포션 거래하기로 했으니까 자주 보자고 할까? 어떻게 하면 돼?"

무슨 일이든 말만 하라며 이보배가 의욕을 비쳤다.

이해기는 애매모호한 미소를 지우지 않고 고개 저었다.

"아무것도."

"뭐?"

"아무것도 하지 말렴."

"그게 무슨 소리야?"

이해기가 운전대를 손가락으로 두드렸다.

"아직 허누리는 허심 사망의 진상을 몰라. 원범찬이 알고 있으니 허누리에게 알릴 때까지 기다려야지."

"하긴, 모르는 사람이 갑자기 도와주겠다고 해도 이상하겠네. 아는 사람에게 진상 듣고 복수 다짐할 때까지 기다리는 게 낫겠다."

"그리고 계속 기다리면 알아서 정리될 거다."

"무슨 소리야?"

"혹시 이런 말 들어봤니. 강가에 앉아 있더니 원수의 시체가 떠내려온다."

"처음 듣는데 뜻은 대충 알겠어. 그게 왜?"

"허누리가 그러더라."

회귀자가 우수에 찬 표정을 지었다.

"복수하기 위해 강해지고 나니 이미 끝나 있었다고."

"끝나?"

"다른 헌터의 의문사를 조사하던 관리국이 꼬리를 밟다가 부택수의 꼬리도 같이 밟았지. 부택수는 범행을 부인하다가 측근의 배신으로 더는 부인할 수 없게 되자 도주하던 중."

이해기는 조소했다.

"몬스터 웨이브에 휩쓸려 사망. 허누리는 인과응보와 복수의 무상함을 깨닫고 더 열심히 수련했다고 하더라. 그게 S급 탱커로 성장하는 원동력이었다고."

말 그대로 인과응보인 결말인데 회귀자의 입가에 떠오른 조소는 떠날 줄 몰랐다.

이보배의 사고가 나쁜 방향으로 흘러갔다.

"혹시."

"그래, 꼬리 끊기다. 진짜 흑막은 따로 있었다. 나도 복수하다가 알았지만 생각보다 비밀 결사나 악의 조직은 많고 겉으론 멀쩡한 척하면서 뒤에서 구린 일 벌이는 권력자도 꽤 많더구나. 다들 밥 먹고 할 짓이 없나."

이해기가 혀를 끌끌 찼다.

이보배도 같이 찼다.

뒤에서 게임하던 이귀한도 따라 차고 피곤해 잠든 이한생만 조용했다.

"괜히 개입했다가 허누리의 성장을 방해할 수 있으니 일단 지켜보다가 흑막이나 놓치지 않도록 도와주면 되겠지. 애초에 복수는 자기 손으로 해야 의미 있는 법이니."

"그렇구나, 그럼 괜히 나서지 말고 포션이나 팔아야겠네."

이보배는 고개를 주억거렸다.

"근데 악의 조직이나 나쁜 권력자 이런 사람들은 내버려둬도 괜찮아? 소설 보면 힘을 숨기는 회귀자도 정체 숨기고 미리미리 처리하고 그러잖아."

"형이 늘 회귀자 특권이라고 복수 1+1을 외치지만 내가 참고 있는 이유가 뭔지 아니? 그들이 아직 죄를 짓지 않아서야."

이해기는 애써 감정을 배제하고 말했다.

"미래가 바뀌었잖니. 범죄를 저지를지 모른다고 처단하면 나도 그들과 다를 바 없어지는 거지."

좋은 사람, 착한 사람, 훌륭한 사람을 죽인 자들과 똑같아진다.

이해기는 두 번이나 그러고 싶지 않다고 말했다.

이번엔 더 잘하겠다던 작은오빠의 다짐이 떠올라 이보배의 가슴 한편이 시큰거렸다.

"일단 지켜보는 중이다. 이미 나 말고도 암약 중인 단체를 지켜보는 사람이 있으니 알아서 하겠지."

"누군데?"

회귀자가 '알아서 한다'고 믿을 정도라면 꽤 실력자라는 이야기다.

이보배가 궁금해하자 이해기는 고개를 저어 대답을 회피했다.

"그런 교활한 사람이 하나 있단다."

이해기는 여우 같은 최 모 씨를 떠올리고 못마땅해했다.

다들 여우의 귀여움과 복실복실한 꼬리털, 애교에 잊고 있으나, 이해기는 속지 않았다.

본래 한국 설화 속 여우는 무서운 요괴다. 무덤을 파헤쳐 두개골을 뒤집어써 인간으로 둔갑하거나, 사람을 홀려간을 빼먹고 마을 하나를 몰살시키기도 한다.

얕봐선 안 되고 속아서도 안 되는 무시무시한 맹수고 요괴였다.

'마노 누나가 쓸데없는 짓 하지 말라 경고했지만 들어먹을 놈이 아니지.'

부택수의 꼬리를 잡게 된 어느 헌터의 의문사만 해도 그렇다.

그 사건의 진범은 최 모 씨였다.

사고사나 자살로 위장할 수 있으면서 일부러 타살 증거를 조작해 부택수의 꼬리를 밟을 수 있도록 설계한 것이다.

'교활한 놈.'

그렇게 사람을 죽이면서도 빌런이 되지 않았으니 나쁜 놈만 죽인다는 말이 틀리진 않았지만 그래도 이해기는 최 모 씨가 싫었다.

"보배야, 취조실에서 최요한이 나쁜 짓은 안 했니?"

"갑자기 무슨 소리야."

"사실대로 솔직히 말해보렴. 오빠가 복수해 줄게. 욕하거나, 협박하거나 그러지 않았어? 책상을 치면서 큰 소리를 낸 것도 협박에 속한단다."

이보배는 기가 막혀서 뒷목을 붙잡았다.

생각해 보니 최요한이 나쁜 말을 하나 하긴 했다.

"나쁜 말 하긴 했지."

"뭐? 내 이 녀석을 그냥!"

"오빠들 날백수고 내가 가장이라, 오빠들이 나 학대하는 거 아니냐고 물어보더라."

길길이 날뛰던 이해기의 기운이 직각으로 꺾였다.

이보배는 창밖으로 시선을 돌리고 궁얼거렸다.

"그런 거 아니라고 변명하느라 혼났지. 요한 씨는 이렇게 걱정해 주는데 작은오빠는 뒤에서 흉이나 보고. 내가 부끄러워서 못 살아."

이해기는 입 다물고 운전에 집중했다.

창밖 경치를 구경하던 이보배는 말해놓고 살짝 후회했다.

이보배는 그녀가 가장인 것이 자랑스럽고 작은오빠도 진짜 날백수가 아니다.

4인 가구 집안일에 하루 세끼 꼬박꼬박 차려주는 게 보통 일인가?

게다가 이해기는 몰래몰래 일도 하러 다닌다.

날백수라기보단 날백수로 위장한 회귀자였다.

"내가 오빠를 그렇게 생각한다는 게 아니고 보이는 시선이."

"아니다, 보배야. 10년 힘숨찐을 결심했을 때부터 주위의 시선 또한 각오했다. 오빤 괜찮아."

이해기는 결연한 눈빛으로 정면을 응시했다.

눈빛만 보면 마왕과의 최종 결전을 앞둔 정의의 용사님

빰쳤다.

'아이고, 머리야.'

이보배가 뒷목을 잡든 말든, 주위의 시선까지 각오하고 힘숨찐 10년 대계를 세운 회귀자가 말했다.

"오늘 저녁은 뭐 먹을까? 조사받고 왔으니 우리의 결백을 상징하는 하얀 두부를 먹을까?"

이씨 남매는 결백하면서 동시에 결백하지 않기에 이보배는 거기에 새빨간 거짓말을 추가했다.

"두부 전골, 빨갛게."

동네가 어수선했다.

교통사고 흔적과 부서진 담벼락, 깨진 창, 망가진 문이 긴박했던 당시의 상황을 말해주었다.

골목엔 치우지 않은 쓰레기가 어지럽게 늘어져 있었다.

큰물이 쓸고 지나간 것도, 폭격이 떨어진 것도 아니지만 주민들의 얼굴은 장마철 하늘보다 어두웠다.

어쩔 수 없었다.

'집값 떨어졌어.'

이보배는 부동산 어플로 집값을 확인하고 소리 없이 울었다. 그녀의 심정을 응축한 눈물 한 방울이 또르르 흘렀다.

'어쩔 수 없지.'

본래 그리 좋은 동네는 아니었다. 길은 좁고 구옥이 즐비한 낙후된 지역이었다.

재개발이 예정되어 있었지만 균열의 날이 터졌고, 인근에 균열 침식지가 생기는 바람에 재개발은 영영 물 건너갔다.

그래도 서울이라고, 죽어도 서울이라고 집값은 올랐다.

나름 서울 도심지로 향하는 버스 노선이 있어서 교통도 그럭저럭 괜찮았다.

수도권 인구 집중이 심화되었기 때문에 집값은 계속 오를 것처럼 보였지만 그래도 떨어질 곳은 떨어지나 보다.

'침식지에 침공형 균열 이단 콤보가 심하긴 했지.'

바로 옆 동네에 균열 침식지가 있다.

무섭지만 월세나 전세가 싼 맛에 살고 있었는데 침공형 균열까지 생성되었다? 무사히 공략해 소멸시킨 것도 아니고 주민 대피령이 떨어졌다?

이건 못 참는다.

이보배였어도 무섭고 도망가고 싶었을 것이다.

'일시적으로 떨어진 거면 좋을 텐데.'

앞으로 계속 균열이 생성되지 않으면 집값은 회복될 것이다.

이보배는 제발 그렇게 되길 바랐다.

'이 집이 어떤 집인데.'

대피소를 전전하던 이씨 남매가 처음으로 안착한 보금자리다. 즐겁고 행복한 기억은 짧았고 죽지 못해 살았지만 지나고 나니 그것도 추억이라고 괜히 애틋했다.

'거의 작은오빠 돈으로 산 건데.'

게다가 이 집을 살 수 있었던 건 모두 이해기의 공이다.

이해기가 투자해서 번 돈을 집 사라고 주지 않았다면 내 집 마련은 꿈도 못 꿨을 것이다.

'보통 10억이 아니지.'

회귀 첫날부터 계획이 꼬여 번아웃 온 회귀자가 동생의 한심하단 눈빛을 견디고, 사랑하는 사람에게 뒤통수 맞는 슬픔을 맛보며 번 10억이었다.

'그 뒤로 사람이 맹탕 됐지.'

뜨끈한 맹탕 이해기 씨는 웬일로 소파를 독차지하고 누워 TV 시청 중이었다.

항상 소파를 차지하고 있던 이귀한은 거실 바닥에 퍼질러 누워 있었다.

-신성 시스템 제국에서 발발한 내전이 혁명군의 승리로 끝났으나 독재자이자 S급 각성자인 '폭군'의 행방이 묘연한 상태입니다. 혁명 정부는 '폭군'이 사망한 게 확실하다고 밝혔는데요. 혁명 정부의 공식 발표에 따르면 '폭군'이 생명체를 살해할 때마다 능력치가 상승하는 직업을 갖고 있었으며, 이에 대응하고자 골렘을 사용했는데 전

투가 끝난 시신 훼손이 심해 '폭군'의 시신을 공개할 수 없는 상태라고 합니다.

-혁명 정부의 발표대로라면 S급 헌터를 상대할 수 있는 골렘술사가 신성 시스템 제국 혁명군에 있다는 건가요?

-소식통에 의하면 신성 시스템 제국엔 S급 골렘술사가 없었습니다. 전문가들은 혁명 정부가 S급 골렘술사인 '자이언트'를 용병으로 고용했을 가능성이 높다고 추측하고 있습니다.

-'자이언트'가 아니더라도 S급 헌터를 용병으로 고용하려면 금액이 만만치 않았을 텐데요. 혁명 정부가 그 금액을 감당할 수 있었습니까?

-혁명 정부는 타국이 아닌 개인에게 원조받았으며 후원자의 정보는 밝힐 수 없다고 답변한 상태입니다.

TV를 보는 이해기의 얼굴이 심각했다.

이해기가 간간이 보이는 간헐적 진국 모드였다.

"왜 그래? 또라이 황제 죽고 혁명군이 이겼는데, 좋은 얘기 아니야?"

"내 기억보다 일러서 말이다."

이해기는 내전이 일어나긴 했으나 지금보다 늦게 발발했다고 말했다.

내전이 앞당겨진 건 회귀자가 일으킨 나비 효과일 것이다.

이해기가 해외에 나간 것도 아니고 국내에서 조금 움직

였을 뿐인데 다른 나라에선 내전이 터졌다.

이보배는 회귀자의 나비 효과에 혀를 내둘렀다.

"작은오빠 기억으론 혹시 미친 황제가 이겼어?"

"아니, 원래도 혁명군이 승리했다."

"그럼 날짜만 좀 빨라졌다 뿐이지 바뀐 거 없으니까 괜찮은 거 아니야?"

"그게……."

이해기가 깊이 숨을 내쉬더니 팔짱을 꼈다.

사건의 규모가 크긴 했으나 좋게 끝났는데 계속 진국 모드를 유지하는 게 이상했다.

"'폭군'이 미친 독재자긴 해도 실력은 진짜였단다. 각성자 군대를 조직해 균열을 공략하고 몬스터를 처치하다 보니 모아둔 자산이 상당해. 귀한 아티팩트도 많이 갖고 있었지. 그리고 독재자답게 국민들을 쥐어짜 사리사욕을 챙겨서 구매한 아티팩트도 상당하단다."

"그야 그렇겠지."

원래 독재자 집을 털면 은닉 자산과 명품, 고가의 미술품, 각종 사치품이 쏟아져 나오는 법이다.

요즘은 그런 건 돈이 안 되기도 하고 각성자였으니 장비와 아티팩트, 마석, 균열 부산물을 모아뒀을 게 당연했다.

"그리고 아라크네는 혁명 정부를 지원한 대가로 아티팩트 일부를 양도받았지."

믿지 못할 얘기에 이보배의 입이 벌어졌다.

이보배는 입을 다물지 못하고 손을 휘젓다가 몹시 피곤해하던 거미를 떠올렸다.

그날 거미가 준 선물은 신성 시스템 제국에서 사 온 에그타르트였다.

'와, 그럼 해외에 벌였다는 사업이 혁명 지원이었다고?'

이보배는 소름이 돋아서 팔을 비볐다. 동시에 아라크네의 사업 계획에 한마디 얹었던 것을 후회했다.

"아라크네가 사업 축소한다고 했는데……. 안 좋은 건가?"

괜한 입방정으로 세계에 안 좋은 영향을 끼쳤나 싶어 찝찝했다.

이해기는 그게 무슨 소리냐며 고개를 가로저었다.

"아라크네가 중범죄에 손대지 않고 크게 보면 좋은 일을 하긴 한다만 결국 음지의 정보상이란다. 결국 자기 이익을 위해 움직이는 자이니 그렇게 신경 쓸 필요 없다."

이보배는 건성으로 고개를 끄덕였다.

나름 균열 산업 강국으로 불리는 국가의 내전을 지원할 정도로 암약하는 사람의 사업 진로에 큰 변화를 준 것 같아서 현실감이 들지 않았다.

'그렇게 큰물에서 노는지 몰랐지.'

"어쨌든."

화제를 원점으로 돌리려는 이해기의 목소리가 부족한

현실감을 채워줬다.

이보배는 어디 있는지 모르는 거미보다 눈앞의 작은오빠에게 집중했다.

"그렇게 양도받은 아티팩트 양이 상당하고, 자기가 독점하면 필요한 사람이 쓰지 못한다며 아티팩트 경매를 열었는데."

"공짜로 주는 것도 아니고 물건 팔면서 핑계는 좋네."

"거기서 나온 물건들이 꽤 좋았단다. 나도 경매에 참가할 생각이었어."

이해기가 심각하게 턱을 매만졌다.

"지금 상황으로 봐선 그 경매도 앞당겨질 것 같구나."

"나야 잘 모르지만, 그렇겠지?"

"그래서 말인데 보배야."

이해기가 진국 모드로 이보배를 불렀다.

이보배는 이 양반이 대체 뭔 소리를 하려나 싶어 눈을 맞췄다.

'뭔 말 하려는 건지 대충 짐작 가지만.'

그래도 이보배의 예상은 잘 틀리는 편이다.

이보배는 이번에도 예상이 틀리길 바라면서 작은오빠의 입에서 나올 말을 기다렸다.

"혹시 돈 좀 있니?"

"됐거든요."

이보배는 일언지하에 거절했다.

이해기는 낙심한 듯 어깨를 축 늘어뜨렸지만 더 조르진 않았다.

이보배는 걱정하지 않았다. 말은 저렇게 해도 진짜 필요한 장비라면 스스로 벌어 살 인물이었다.

걱정스러운 사람은 따로 있었다.

이귀한이다.

'큰오빠가 계속 말이 없네.'

이보배와 이해기가 대화를 나누는 내내 바닥에 누운 이귀한이 조용했다.

이보배는 괜히 조용한 이귀한이 걱정되어 발로 건드렸다.

"뒤집어봐."

데굴.

엎드려 누워 있던 이귀한이 몸을 굴려 뒤집었다.

핸드폰 게임을 하고 있는 것도 아니고 멍하니 있는 것도 아니다.

공허한 눈이 평소답지 않게 심오했다.

삼라만상을 담은 우주 같았다.

"큰오빠, 무슨 일 있어?"

"아니."

"근데 왜 이렇게 말이 없어. 아까 설렁탕 먹을 때도 조용했고 집에 올 때도 조용했잖아."

"생각 중이야."

"무슨 생각?"

"재발 방지."

"재발 방지?"

이보배가 되물었지만 이귀한은 답해주지 않았다.

이귀한이 말한 재발 방지의 의미는 다음 날 밝혀졌다.

저녁 식사를 마친 이귀한이 잘 먹었다는 인사 대신 다른 말을 꺼냈다.

"나 잠깐 다녀올게."

어딘가 다녀오겠다는 맏이의 말에 동생들은 동시에 같은 장소를 생각했다.

"편의점 가? 올 때 메론바."

"나는 엑스런트가 좋다."

"형, 나는 비비빙."

가장이 아이스크림 심부름을 시키자 이한생과 이해기도 덩달아 주문했다.

화르세인지는 언제나처럼 비싼 아이스크림을, 이해기는 입맛까지 연배를 따라가는지 팥 맛 아이스크림을 말했다.

균열의 날 이전의 이귀한이었다면 건방진 남동생들의 정

수리에 춥을 먹인 후 이보배의 메론바만 사 왔을 것이다.

균열의 날 이후의 이귀한이라면 자기 몫의 아이스크림을 포기하고 동생들 아이스크림만 사 왔을 것이다.

귀환 초기의 이귀한이었다면 혼자 편의점에 보내지 않았을 것이다.

그렇다면 지금의 이귀한은 어떨까?

혼자 가면 심심하니 동생 중 한 명을 끌고 갈 가능성이 높았다.

양아치는 끌려가기 싫어서 거리를 벌렸고 이해기는 따라나서려고 고무장갑을 벗었다.

이보배는 식후에 가볍게 산책하는 것도 괜찮다고 생각했다.

"편의점 가는 거 아닌뎅."

"그럼 어디 가?"

이귀한의 목적지가 편의점이 아니라는 말에 셋은 동시에 다른 장소를 떠올렸다.

마트다. 마트라면 심부름시킬 게 많다.

이보배와 이해기가 장 볼 목록을 적으려는데 이귀한이 손가락으로 그의 등 뒤를 가리켰다.

"잠깐."

이귀한이 가리킨 허공에 실금이 가더니 좌우로 벌어졌다.

허공에 금이 가다니? 설마 집 안에 균열이 생성된 건가?

이보배가 눈을 비비는데 무대의 막이 오르듯 실금이 점점 벌어졌다.

이보배는 벌어진 세계의 틈새에서 광활한 우주의 단편을 목격했다.

"뿌셔뿌셔 하다 만 곳 좀 다녀올게."

이귀한은 동네 편의점 가는 것처럼 가볍게 말했다.

이보배가 누운 자리에서 벌떡 일어났지만 틈새로 들어가려는 큰오빠를 붙잡기엔 너무 느렸다.

대신 이보배는 〈가장의 위엄〉으로 이귀한을 무릎 꿇렸다.

아슬아슬하게 세이프였다.

"어딜 가!"

"뿌셔뿌셔 하다 만 곳."

"거길 왜 가!"

"마저 뿌시러!"

이귀한이 해맑게 대답하자 이해기가 급히 손을 휘저었다.

"형, 형! 일단 닫아! 힘 빼!"

"힘 빼면 닫혀. 자꾸 열었다 닫았다 하면 안 좋아."

이귀한이 냉장고 문 얘기하듯 가볍게 말했다.

"일단 닫고! 닫고 얘기하자! 한생이 죽어!"

이해기가 쓰러진 이한생을 안아 들며 호소했다.

쿨럭.

망나니가 상체를 들썩이며 크게 기침하더니 피를 토했다. 간신히 고개를 치켜든 그의 두 눈에서 피눈물이 흘렀다.

농담이 아니고 진짜 피였다.

"셋째 죽으면 안 되지."

이귀한이 차원 벽에 낸 틈을 유지하기 위해 힘쓰던 것을 멈췄다.

허공에 생성된 틈새가 감쪽같이 사라졌다.

"막내 오빠!"

이보배는 비명 대신 막내 오빠를 외치며 바닥에 누운 화르세인지에게 달려갔다.

이보배가 피눈물 흘리는 심정으로 눈물을 줄줄 뽑자 이귀한이 기어들어 가는 목소리로 말했다.

"이거는 솔직히 막내 탓이다. 막내가 잘못했네."

이보배의 눈이 뒤집어졌다.

'여기서 감히 남 탓을?'

"내가 뭘!"

"후다닥 열고 나가면 되는데 막내가 잡아서 후다닥 못 했어. 요거는 막내 때문임. 내 책임 아님."

이귀한은 뻔뻔하게 남 탓을 밀고 나갔다.

참으로 괘씸했지만 이한생의 상태를 살피는 게 우선이었다.

"거기 무릎 꿇고 꼼짝 말고 있어!"

이보배가 스킬을 써서 큰오빠에게 단단히 경고했다.

이귀한은 눈을 굴리다가 자진해 무릎 꿇고 두 팔을 들었다.

그래봐야 힘들지 않겠지만 지은 죄를 깨닫고 반성하는 모습을 보이는 게 참작의 여지가 있었다.

이보배는 포션을 꺼내고 이해기는 응급조치를 취했다.

속에서 올라오는 피가 숨통을 막지 못하게끔 기도를 확보하자 이한생이 상체를 들썩이며 기침했다.

입에 남은 피가 기침할 때마다 튀었지만 다행히 토혈은 멎은 듯했다.

막혔던 숨통이 트였는지 흰자위만 보였던 눈에 검은자위가 돌아왔다.

"한생아, 괜찮니!"

"막내 오빠! 살았어?"

"쿨럭……."

화르세인지가 바들바들 떨면서 손을 올렸다.

그리고 초점이 맞지 않는 눈으로 허공을 응시했다.

"저 강을 건너야……."

"아냐, 오빠! 그거 건너면 죽어!"

"한생아, 환생 특전은 누리고 가야지!"

이보배와 이해기가 붙잡고 비통하게 외친 보람이 있어, 이한생의 의식이 돌아왔다.

의식이 돌아온 이한생은 〈정화〉로 스스로를 치료한 후 벌서고 있는 이귀한을 보았다.

"개……."

이보배는 강아지를 예상했으나 화르세인지는 개로 시작하는 다른 말을 꺼냈다.

"개작두를 대령하라!"

"그 동네도 개작두가 있어?"

서양풍 판타지 세계인데 개작두가 있다니.

이보배는 짬뽕 세계관이냐고 황당해하다가 이내 납득했다.

'햄스터도 있다는데 개작두가 있을 수 있지.'

작두 자체야 어느 문화권에나 있을 법한 도구다.

사람 사는 곳이야 다 비슷하지 않겠는가.

아니면 이한생의 인격이 잠깐 튀어나온 것일 수도 있었다.

이해기가 미지근한 물에 소금과 설탕을 타 가져왔다.

숟가락으로 떠먹이려는 것을 화르세인지가 반항해서 컵을 전달했다.

이한생은 자력으로 짜고 단 물을 마셨다.

얼굴과 상체가 피범벅이긴 했지만 상태는 괜찮아 보였다.

"죄인 이귀한은 고개를 들라."

우리 집 망나니가 죽을 고비를 넘겼으니 죄인을 문초할

차례다.

화르세인지는 환자니까 소파에 앉아, 이보배와 이해기는 양옆에 서서 바닥에 무릎 꿇은 이귀한을 내려다보았다.

이귀한이 고개를 들지 않고 중얼거렸다.

"약간 억울한데."

"억울하긴 뭐가 억울해!"

"형이 힘쓰면 화르세인지 아픈 거 알면서 그러면 안 되지."

"죄질이 악랄한데 반성의 기미도 보이지 않는구나! 괘씸하다! 당장 개작두를 대령해 저놈을 두 동강 내라!"

"진짜 억울하다. 금방 가려고 했는데 막내가 붙잡아서 못 간 거잖아."

"맞아, 그것도 있지. 큰오빠 어디 가려고 한 거야?"

"뿌시다 만 곳."

"그러니까 거길 왜 가?"

"마저 뿌시러!"

이귀한이 상상만 해도 흥이 난다는 듯 밝은 목소리로 대답했다.

이보배와 이해기가 동시에 이마를 짚었다.

이한생은 악마의 사악함에 치를 떨었다.

"형은 그러니까, 돌아오기 직전에 있었던, 타락한 나파키토의 세계에 가겠다는 말이지?"

"응!"

이귀한이 고개를 세차게 끄덕였다. 와중에 팔을 슬금슬금 내리려고 하다가 이보배에게 걸려 다시 올렸다.

"마저 파괴하겠다는 건 무슨 뜻이야?"

"집에 오기 전까지 길 잃고 헤맸는데 빡쳐서 길 잘못 든 곳마다 뿌셔뿌셔 했거든?"

길을 잘못 든 것은 본인 잘못일 텐데 화가 난단 이유로 세계를 파괴하다니. 역병신도 이런 역병신이 없었다.

"근데 여기 오기 직전에 있던 곳은 뿌수다 말고 왔어. 이건 말했지?"

"말했지. 거기가 타락한 나파키토의 세계라며."

"막내랑 셋째랑 약해 빠졌는데 또 그런 새끼 오면 위험하잖아. 그니까 가서 마저 뿌수고 오려고."

이귀한이 개미 새끼 한 마리 남겨놓지 않을 자신 있다며 방긋 웃었다.

"그럼 가도 되지? 나 프프프! 출석이랑 일일 무료 뽑기만 대신해 줘."

"큰오빠, 잠깐만."

이보배는 멋대로 손을 내린 이귀한에게 다시 올리라 손짓했다.

잠시 생각할 시간이 필요했다.

이귀한이 세계 여럿 파괴하고 돌아온 건 알고 있다. 큰오빠가 시스템이 견제할 만큼 위험한 대악마인 것도 알고 있다.

그래도 잊지 않고 돌아와 줬으니 괜찮다고 생각했다.

동생들을 위해 참겠다고 했고, 무슨 일을 벌여도 이보배가 막으면 된다고 생각했다.

'이건 어떻게 해야 하지?'

동생들을 위해 부수다 만 세계를 마저 파괴하고 오겠다는 말엔 어떻게 반응해야 할까?

송곳니로 혀를 꾹꾹 씹어 뇌를 자극하며 고심했다.

'냅두면 안 되겠지.'

이미 파괴한 세계는 어쩔 수 없다.

하지만 앞으로 벌어질 파괴는 막을 수 있다.

막말로 누군가 이보배의 집을 절반 부수고 기왕 부수는 김에 남은 절반도 부수겠다고 하면 화나지 않는가.

'말려야겠다.'

이보배는 결론을 내리고 눈을 떴다.

이한생에게 시선을 돌리자 눈이 마주쳤다. 체키빙 공자님이 고개를 끄덕였다.

성신에게 인증받은 공식 성자 화르세인지도 그녀와 같은 생각인 듯했다.

"큰오빠, 그건 좀 아닌 것 같아. 타락한 나방 모기는 이름 그대로 타락했지만 거기 사는 다른 사람들도 그렇게 타락했다는 보장이 없잖아. 어쩌면 반파된 세계에서 나름 열심히 살고 있을 수도 있어."

"돼지의 말이 맞다. 속죄하지 못할망정 악행을 계속하겠다면 돼지가 너를 응징할 것이다!"

이한생은 본인이 아닌 이보배가 대악마를 응징할 것이라 엄숙하게 말했다.

앞에 은퇴가 붙긴 했지만 일단 시스템 직업이 용사인 이해기도 한마디 얹었다.

"얘들 말이 옳아. 우리도 많이 힘들긴 했지만 어떻게든 버텨냈어. 희생과 피해가 컸어도 거기서 배운 교훈이 남았고. 아마 형이 직접 강림하지 않았다면 인류 문명을 다시 꽃피웠을 거야. 타락한 나파키토처럼 차원을 이동할 만큼 강한 자는 드무니 괜찮지 않을까?"

관리자가 허가하지 않은 차원 이동은 차원 벽이 가로막는다.

하지만 이 세계의 차원 벽은 산산조각 나 부서졌던 것을 간신히 땜질한 수준으로 약해져 있다. 사람으로 치면 크게 다쳐 면역력이 취약해진 상태라고 할 수 있다.

타락한 나파키토는 차원 벽의 약한 부분인 균열을 이용해 이 세계에 침입하려 했다.

취미로 세계를 파괴하고 다녔던 이귀한이 보기엔 개미보다 살짝 강한 수준이었다.

"걔 약해. 멀쩡한 차원 벽 못 뚫어서 균열 꼼수로 들어

온 거야."

"형도 균열 타고 들어왔잖아."

"나는 차원 벽에 피해 덜 주려고 일부러 균열 이용했지. 어쨌든 걔 약해."

"형한테나 약한 거지 우리에겐 강해. 그만한 강자가 흔할 리 없는데 굳이 돌아가서 마저 파괴해야겠어?"

"사실은."

찔리는 것이 있는 이귀한이 뒤통수를 긁적였다.

"그땐 귀찮아서 모르는 척했는데 나방 모기가 뭐라고 했는지 대충 알아먹었거든."

이귀한을 제외한 이씨 남매가 동시에 눈썹을 들어 올렸다.

설명을 요구하는 눈빛에 이귀한이 눈알을 굴렸다.

"내가 인간보단 신에 가깝잖아? 근데 그 나방 모기가 날 신으로 모시잖아? 대충 뭐라는지 알겠더라고."

"뭐라고 했는데?"

당시의 분위기로 보아 타락한 나파키토가 이귀한을 찬양하고 숭배한 것은 확실하다.

그 외에 다른 얘기를 했나 싶어 기억이 없는 화르세인지 빼고 다들 궁금해했다.

"그쪽 세계에 내 뜻을 따르는 지옥을 완성했으니 이쪽도 지옥으로 만들 거랬는데. 지가 선봉이랬어."

이귀한의 말이 끝나기가 무섭게 이해기가 손을 흔들었다.

"얼른 부수고 와."

"다녀올게."

파괴신을 추종하는 타 차원의 이종족이 지구를 침공할 예정.

심지어 그들의 교리는 무조건적인 살육, 파괴, 광기, 혼돈, 타락이다.

충격적인 소식에 잠시 멍해 있던 이보배가 벌떡 일어나는 이귀한을 보고 정신 차렸다.

"가긴 어딜 가!"

"막내야, 오빠 못 믿어?"

이귀한이 대놓고 불쌍한 척했다.

이보배는 표정 연기에 속지 않았다.

"이유는 합당하다 쳐. 어떻게 돌아올 건데? 돌아올 수 있어?"

"걱정 마, 막내야!"

이귀한이 허리에 손을 얹고 하하하 웃었다.

"돌아올 자신 있으니까 간다! 오빠 꼭 돌아올게!"

"언제 돌아올 줄 알고? 세계마다 시간 흐르는 게 다르다며. 큰오빠 가자마자 순식간에 부수고 돌아왔는데 여긴 100년씩 지나 있고 그러면 어떡해?"

"100년 뒤에 귀환 예정이라면 나는 찬성이다."

망나니 출신 성자님이 망나니처럼 말해서 이보배는 눈을 흘겼다.

이해기 또한 아까 손을 흔든 건 농담이었는지 탐탁지 않아 했다.

"나도 보배와 같은 의견이야. 형이 원인이고 지구가 위험하긴 하지만 언제 돌아올지 모르잖아."

"가까워서 시차 별로 안 날걸?"

"확신해? 검성은 무협 세계에서 팔순 잔칫상까지 받아먹었는데 집에 와보니 2년 지나 있었다고 했어."

'여든이 넘었다고?'

이보배는 검성 고진수의 나이를 듣고 깜짝 놀랐다.

검성의 외견은 누가 봐도 20대 청년이었기 때문이다.

하지만 이내 떨쳐내고 곧 현재에 집중했다.

검성 나이가 얼마든 그녀와 관계없는 이야기다.

'환골탈태든 노화탈퇴든 했나 보지. 남의 오빠 신경 쓰지 말고 우리 오빠나 챙기자. 우리 오빠도 동안인데 뭐.'

스물두 살 실종 당시의 모습 그대로이기 때문에 남매 중에서 가장 어려 보이는 이귀한이 손가락을 꼽았다.

"1년 안엔 돌아올 수 있어!"

이귀한 딴엔 짧다 여겼는지 표정이 밝았다.

이보배가 화들짝 놀랐다.

"1년? 1년 같은 소리 하네! 오빠 돌아오고 이제 막 1년

되어가. 근데 1년을 다른 세계에 있다가 오겠다고? 꿈도 꾸지 마!"

"보배야."

맏이의 위엄을 살리겠답시고 동생들을 이름 대신 둘째, 셋째, 막내로 부르던 이귀한이 오랜만에 아끼는 막냇동생의 이름을 불렀다.

"네 마음 알고 왜 반대하는지도 알아. 그치만 방사능 모기 떼가 오는 걸 알면서 내버려 뒀다가 네가 모기한테 물리면? 오빠 없는 마음이 찢어져요."

이귀한이 가슴에 손을 올리며 울상지었다.

이보배의 뒤에서 오빠들이 투덜거렸다.

"형, 나랑 한생이는?"

"맨날 돼지만 예뻐하지. 지겹다, 지겨워."

이귀한은 남동생 둘을 완벽하게 무시하고 이보배의 손을 잡았다.

이보배는 돌잡이 손처럼 고운 오빠의 손에 굳은살이 가득했던 시절을 추억했다.

굳은살 없는 오빠여도 좋으니 떠나지 않길 바랐다.

"그치만 큰오빠."

"힘쓸 거면 내가 가서 뿌셔뿌셔 하는 게 편해. 오염도 덜 되고. 원래 이길 싸움은 남의 땅에서 하는 게 개꿀이거든."

"간신히 돌아와 놓고, 가겠다고?"

"돌아온다니까."

이귀한은 이보배의 어깨를 토닥였다.

"금방 돌아올 자신 있으니까 가는 거야. 오빠 믿지?"

이귀한이 다정하게 웃었다.

이귀한의 웃는 얼굴에 실종되기 전의 그가 겹쳐 보였다.

다치지 않고 돌아올 테니 집 잘 보고 있으라던 이귀한은 6년 동안 돌아오지 못했다.

결국 돌아오긴 했으나 몸과 마음이 성하지 못했다.

이대로 이귀한을 보내주었다가 일이 꼬여 영영 보지 못하게 되면 어쩌나.

불안한 마음 감출 길 없는데 이귀한은 계속 믿음직스럽게 웃었다.

생각해 보면 이보배의 큰오빠는 언제나 그랬다.

갑자기 부모님을 잃고 스무 살 어린 나이에 동생들을 건사하게 되었어도 웃음을 잃지 않았다.

삶이 막막하고 고되며 무섭고 벅찰 때도 동생들 앞에선 반드시 웃었다.

까불거리고 장난기 많던 웃음이 부모님 두 분을 합친 것보다 든든한 미소로 바뀔지언정 웃는 얼굴은 지켰다.

이귀한에게 파괴당한 세계의 사람들에겐 하늘에서 내려온 종말이고 재앙이겠지만 이보배에겐 상냥하게 웃어주는 오빠다.

인간에서 한없이 멀어진 뒤에도 포기하지 않고 가족을 위해 돌아온 맏이다.

이보배가 아무 말도 하지 못하자 이귀한은 침묵을 긍정으로 해석했다.

그는 막냇동생 뒤의 동생들에게 시선을 던졌다.

"형이 그냥 가는 거 아니야. 너희들 믿으니까 가는 거야."

"맡겨둬, 형."

"가서 아예 안 와도 되느니라."

"응, 싫어. 꼭 올 거야. 후다닥 끝내고 돌아올 거야."

이보배는 눈가를 훔쳤다.

"정말…… 금방 돌아올 거지?"

"당연하지. 우리 막내 결혼할 때 업어주기로 약속했잖아."

"결혼 안 하면 안 업어줄 거야?"

"말만 하면 언제든 업어주지. 지금 업어줄까?"

이귀한은 이보배를 번쩍 들어 업었다.

이보배는 눈물을 삼키고 깔깔 웃으며 큰오빠의 목을 안고 매달렸다. 더는 말릴 수 없음을 알았으니 웃는 얼굴로 보내주기로 했다.

이보배는 발뒤꿈치로 이귀한을 툭툭 쳤다.

"기왕 업은 김에 편의점 가자. 고고!"

"구랭!"

이귀한이 히히힝 하고 말 울음소리를 내더니 현관까지

달려갔다. 현관문을 여느라 잠시 지체했으나 문이 열리자마자 쏜살같이 질주했다.

집엔 이해기와 이한생만 남았다.

화르세인지는 잘하면 1년 동안 집에서 악마를 보지 않아도 된다는 사실에 기뻐해야 할지 슬퍼해야 할지 혼란스러워했다.

그런 양아치 앞에 이해기가 등을 내밀었다.

"너도 형이 업어줄까?"

망나니는 제자리에서 펄쩍 뛰었다.

너무 과하게 뛰어 천장에 머리를 박았으나 아픈 데 신경 쓸 때가 아니었다.

"돌았냐?"

"부러워하는 것 같아서 말이다."

"내가 언제, 어디서, 어떻게, 왜!"

성질난 화르세인지가 얼굴까지 붉혀가며 길길이 날뛰었다.

이해기는 화내지 않고 덤덤히 말했다.

"기왕 거기까지 말한 김에 육하원칙 나머지 하나도 말해봐."

"……."

공부와 담쌓고 산 양아치의 말문이 막혔다.

손가락을 꼽아가며 내가, 언제, 어디서, 어떻게, 왜만 무한 반복하던 이한생이 짜증 냈다.

"내가 왜 대답해야 하느냐!"

"아휴, 우리 한생이. 화르세인지인지 한생이인지 어쨌든 우리 동생."

이해기는 동생의 동글동글한 머리를 쓰다듬으며 웃었다. 환생 특전으로 받은 육체라 그런지 두상이 참 예뻤다.

한 대 후려 패고 싶지만 뇌세포를 파괴할 수 없으니 쓰다듬는 걸로 대신했다.

"형 금방 돌아온다니까 걱정하지 말고."

"내, 내가 언제 악마 새끼를 걱정했다는 것이냐!"

"형 놀러 간다 그러면 삐져서 집에 오지 말라고 할 때랑 말투가 똑같더라."

"허튼소리! 택도 없는 중상모략이다."

"이야, 우리 한생이 문자도 쓰네. 웬일로 안 틀렸어. 아, 성자님은 원래 잘 안 틀렸지."

철없던 시절엔 육하원칙도 모르는 동생이 한심하고 멍청해 보였는데 나이 먹고 나니 멍청해도 귀여웠다.

이해기는 그렇게 생각했다가 이내 쓴웃음 지었다.

죽었다 살아난 동생이다.

멍청하면 어떻고 똑똑하면 어떠랴.

항상 그립고 귀여웠다.

"다녀옴!"

집을 나선 속도 그대로 편의점까지 다녀왔는지 맏이와 막내가 귀환했다. 이귀한의 등에 업힌 이보배가 전리품인 아이스크림이 든 봉지를 힘차게 흔들었다.

이해기는 동생을 귀여워하는 형으로서 당당하게 화르세인지의 아이스크림을 뺏어 먹었다.

외전 14. 우로보로스

집값이 떨어졌다고 시무룩해하는 동생과 달리, 이해기는 상심하지 않았다. 집값이 떨어지든 오르든 집은 집이다. 발 달려서 도망가고 그러지 않는다.

오염된 마기에 세상이 혼란스러워졌고 대마왕의 강림으로 세계가 반파된 후엔 폐허만 남았다. 사방 어딜 둘러봐도 이해기의 심상만큼이나 황폐하고 피폐했다.

멀쩡한 벽과 번듯한 지붕이 있고 사랑하는 형제들이 모두 살아 있으니 이보다 완벽한 집이 어디 있겠는가.

그래서 이해기는 번듯한 집에서 가족들을 위해 집안일을 할 수 있는 게 기뻤다.

예비 세최헌 이해기가 남아도는 체력으로 오전, 오후 하루 두 번씩 청소한 덕분에 이씨 남매의 구옥은 늘 깨끗했다.

그러나 그런 이해기가 손대지 않는 공간이 둘 있다.

하나는 이한생의 방이다.

이한생은 소중한 침실에 악마와 사기꾼의 출입을 불허했다.

이해기는 '네 방에서 벌레가 나오거나 냄새가 나는 순간 죽인다'로 응수했다.

화르세인지는 '절대 그런 일은 없을 것이다'라 단언했고 그 말을 지켰다.

이해기가 보기엔 돼지 소굴이었으나 어쨌든 이한생은 냄새가 나지 않고 벌레가 출몰하지 않도록 방을 치웠다.

다른 하나는 이보배의 방이다.

방 청소 정도는 스스로 하겠다고 가장이 주장했고, 이해기는 받아들였다.

이보배는 나름 성실하게 방을 치웠으나 이 역시 이해기가 보기엔 뭔가 부족했다.

언젠가 대청소를 해야지.

그리 생각하던 회귀자는 형이 파괴 여행을 가서 심란해진 마음을 달랠 겸 벼르고 있던 계획을 실행했다.

"보배야, 내일 대청소할 건데 네 방에 들어가도 되니?"

"응."

"옷장도 정리할 거야. 버리면 안 되는 물건은 빼놓거나 표시해 두렴."

"알겠어."

방주인 허락도 얻었겠다, 이해기는 거침없이 이보배의 방으로 들어갔다.

청소는 높은 곳에서부터 해야 하기 때문에 옷장 위 먼지부터 털었다.

'이 옷장도 낡았구나. 화장대도 없고.'

늘 오빠들부터 챙기느라 자신은 뒷전인 여동생 때문에 이해기는 가끔 속상했다.

차라리 예전처럼 본인만 알면 얄밉더라도 걱정은 덜 될 거라 여기며 걸레로 옷장 위를 훑던 그의 손에 무언가가 걸렸다.

'뭐지?'

이해기는 물체를 자신 쪽으로 당겼다.

먼지 구덩이에서 알이 굴러 나왔다.

크기와 모양은 타조 알과 비슷하고 껍데기엔 부활절 달걀처럼 알록달록하고 기하학적인 문양이 빼곡했다.

언뜻 보아선 어린아이 장난감 같지만 사실은 이런 먼지 구덩이에 방치되어선 안 되는 귀중한 히든 피스였다.

환수의 알.

믿을 사람 하나 없는 세계에서 회귀자가 너무나 갖고 싶었던 소환수를 품은 히든 피스.

정말 갖고 싶었지만 소중한 동생에게 양보했다.

자신의 선물이 먼지 가득하고 어두운 옷장 천장에 처박혀 있었단 사실에 회귀자는 어깨를 축 늘어뜨렸다.

상심이 컸다.

“서운하구나.”

‘갑자기 뭐래.’

작은오빠가 대청소를 했다 하여 공을 치하하려고 외식하러 나왔다. 외식 메뉴도 일부러 이해기가 좋아하는 양념게장으로 골랐는데 서운하다니?

이보배는 양념게장을 집어 이해기의 밥공기에 살을 쭉쭉 짜 넣어 주었다.

“청소하느라 고생하셨습니다. 많이 드세요, 이 사장님.”

그녀가 다른 오빠를 챙기면 ‘막내야, 나는?’ 하고 참견하는 이귀한이 없었다. 그래서인지 약간 쓸쓸한 기분이 들었다.

“공을 치하하는 자리에 술이 없으니 서운하다는 것 아니냐.”

화르세인지가 이보배를 나무랐다.

듣고 보니 맞는 말이라 이보배는 술을 주문했다.

“새우튀김도 내오거라.”

“게장 먹으러 왔는데 무슨 새우튀김이야.”

"날게는 비려서 싫다."

'낙지는 잘만 먹으면서.'

이보배는 새우튀김도 추가 주문하고 먼저 나온 술을 이해기의 술잔에 따라주었다.

"이제 됐지?"

게살 발라줘, 술도 따라줘.

이보배는 할 만큼 했다.

그런데도 이해기의 시무룩한 얼굴은 풀리지 않았다.

"왜 그러는데. 말을 해, 작은오빠."

"환수의 알 말이다. 어떻게 그걸 그렇게 방치할 수 있니?"

'내가 그걸 어디다 뒀더라.'

일단 보관 장소를 기억하지 못하는 부분에서 서운함 1점 먹고 들어간다.

이보배는 얌전히 게장 양념을 빨았다.

"네가 쓸모없다고 생각했어도 그렇지 오빠가 준 선물인데. 심지어 생물이잖니. 하다못해 따뜻하고 볕 잘 드는 곳에라도 보관했으면 내가 이리 서운하진 않았을 거다."

짜고 맵고 단 양념을 쪽쪽 빨다 보니 혀와 뇌가 자극되어 보관 장소가 떠올랐다.

이보배는 입을 열어 변명했다.

"그게 원래는 이불이랑 같이 보관했는데, 이불 꺼낼 때마다 굴러떨어지더라구. 혹시 깨질까 봐 손이 안 가는 곳에 둔다는 게 그만. 내 방이 작아서 달리 둘 데도 없고."

"그럼 가끔 들여다보기라도 해야지. 그 서늘하고 외진 구석에 처박혀 먼지 앉은 채로 방치되어 있는데 보는 내가 짠했다."

얼마나 짠했는지 눈물까지 나더라며 이해기가 엄살떨었다.

이보배는 이해기의 말에 공감하지는 않으나 지은 죄가 있기에 눈치만 살폈다.

"포유류만 태교하는 게 아니다. 알도 부화하기 전까진 태교를 해. 환수의 알은 주인과 주위 환경을 분석해 적합한 형태로 부화하는데 지금 그 상황에선 어울리는 모습이 뭐겠니. 다듬이벌레나 바퀴벌레 말고 뭐가 나오겠니."

"사기꾼 새끼가 밥 먹는데 역겨운 얘길 하는구나!"

칠흑의 대악마가 거론되자 대악마님 걷는 소리만 들어도 소름 끼쳐 하는 이한생이 정색했다.

"새우 잘 먹고 있으면서 새삼스레. 새우랑 바퀴랑 사촌인 거 몰랐냐?"

망나니의 눈이 왕밤만 해지더니 파르르 떨면서 잘 먹던 새우튀김을 응시했다.

양아치는 떨리는 손으로 새우튀김의 튀김옷을 벗겼다.

칠흑의 대악마와 다른 생김새에 안심하는 찰나.

"그거야 껍질이랑 다리 뗐으니까 달라 보이는 거고. 새우 다리랑 바퀴벌레 다리랑 비슷하다는 생각 안 해봤냐? 내륙 쪽 국가 중엔 새우랑 바퀴벌레랑 똑같다고 안 먹는 국가도 있어."

"그, 그런!"

새우튀김을 독점하고 맛있게 먹던 이한생의 안색이 푸르게 변했다.

먹은 새우를 죄 게워낼 위기에 이보배는 이마를 짚었다.

"작은오빠가 막내 오빠 놀리는 거야. 남남이니까 안심하고 먹어."

이보배는 새우와 바퀴벌레는 연관성이 없다는 사실을 검색해 막내 오빠에게 들이밀었다.

하지만 이미 늦었다. 사실을 알았어도 추락한 입맛은 돌아오지 않으니.

"입맛이 없다."

체키빙 공자는 젓가락을 놓고 탄산음료로 목을 축였다.

그것도 까만 탄산은 칠흑의 대악마가 떠오른다고 투명한 탄산을 새로 주문했다.

이보배는 한숨을 쉬며 남은 새우튀김을 집었다.

사실이 아닌 걸 알지만 그런 얘기를 들으니 마찬가지로 입맛이 떨어졌다.

결국 새우튀김은 차게 식었다.

"진짜 놀려먹을 구실은 하나도 안 놓치지."

이보배가 눈을 흘기자 이해기가 고개를 저었다.

"바퀴도 나름 먹을 만하단다."

"거짓말."

"진짜야, 먹어봤거든."

"우웁!"

진짜 먹어봤다는 충격 증언에 화르세인지의 약한 비위가 버티지 못했다.

망나니가 후다닥 화장실로 달려갔다.

이보배는 식당이 붐비지 않아 주위 식탁이 비어 있는 걸 감사히 여겼다.

"바퀴는 언제 먹어봤어?"

"세상이 마기에 오염되었는데 식량이라고 멀쩡했겠니. 차원 상점에서 식량을 구매할 수 있긴 했지만 포인트가 없어서 못 사는 사람이 많았고."

이해기가 게딱지에 하얀 쌀밥을 비비며 씁쓸한 미소를 지었다. 빨간 양념이 실로 자극적이었다.

그가 기억하는 미래는 언제나 무채색이었다. 무채색의 기억에서 붉은색만이 선명했다. 찢어진 세계와 세계가 흘린 피처럼 붉은 하늘, 죽어가는 사람들이 흘리는 피만이 유일한 색채였다.

"그 바퀴벌레 볶음마저 없어서 굶어 죽은 사람이 즐비했었다. 그런 데다 마기에 오염된 사람도 있으니 사람이 사람을 믿지 않았지. 같이 싸운 동료도 믿을 수 없어 5분씩 쪽잠을 자는데 유일하게 등을 맡길 친구를 가진 사람이 있었어."

게장을 싫어하는 사람도 게딱지에 밥 비비는 걸 보면 침이 고이게 마련이다.

화장실에서 돌아온 이한생이 게딱지에 흥미를 보이자 이해기는 게장 비빔밥을 양보했다.

화르세인지는 호기심 어린 눈으로 게장 비빔밥을 먹고는 인상을 찌푸렸다.

"비리다."

"이 새끼는 잘해주면 꼭 지랄을 해."

이해기는 이한생이 한 입 먹고 남긴 밥을 도로 가져와 자신이 먹었다.

이해기의 고소에서 씁쓸함이 느껴졌다.

"얼마나 부러웠는지 모른다."

"그 친구가 환수의 주인이었다는 거지?"

"그래, 죽을 만큼 부러웠다."

무슨 일이 있어도 주인을 배신하지 않고 나의 편이 되어주는 존재.

가족, 친구, 연인을 모두 잃은 이해기에게 환수의 주인은 질시의 대상이었다.

환수의 알은 회귀자가 독식하고 싶은 1순위 히든 피스

였다.

그런 것을 동생에게 양보했더니.

"어떻게 그걸 그렇게 방치할 수 있니. 오빠는 많이 서운하구나."

"방치한 건 미안한데, 솔직히 나는 그렇게 좋은 건지 잘 모르겠거든. 정 갖고 싶으면 작은오빠가 가져."

"내 몸은 내가 지킬 수 있다. 널 위해 준 거란다."

'그렇게 미련이 뚝뚝 떨어지는 얼굴로 그런 말 해봐야 설득력이 없잖아.'

이보배는 한숨을 쉬었다.

회귀자는 정말 어지간히 환수가 갖고 싶었나 보다.

그렇게 갖고 싶어 한 것을 선물로 받아놓고 방치했으니 조금 미안했다.

"보물은 그게 얼마나 귀한지 아는 사람에게 주어져야 보물인 거잖아. 난 진짜 괜찮으니까 오빠가 가져."

"보배야."

이해기가 낮은 목소리로 자신을 부를 때면, 이보배는 돌아가신 아버지가 떠오르곤 했다.

이해기는 아버지보다 어머니를 닮았는데도 그랬다.

"네가 옳든 그르든, 네가 어떤 상황에 처했든, 네가 무엇을 하든 네 편이 되어줄 존재가 얼마나 귀한지 나도 알고 너도 알지. 그래서 더 네게 주고 싶은 거란다."

"그런 식이면 나도 그래서 더 작은오빠가 가졌으면 하는데."

"큰일을 대비하는 용사 이해기라면 양심 없이 가져갔겠지만 지금 이해기는 은퇴한 용사라서 말이다. 네가 가지렴."

이해기는 잠시 자리를 비운 형을 떠올리며 온갖 감정이 뒤섞인 혼란스러운 표정을 지었다.

존재만으로 회귀자의 회귀 이유와 인생 계획을 말아먹은 대마왕께선 지금 무엇을 하고 계실지.

'신나게 뿌셔뿌셔 하고 있겠지.'

이해기는 자리에 없는 형 생각을 지우고 눈앞에 있는 동생에게 집중했다. 언제나 대견하고 미안한 막냇동생에게 전폭적인 지지와 애정을 드러냈다.

"네가 누구니. 포션 마스터가 되고 엘릭서도 제작할 연금술사잖니. 몸조심해야지."

"포션 말인데."

이보배는 포션 얘기가 나온 김에 말을 꺼냈다.

"내가 순금 제작 레시피를 얻었잖아. 제작하려면 대장간 설비가 필요해서 사계절 설비에 신세 지기로 했거든. 근데 대장간이 경기도에 있대."

"태워다 줄까?"

"현우가 오가는 시간 아까우니까 아예 거기에 머무르는 게 어떻겠냐고 그러더라고. 직원용 숙소가 있대."

"현우가 계속 같이 있는 거라면 찬성이다."

"돼지 주제에 외박이라니 건방지구나. 하지만 이성 교제를 겸하겠다니 허락하겠노라."

"그게 아니고."

이씨 집안의 가장은 이보배다. 노느라 외박하겠다는 것도 아니고 일하느라 외박하겠다는데 허락받을 필요는 없었다.

이보배가 얘길 꺼낸 이유는.

"나 없다고 막내 오빠 머리 때리지 마."

잠시 자리를 비웠던 사이 벌어진 일이 어마어마했다.

이보배가 웃으며 뼈를 때리자 이해기가 면구한 듯 고개를 떨궜다.

게장은 비려서 안 먹고 새우튀김은 사기꾼 때문에 못 먹었다.

이한생은 집에 가는 내내 배고프다고 투덜거리다 계란빵 노점에서 눈을 떼지 못했다.

결국 체키빙 공자님 배를 채울 겸, 식후 디저트 삼을 겸 계란빵을 사 집에 오니 거실에 못 보던 것이 있었다.

'알이다.'

TV 옆 햇빛 잘 들어오는 장소에 환수의 알이 놓여 있었다.

'아까 왜 못 봤지.'

하도 자연스럽게 놓여 있어서 퇴근하고 돌아왔을 땐 인식하지 못했다.

이보배는 환수의 알을 쓰다듬었다. 먼지 구덩이에서 꺼냈다고 들었는데 깨끗했다.

"내가 열심히 닦았단다."

얼마나 공들여 닦았는지 알 겉면이 매끈매끈 반질반질했다.

"이걸로 계란빵 만들면 먹다가 배부르겠구나."

망나니가 계란빵을 먹으며 감탄했다.

"어허, 이건 먹는 게 아니야."

"성신이 만드신 세계에 딱 저만한 알을 낳는 조류가 있는데, 알 요리 중에서 최고의 진미로 쳤느니라. 솔직히 맛이 궁금하군."

화르세인지는 계란빵 기름이 묻은 손으로 알을 어루만졌다. 매끈매끈 반질반질한 겉면에 기름진 손자국이 남았다.

"화르세인지, 말로 할 때 손 떼렴."

'삶는 데 몇 시간 걸리나 궁금한데.'

이보배는 작은오빠를 배려해 입을 다물었다. 대신 다른 호기심을 풀기로 했다.

소환수의 알을 처음 받았을 때 물어봤어야 할 질문이

었다.

"근데 이건 언제 부화해?"

알을 받을 당시엔 이해기에게 화풀이를 하느라 물어보지 못했다. 어지간해선 깨지거나 썩지 않으니 잘 보관해 두란 말만 들었다.

'1년 되어가는 것 같은데.'

계란이 병아리가 되려면 대략 21일 정도가 소요된다.

혹시나 싶어 타조 알을 검색해 보니 40일 정도였다.

평범한 알이었다면 썩어 악취를 풍겼을 것이다.

"5년이랬나."

"뭐?"

생각한 것보다 긴 기간에 이보배가 깜짝 놀랐다.

"부화기에 넣어봤는데도 부화할 기미가 보이지 않아서 이것저것 시도해 보고, 결국엔 포기했는데 갑자기 부화했다고 들었다."

"그럼 부화 조건을 모른다는 거네?"

이보배는 답답한 마음에 환수의 알을 두드렸다.

이래서야 공중 부양 황금 피라미드처럼 언제 얻을지 기약 없는 공수표나 마찬가지였다.

"짐작 가는 게 있긴 하단다. 알에서 부화한 환수는 주위 환경과 주인에게 필요한 부분을 채워준다고 했잖니. 그러기 위해선 주인과 지속적이고 긴밀한 접촉이 필요해."

본래 환수의 주인은 히든 피스로 얻은 알을 부화시키기 위해 의욕적으로 움직였다. 하지만 부화기에 넣거나, 마력을 주입하는 등의 방식으로도 부화하지 않자 포기하고 방치했다.

그렇게 몇 년이 지난 어느 날, 본래 주인은 큰 부상을 입고 휴식하게 되었다.

심심한 마음에 알을 돌보고 말을 걸었더니 깨질 줄 모르던 알에 금이 간 것이다.

"가장 빠른 방법은 보배 네가 알을 상시 들고 다니는 거다."

"이걸?"

이보배는 환수의 알을 들어 올렸다.

크기는 타조 알보다 크고 겉면은 매끄러워 떨어뜨릴 것 같으면서, 무게는 속 꽉 찬 수박보다 무거웠다.

심지어 생물이라 인벤토리에 수납할 수도 없으니 짐덩이 그 자체였다.

솔직히 유사시엔 알을 챙기느라 이보배 자신이 위험해질 것 같았다.

이보배의 표정이 떫든 말든 이해기는 계속 말했다.

"1년이나 방치했으니 한동안 갖고 다니는 것도 좋겠구나. 띠를 만들어줄 테니 안거나 업고 다니렴."

이보배는 농담이라고 생각했지만 이해기는 진지했다.

그는 쓸데없이 야무진 손으로 금방 띠를 만들어 내밀었다.

작은오빠의 정성을 무시할 수 없었던 이보배는 결국 알을 업었다.

'애완돌이야 뭐야.'

개나 고양이를 업고 다니는 사람은 보았어도 알을 업고 다니는 사람은 보지 못했다.

'차라리 조카면 매일 업어줄 텐데.'

이 말이 턱 끝까지 치솟아 올라왔으나 이보배는 억지로 밀어 넣었다.

말하는 순간 '조카가 아니라 네 자식을 업어야지'란 말이 튀어나올 게 뻔하기 때문이다.

작은오빠 비위를 맞춰줄 겸, 큰오빠가 사라져 허전한 마음을 채울 겸 이보배는 업은 알을 둥개둥개 얼렀다.

평범한 돌도 애완돌이랍시고 보다 보면 정이 든다는데 살아 있는 알은 오죽하겠는가.

벌써부터 정이 드는 것 같았다.

"주위 환경에 맞춰서 태어나는 거면 생김새는 어때? 작은오빠가 본 환수는 어땠어?"

애정의 시작은 관심이다.

이보배는 기왕 데리고 살 환수라면 예쁘거나 귀여운 게 좋다고 생각했다.

"얼음 쏘는 타조였다."

"타조?"

"외형은 주인의 인식에 영향받는 것 같더구나. 원주인은 알이 크니까 계속 타조를 생각했다고 말했거든."

말이 타조지 사실은 굉장히 예뻤다며 이해기가 그림을 그렸다.

그의 야무진 손끝은 공작은 잘했으나 그림 실력엔 별 영향을 끼치지 못했다.

미술 수행 평가가 항상 만점이었던 건 이해기가 전교 1등이었기 때문임을 암시하는 그림이 탄생했다.

"푸하하하, 이게 대체 무어냐!"

이한생이 이해기가 그린 타조를 보고 배를 잡고 비웃었다.

이보배는 망나니가 한 대 맞기 전에 말을 돌렸다.

"그럼 얘는 뭐로 나오려나. 병아리?"

부족한 상상력에 타조 얘기까지 들으니 이보배의 머리에선 노란 병아리만 둥둥 맴돌았다.

커다란 병아리면 귀여울 것 같아서 히죽 웃자 이한생이 혀를 찼다.

"쯧, 병아리나 떠올리다니 돼지의 상상력이 실로 빈곤하구나."

"병아리가 어때서. 귀엽기만 하구먼."

"사기꾼의 말을 모두 믿는 건 아니다만, 만약 절반이라도 진실이라면 이 알은."

화르세인지가 기름 묻은 손을 씻고 와 알을 쓰다듬었다.

"원하는 짐승의 외형을 지닌 환수로 키울 수 있는 마법의 알이니라. 성신의 기적에 버금가는 훌륭한 일이로다."

망나니의 눈이 꿈과 희망으로 가득 찼다.

"병아리는 귀여우나 양계장에서 얻어 와 키울 수 있는 흔한 동물이지. 외형을 정할 수 있다면 진귀하고 아름다우며 모두가 부러워할 동물로 정함이 옳다."

"아, 그러세요. 공자님이 생각하는 동물은 뭔데요?"

이보배는 팔짱을 끼고 체키빙 공자의 대답을 기다렸다.

말하는 폼이 유니콘이나 불사조 같은 판타지 세계 동물을 얘기할 듯싶었다.

화르세인지는 오만하게 쪼개더니 대답했다.

"판다다."

개인이 키우면 모두가 놀랄 만한 동물이긴 했다.

이보배는 혹시나 하는 마음에 이해기에게 물어봤다.

"먹는 것도 외형 따라가?"

"식량은 마석이면 된다. 마석은 내가 가져올 테니 걱정하지 말렴."

"유지비 비싼 몸이었구나."

"대나무를 먹여도 되느냐?"

"소환수는 마석만 섭취해."

판다로 결정된 것도 아닌데 양아치가 실망했다.

"대나무를 먹지 않는 판다는 매력이 줄어드는데……. 코끼리나 기린은 어떠하냐. 크기도 조절할 수 있다면 모두가 부러워하고 시기할 것이다."

"판타지 세계의 모르는 동물 얘기를 하나 들어봤더니 시시한데?"

"무슨 소리냐! 기린과 코끼리, 판다는 이곳에 와서 처음 보았다! 유니콘보다 놀랍고 환상적인 동물이니라! 말 머리에 뿔 달린 게 무어 그리 신기하다고!"

판타지 세계 공자님 입장에선 그쪽 세계에 없던 동물이 더 신기하게 보였을 것이다.

이해기는 남동생 손에 들린 환수의 알을 가로챘다.

"흔한 포유류보단 뱀이 예쁘고 이색적이지. 보배야, 들었지? 뱀이 귀엽단다."

"뱀이라니! 끔찍한 소리 말거라!"

파충류를 싫어하는 이한생이 칠색 팔색했다.

이해기는 귀여운 뱀도 많다며 사진을 검색해 보여주었다.

이보배 보기엔 귀여웠지만 망나니는 눈을 가리고 비명을 질렀다.

"저리 치우거라!"

"뱀이 얼마나 귀여운데. 이거 보라니까."

"치워, 저리 치우거라! 뱀은 싫다!"

"만약에 이게 소설이면 말이다."

왕년의 판타지 소설 마니아 이해기가 즐겁게 말했다.

"귀여운 마스코트를 표지에 박아 독자 흥미를 유발하는 것도 전략이란다. 개, 고양이, 드래곤은 너무 흔하니까 뱀이 개성적이고 예쁘지 않니? 뱀이 호불호가 강해 싫다면 거북이도 좋지! 거북이도 귀엽단다!"

이보배는 기가 막혀서 팔짱 끼고 심드렁하게 대꾸했다.

"만약에 소설이면 이렇게 늦게 부화하지 않지. 가져온 당일이나 일주일 뒤쯤 부화해서 계속 등장해 귀여움을 뿌려야지. 얘는 언제 부화한다고?"

"일단 5년은 지켜보자꾸나."

"5년 뒤는 외전으로도 안 나오겠다."

이보배는 끌끌 혀를 차며 알을 고쳐 업고 얼렀다.

"다녀올게."

"현우 옆에 딱 붙어 있으렴. 무슨 일 있으면 바로 연락하고. 하루에 한 번은 생존 신고 꼭 해다오."

"금을 수레 한가득 연성해 오너라! 위대한 성신과 시스템 신의 가호를 빌어주마!"

"막내 오빠 때리지 말고, 오빠들도 무슨 일 있으면 연락하고. 큰오빠 오면 바로 연락해."

한현우가 보내준다던 차가 도착했다.

이보배가 차에 탑승하려는데 운전석이 열리고 뜻밖의 사람이 나왔다.

"안녕, 보배야. 해기 형과 이한생 씨도 안녕하십니까."

바둑알처럼 까맣고 반질거리는 눈동자와 검은 양복이 잘 어울렸다.

미래의 트렌드인(군복과 등산복을 좋아하는 회귀자의 주장이다) 헌터 룩의 선두주자라고 생각되는 한현우가 꾸벅 고개를 끄덕여 인사했다.

"직접 데리러 온 거니? 역시 보배와 인생을 같이 갈 사람은 현우 너밖에 없구나. 보배 잘 부탁한다."

이해기가 막냇동생을 시집보내는 것처럼 말했다.

이보배는 어이가 없어서 뒷목부터 잡았다.

"쯧! 허튼소리. 돼지와 돈생을 함께할 임자는 내가 구해놨다."

"너야말로 무슨 소릴 하는 거야. 현우가 최고지. 외모, 인성, 능력 부족한 데가 없는데."

"끄윽."

보고 있자니 절로 신음이 튀어나왔다.

이보배는 혈압이 치솟는 걸 느끼며 더 늦기 전에 떠나기로 마음먹었다.

그녀는 이해기를 한 대 때려 응징했다.

"끄윽."

이번엔 이해기가 신음을 뱉으며 몸을 비비 꼬았다.

이보배는 상황을 파악하지 못하고 멀뚱멀뚱 서 있는 한현우를 차로 밀었다.

"저 인간들 잠이 덜 깨서 헛소리하는 거야. 얼른 가자."

"안녕히 계십시오. 해기 형, 연락할게요."

"그래, 잘 다녀와."

이보배는 차에 탑승한 후 땅이 꺼지라 한숨을 내쉬었다.

뒤이어 차에 탄 한현우가 안전벨트를 맸다.

"오빠들 헛소리는 듣는 시늉만 하고 무시해. 괜히 심심하니까 나 가지고 장난치는 거야. 자기들끼리 매제 후보 한 명씩 뽑아서 내 후보가 제일 잘났네, 이러면서 티격태격하거든."

이보배는 재차 한숨을 내쉬었다.

한숨이 얼마나 무거운지 운전석에 앉았으면 브레이크도 밟을 수 있을 정도였다.

"어릴 때랑 똑같다니까. 자기 로봇이 제일 세다는 거지."

"그렇구나, 각자 한 명씩 지지하는 후보가 있구나. 나는 또……."

'해기 형이 내 마음을 알고 응원해 주는 거라고 생각했는데.'

한현우는 풀이 죽었으나 겉으로 봐선 티가 나지 않았다.

언제나처럼 진지하고 이성적인 얼굴로 운전과 이보배의 목소리에 집중했다.

"너도 알다시피 내가 그간 조금 어리석게 살아서 지인이 몇 없잖아. 그 몇 없는 지인들 데리고 노는데 미친다니까 진짜."

말하고 있자니 자괴감만 커진다.

이보배는 앓는 소리를 내다가 품에 안은 알에 이마를 박았다.

"하필 눈은 높아요. 내가 진짜 부끄러워서 살 수가 없어."

부끄러운 짓은 오빠들이 하는데 왜 수치는 이보배의 몫인가!

이보배는 속으로 비명을 지르며 계속 사과했다.

"네가 워낙 잘났잖아. 대한민국의 1등 신랑감 한현우! 오빠가 너를 좀 좋게 봤구나, 하고 흘려 넘겨. 무시해."

"다른 사람은 누군데?"

질문하는 한현우의 미간이 찌푸려져 있었다.

전투 연금 한현우가 오죽 잘났는가.

멋대로 매제 후보 삼은 것도 무례한 짓이지만 삼형제 모두가 지지하지 않고 한 명만 지지하는 것도 자존심 상할 만한 일이었나 보다.

이보배는 거듭 사과하며 후보의 정체를 밝혔다.

다행히 한 명은 한현우도 아는 사람이었다.

"어어, 요한 씨랑 나 아는 동생."

"관리국 최요한 씨?"

"응. 큰오빠가 귀환한 다음에 본 사람이 몇 없기도 하고, 스킬이 마음에 든대."

최요한의 스킬은 아는 사람은 알고 모르는 사람은 모르는 비밀이다.

한현우는 그에게 독을 판매하기 때문에 아는 사람에 속했다.

"최요한 씨 스킬이 좋긴 하지. 우리도 길드로 영입하려고 계속 시도 중이거든."

한현우는 진지한 얼굴로 고개를 끄덕였다.

이보배는 맞장구치며 고개를 끄덕이고 화제를 전환했다.

이 주제는 이쯤에서 끝내고 싶었다.

"근데 너희 집에서 우리 집으로 오면 멀게 돌아가는 거잖아. 이럴 거면 내가 길드로 갈 걸 그랬다."

"다른 사람은 누구야?"

이쯤에서 끝내고 싶어 하는 이보배와 다르게 한현우는 계속 관심을 보였다.

'현우야! 가장 강한 로봇이 되고 싶은 거니!'

사계절 길드의 다른 마스터들에 의하면 한현우는 지는 걸 싫어한단다.

이보배는 얼른 화제를 끝내고자 마지막 후보 정보를 대

충 읊었다.

"마지막은 어쩌다가 알게 된 동생인데 잘생겼어."

"……혹시 애플파이 같이 먹은 사람?"

"어, 맞아. 너 기억력 좋구나."

이보배가 역시 전투 연금이라고 감탄하는 동안 운전대를 잡은 한현우의 손에 힘이 들어갔다.

"그렇게 잘생겼어?"

"현우 너도 연예인 해도 될 정도로 잘생겼잖아. 근데 걘 좀…… 설득력이 있는 얼굴이야."

로맨스 소설이라면 얼굴로 개연성과 서사를 이끌어 나갈 외모였다.

그렇지만 이보배의 삶은 로맨스 소설보단 현대 판타지 일상물에 가까웠다.

'비유할 때 소설을 써먹다니, 작은오빠에게 옮았나 봐.'

대수롭지 않게 여겼던 이보배는 새로이 떠오르는 가능성에 흠칫 떨었다.

'설마 그 끔찍한 감성과 개그도 옮는 건 아니겠지.'

회귀자의 감성에 물들기엔 20년이 모자라다.

솔직히 20년 뒤에도 작은오빠가 말하는 개그를 듣고 웃고 싶진 않았다.

"너는 누가 제일 좋은데?"

이보배는 딴생각을 하다가 옆에서 들려온 질문에 고개

를 돌렸다.

어이없는 질문이라고 생각했으나 한현우의 얼굴을 보자마자 말문이 막혔다.

한현우는 진지하게, 늘 진지하지만 오늘따라 더욱 진지하게 이보배를 응시하고 있었다.

언뜻 초조해 보이기까지 했다.

순금을 제작하러 가는 길이기 때문일까, 그도 아니면 새벽부터 이해기의 김칫국 타령을 들었기 때문일까.

이보배의 심장이 빠르게 뛰었다.

다행히 이보배는 극복했다.

사계절에서 한현우와 독대할 때 통에 든 김치 국물을 모두 쏟아버려서 마실 김치 국물이 없었다.

'정신 차리자, 이보배! 현우는 그냥 궁금해서 저러는 거다!'

"네가 제일 잘났지. 전투 연금은 세계에서 알아주잖아."

최요한과 김율도 막강하지만 이보배는 친구 편을 들었다.

같은 연금술사라 동질감이 느껴지기도 해서였다.

"당사자는 너잖아. 능력 고하보단 네 마음이 제일 중요해."

동갑 꼰대 아니랄까 봐, 한현우는 이럴 때도 대충 넘어가질 않았다.

이보배는 밝게 웃으며 그냥 장난임을 강조하려 했다.

"너는 누가 제일 좋아?"

한현우가 똑같은 목소리로 다시 묻기 전까지는.

'이게 이렇게 중요한 대환가?'

이보배는 당황하면서도 제대로 대답했다.

"별생각 없는데. 그리고 너도 그렇겠지만 다들 나한테 그런 마음 없는데 누가 더 좋다, 아니다 이러는 것도 실례잖아."

"그 사람들도 너에게 마음이 있는데 네가 모르는 걸 수도 있잖아."

"뭐? 어우, 야. 너무 오버했다."

전직 암살자에 천벌 콤비중 하나인 최요한.

음지의 정보상에 절세미인인 아라크네.

전투 연금에 사계절의 부길드 마스터가 이보배에게 마음이 있다고?

'차라리 지나가는 전국 서열 1위나 아이돌이 나한테 뺨 맞고 날 때린 여자는 네가 처음이야, 이러는 게 개연성 있겠다.'

자존감이 팽배하던 중학생 시절에도 상상해 본 적 없는 이야기다.

이보배는 너무 웃겨서 팔꿈치로 한현우를 살짝 밀쳤다.

"아야!"

갑작스러운 통증에 놀란 한현우가 갓길에 급정거했다.

이보배도 아차 싶어 깜짝 놀랐다.

'사랑의 매 끄는 거 깜빡했어!'

새벽부터 헛소리하는 이해기를 응징한 후 〈사랑의 매〉를

off로 돌려놓는 것을 까먹었다.

그 바람에 한현우가 SS급 스킬 〈사랑의 매〉에 맞은 것이다.

한현우는 눈을 크게 뜨고 이보배에게 맞은 팔뚝을 어루만지더니 이내 진지하게 물었다.

"혹시 너도 복합계로 각성했던 거야?"

"아니."

"너 근력이 몇이야? 나랑 레벨 차이가 꽤 되니까 이렇게 아플 리가 없는데……."

이보배는 오해가 커지기 전에 이실직고했다.

〈사랑의 매〉에 대한 간략한 설명을 들은 한현우는 다른 사람들과 비슷하게 반응했다.

"그거 고문용으로 딱이다."

이보배가 〈사랑의 매〉에 대해 알려준 사람들은 모두 대한민국 헌터계에서 한가락 하는 인물들이다.

그들의 반응이 전부 똑같으니 이보배는 약간 걱정스러웠다. 바로 고문을 떠올릴 정도로 고문이 일상에 스며들었다는 의미 아닌가.

'대한민국 헌터 업계. 이대로 괜찮은가.'

"가능하면 비밀로 해. 〈포이즌 메이커〉도 그렇고 〈사랑의 매〉까지 알려지면 납치당할 수도 있어."

"다행히! 이 스킬은 SS급이지만 쓰레기의 SS급이야. 내

호감이 통증이랑 비례하거든."

아는 사람에게만 써먹을 수 있는, 그치만 아는 사람 때리고 다닐 수 없으니 오빠들 응징용으로만 쓰이는 가족 스킬이다.

스킬 설명을 마저 들은 한현우가 묘한 얼굴로 맞은 부위를 어루만졌다.

"깡패한테 뒤꿈치로 까일 때보다 아팠는데."

"깡패한테 맞은 적 있어?"

"아니, 막내 누나."

고인의 얘기라 이보배가 어찌 반응할지 몰라 하는데 한현우는 이를 갈았다.

"방에 누워 있는데 갑자기 들어와서 이불 덮은 다음 발로 깠어. 깡패였다니까."

"왜 맞았는데? 이유는 알고?"

폭력에 이유를 붙여선 안 되지만 평범한 사람이 갑자기 동생을 때리진 않을 것이다.

"깡패 남친한테 깡패가 어릴 때 코딱지 파 먹었다고 말했거든."

"맞을 만했네."

폭력에 이유와 정당성을 줘선 안 되지만 한현우가 맞을 짓을 했다. 고인이 꽤 진심으로 팼을 테니 방금도 상당히 아팠다는 이야기다.

'어쩌다 보니 셋을 다 때렸네.'

그럴 의도는 없었는데 어쩌다 보니 매제 후보 세 명을 모두 〈사랑의 매〉로 때렸다.

다들 표현이 제각각이었던 데다 통증을 수치화할 수 없어 누가 제일 아팠는지는 모르지만 말이다.

'요한 씨는 어린애가 달려와서 명치 때린 만큼이랬었나. 율이는 블록 장난감 밟았다가 문틀에 새끼발가락 찧은 만큼이랬고 현우는 누나의 진심 내려찍기.'

이보배는 실수를 반복하지 않도록 스킬을 off로 돌리면서 통증 정도를 상상해 봤다.

전부 아플 것 같긴 한데 어떤 게 더 아픈지는 상황에 따라 다를 것 같았다.

'어쨌든 아프긴 아프단 얘기지.'

인간적으로 존경하고 소중한 지인들이니 당연히 아플 것이다.

이보배는 쓸데없는 생각을 그만두었다.

"아팠어."

한현우는 꽤 기뻐 보였다.

이보배는 친구의 새삼스러운 반응에 피식 웃었다.

"당연하지, 우리 친구잖아."

"혹시 다른 후보들도 때려본 적 있어?"

이보배는 떫은 감 씹은 표정을 지었다. 이 화제에서 벗어나고 싶은데 그럴 수 없어 답답했다.

"있구나. 누가 제일 아파했어?"

타인의 아픔을 어찌 감히 짐작하고 재보겠는가.

그 아픔이 애정에서 기인한다 해도 그런 짓은 하고 싶지 않았다.

그래서 이보배는 연륜 있는 모 헌터의 말을 빌렸다.

"작은오빠가 그러는데, 시스템이 전지전능하진 않대. 사실 그렇잖아. 내가 얼마나 아픈지 다른 사람에게 열심히 말해도 알 수 없잖아. 그러니까 이런 스킬에 의존하거나 연연하지 않으려구. 누가 얼마나 아파했는지는 중요하지 않은 것 같아."

이해기를 과대평가하는 한현우는 이번에도 호의적으로 반응했다.

"역시 해기 형이야. 생각이 깊어."

한현우는 고개를 주억거리다가 이보배가 안고 있는 알을 흘낏 보았다.

"그런데 안고 있는 건 뭐야?"

"언제 물어보나 했다."

눈에 띄는 수상한 알을 두고 다른 화제로 한 시간 가까이 얘기하다니.

한현우도 참 범상치 않은 인간이었다.

덕분에 오빠는 물론이고 이보배 망신살 뻗치는 얘기를

하다가 목적지에 도착했다.

이보배는 작게 한숨 쉬며 차에서 내렸다.

순금 제작에 돌입하기에 앞서, 한현우는 이보배에게 허락을 구한 후 환수의 알을 감정했다.

'보여줘도 되니까 업고 다니라 한 거겠지.'

이보배는 외알 안경을 장비한 한현우가 알을 조사하는 모습을 지켜보다 눈을 비볐다.

새벽에 일어나 차를 한 시간가량 탔더니 약간 졸렸다.

"현우 너 원래 안경 썼지?"

"티나?"

"맨얼굴도 좋은데 안경이 잘 어울려서."

안경이 안 어울리는 사람이 있는가 하면 안경을 쓰면 매력이 배가 되는 사람도 있는 법이다.

한현후는 후자였다.

본판이 섬세한 미남인데 안경을 쓰면 지적이고 이성적인 매력이 늘어났다.

"각성하니까 시력이 좋아졌어. 덕분에 익숙해질 때까지 눈 찌르고 다녔지."

초창기 사계절 길드원은 대부분이 안경을 썼던 사람이

기 때문에 손가락으로 눈 후빈 사람이 많았단다.

한현우는 검지로 두 눈을 쑤시는 시늉을 하고는 희미하게 웃었다.

“외알 안경은 쓰기 불편하지 않아?”

“고정 같은 부가 효과가 있는 아티팩트나 장비는 흔들리거나 떨어지지 않아.”

한현우는 보란 듯이 머리를 흔들었다. 단정한 머리카락이 흐트러질 정도였지만 안경은 얼굴에 착 달라붙어 떨어지지 않았다.

“와, 역시 국보급 아티팩트.”

“운이 좋았지.”

한현우는 판타지 소설 주인공의 필수 대사를 말했다.

이보배는 고개를 저었다.

“노력의 성과잖아.”

사람들이 히든 피스의 존재 여부를 확신하지 못하고 당장 생존에 급급하던 시절에 한현우는 히든 피스가 존재하리라 확신하고 벽을 더듬고 바닥 타일을 뒤엎고 다녔다.

“레벨 업은 노력의 성과지만 장비는 운이야.”

게임을 할 때 경험치는 노력한 만큼 오른다.

하지만 장비와 장비 강화는 노력으론 해결할 수 없다.

운의 영역이다.

“내가 이거 얻은 걸 보고 따라 한 사람 중에 성공한 사람이 딱 한 명 있었는데."

"누군데?"

"깡통 삼촌. 그 삼촌이 늘 쓰고 다니던 투구가 탱커 종결 템이야."

"그 양동이 뒤집어쓴 것 같던 투구 말이지. 종결 템? 아티팩트 등급 같은 거야?"

"현재까지 밝혀진 탱커용 장비 중에 제일 좋은 장비라고 이해하면 돼. 능력치랑 스킬 옵션도 좋았지만 게임 NPC가 쓰고 다니는 투구랑 비슷해서 다들 부러워했지. 항상 햇살 만세 포즈 취했는데."

한현우는 두 팔을 위로 들고 활짝 웃었다.

재미를 공유하고 싶은 듯했지만 이보배는 왜 갑자기 팔을 들었는지 의아할 뿐이었다.

이보배가 고개를 갸웃거리자 그는 낯을 굳히며 팔을 내렸다.

"깡통 삼촌이 마지막에 재수가 없어서 그렇지 항상 운이 좋았어. 강화할 때 실패하는 걸 못 봤거든."

한현우는 운과 노력이 영향을 주는 분야가 다르다는 본인의 소신을 밝힌 후 이보배에게 감정 결과를 알려주었다.

"환수의 알이 맞아. 등급이 감정 불가능인 걸 보면 최소 S급이고, 소유자는 너로 되어 있네. 아마 환수가 부화하면 네게 귀속될 거야."

한현우는 그렇게 추측한 근거를 말했다.

"소설이나 게임에선 보통 그러니까."

대체 언제부터 소설, 만화, 영화, 게임이 현실에서 벌어지는 사건의 근거가 되었는가.

이보배는 판타지가 되어버린 현실에 서글픔을 느끼며 슬쩍 웃었다.

균열의 시대, 사람들에게 다른 세계가 실재함을 알려주는 물증이 셋 있다.

하나는 이세계 여행을 하고 온 귀환자요, 다른 하나는 침공해 오는 몬스터요, 남은 하나가 소환술사다.

소환술사는 매우 희귀하다.

정령술사도 희귀한데 소환술사는 정령술사보다 수가 적었다. 그래서 소환술사는 알려진 정보가 거의 없었다.

"초기엔 정령술사도 각성 직업이 소환술사로 떴어."

"진짜?"

"응, 그런데 패치되면서 정령술사로 분리된 거야."

다른 세계의 존재나 물체, 힘을 소환하는 각성자를 시스템은 무조건 소환술사로 분류했다.

그러던 것이 귀환자들이 이세계의 지식으로 정령계가 따로 있음을 주장하면서 갑자기 분리되었단다.

"엉망진창이네."

"해기 형도 말했지만 시스템은 전지전능하지 않아. 초기엔 정말 주먹구구식이었어. 지금의 시스템창도 유저들."

한현우는 자연스럽게 유저라고 말했다가 헛기침하고 말을 바꿨다.

"크흠, 헌터들이 꾸준히 불만을 제기하고 개선을 요구한 덕분에 이만큼 개선된 거야."

"설마 게임 시스템창이랑 비슷한 건……."

"다들 비슷하게 항의했겠지. 보기 편하지? 익숙한 인터페이스."

균열의 날 당일 각성한 각성자들에겐 지금의 시스템창이 없었다.

그러다가 능력치를 볼 수 있는 상태창이 생겼고, 스킬을 조금 더 기계적으로 쓸 수 있는 스킬창도 생겼다.

현재의 시스템창이 완성되기까지 무수히 많은 시행착오가 있었다.

"지금은 능력치가 체력, 근력, 민첩, 정신력, 마력에 기타 특수 능력치로 되어 있잖아. 처음엔 심기체 세 개였어. 그것도 숫자가 아니라 상중하. 사람들이 불편하다고 욕을 바가지로 하니까 바뀐 거야."

스킬도 그렇다.

초기엔 스킬 이름이나 그런 게 없었다.

그냥 머릿속에 어쩐지 이런 기술을 쓸 수 있을 것 같다, 라는 느낌이 드는 수준이었다고 한다.

"1년 동안 몇 번이나 바뀌었는지 몰라. 적응할 틈도 주지 않고 하루에 몇 번씩 바뀐 적도 있었어. 망겜도 그런 똥망겜이 없었지. 어떤 식으로든 유, 헌터 편의를 봐주려는 것 같아서 길드원이랑 뜻을 합쳐 계속 생각했어. 이렇게 바꿔달라고. 그랬더니 반영해 줬지."

'나는 무시했으면서.'

이보배는 입술을 비죽이 내밀었다.

전체 공지 한번 때려달라 그렇게 애원한 것은 무시했으면서 게임에 목숨 건 사람들 건의는 받아들여 주다니.

'아냐, 이건 각성자 모두를 위한 건의였으니까.'

게임에 해박한 헌터들의 건의 덕분에 시스템창은 지금의 형태를 갖추었다.

보기 좋고 다루기도 편했다.

"우리의 다음 목표는 건의 창 생성과 스킬 성장 가능성 및 스킬 트리 공개야. 지금은 스킬을 얻거나 성장시키기가 너무 힘들어."

한현우는 한때 본인 스킬 중 한 곳에 집중해 성장시키면 상위 스킬로 진화시킬 수 있는가 하면, 레벨이 오르면 스킬 포인트를 받아 스킬 레벨을 올릴 수 있던 시기가 잠시 있었다고 했다.

"그때 꿀을 빨았어야 했는데, 균열 공략하느라 놓쳤어."

한현우가 말한 패치는 모두 초반 1년에 이뤄졌다.

망겜도 보통 망겜이 아니었고 현실이라 더 슬펐다.

아쉬워하며 혀를 차던 한현우는 환수의 알을 돌려주었다.

"어쨌든 나도 김혁 씨가 말해줘서 얼마 전에 알게 되었는데."

김혁은 사계절에서 큰돈 주고 영입한 귀환자 출신 각성자다. 다른 세계에서 용인지 드래곤인지 하는 특별한 존재와 친해진 덕분에 의외로 아는 게 많다나 어떻다나.

"그 세계에선 정령계와 환계의 존재를 알고 있대. 환계에서 소환된 존재를 환수라고 부르는 거지. 정령과 환수는 정해진 형체가 없어 소환자나 제물에 따라 외형이 바뀐다고 했어. 너도 알다시피 정령은 속성이 있잖아."

한현우가 순금을 제작하기 위해 가져온 상급 불의 정령석을 인벤토리에서 꺼냈다.

"그런데 환수는 속성도 정해져 있지 않고 능력, 외형, 속성 모두 완벽하게 랜덤이라고 해. 김혁 씨가 있던 세계에선 꿈처럼 혼란스럽고 종잡을 수 없다고 몽계, 몽수라고 부르기도 했다니까."

'여기서 또 랜덤 뽑기가.'

이렇게 랜덤 뽑기가 많을 거면 전투도 요즘 대세인 자동 전투를 도입해 줘야 하는 게 아닐까.

이보배는 지독할 정도로 뽑기 운 없는 큰오빠가 보고 싶어졌다.

"그런데 이 환수의 알은 소환술사가 아닌데도 환수를 부릴 수 있고 최소 S급인 환수가 부화하니까 정말 좋은 물건이란 얘기야. 능력이 미지수지만 등급은 높으니 짐이 되진 않겠지. 엄밀히 따지면 내 안경보다 좋은 것 같은데?"

한현우는 거듭 놀라며 지극히 당연한 질문을 했다.

"어떻게 얻은 거야?"

이럴 때 할 수 있는 대답은 하나다.

이보배는 한현우가 한 말을 답습했다.

"운이 좋았어."

제대로 된 답변이 아니었지만 한현우는 의심하거나 미심쩍어하지 않았다.

"그냥 납득하는 거야?"

한현우는 당연하다는 듯 고개를 끄덕였다.

"균열은 계속 늘어나고 몬스터는 계속 강해져. 세계가 게임처럼 변했으니 언젠가 반드시 깨야 하는 메인 퀘스트가 진행될 거야. 우리는 준비하고 대비해야 해."

그는 검고 깊으며 맑은 눈에 이보배를 담았다.

"너는 이미 라스트 엘릭서 레시피를 얻어 스스로 중요하고 특별한 사람임을 증명했어. 특별한 사람에겐 특별한 일이 몰리게 마련이야."

이보배가 얼마나 놀랍고 특별한 사람인가. 이미 특별한 사람이 더 특별해지는 것이 어떻단 말인가.

"너를 알아서 다행이라고 생각해. 이렇게 같이 연금술을 수련할 수 있어 영광이야."

존경해 마지않는 친구가 이토록 자신을 존경해 준다.

이 얼마나 멋진 일인가.

이보배는 적잖이 감동받았다. 이 마음에 보답하고자 이보배는 힘차게 말했다.

"잡담이 길었네! 이제 시작하자!"

"그래."

한현우는 기다렸다는 듯 고개를 끄덕였다.

금은 고대부터 인류를 매료했다.

인간은 무르고 다루기 쉬우며 변질되지 않을뿐더러 빛나고 순수하며 희소한 금속에 열광했다. 금이 하늘에서 빛나는 태양처럼 영원불멸이라 믿었다.

금은 언제나 금속의 왕이었고 물질계 영성의 정점이었다.

고대인은 알이 부화해 병아리가 되고, 병아리가 성장해 닭이 되듯 금속도 성장해 다른 금속이 된다고 믿었다.

여기서 말하는 성장은 단순한 세월의 흐름이 아니다.

영적 성숙이다.

인간이 학습으로 무지에서 벗어나 텅 빈 내부를 채우듯

금속 또한 적절한 자극을 통해 영적 성숙을 이끌어낸다.

하등한 금속을 상위의 금속으로 바꾸어 최종적으로 금을 연성한다.

이러한 과정을 통해 인간은 불멸과 영원을 획득한다.

이것이 연금술의 시작이다.

어떤 연금술사는 금속의 영적 성숙을 통한 본인의 영적 성숙을 꿈꾸었다.

어떤 연금술사는 단순히 금의 금전적 가치를 목표로 했다.

어떤 연금술사는 금을 연성했다는 명예에 매달렸으며 어떤 연금술사는 연금술의 신비한 행위 자체에 매료되어 연금술사가 되었다.

대균열 시대.

힐러가 없는 현대 연금술사들의 존재 의의가 포션 제작처럼 여겨져 다들 잊고 있으나 본래 연금술사란 불, 물, 세상의 근원과 우주의 신비를 다루는 자일지니.

시스템에게 세례받은 시스템 연금술사인 이보배와 한현우도 이 법칙에서 벗어날 수 없었다.

경기도 인근에 소재한 사계절 길드의 대장간.

이보배와 한현우는 막 용광로에서 나와 새빨갛게 달궈진 도가니와 도가니 속 쇳물을 보고 고개를 끄덕였다.

“여기까진 이상 무.”

“그럼 다음 단계로 진행할게. 마력을 부여한 은가루 1.5g을 살살 뿌, 끄아악!”

“끼아악!”

한현우가 살살 뿌린 은가루가 쇳물에 닿기 무섭게 사방으로 터졌다.

펑, 퍼펑!

덩달아 쇳물도 튀는 바람에 둘은 비명을 지르면서 도망쳤다.

“조심하라니까!”

둘을 지켜보던 사계절 길드 소속 대장장이 임노마가 언성을 높이고 끼어들어 수습했다.

이보배는 기어들어 가는 목소리로 사죄했다.

“죄송합니다.”

한현우도 같이 주눅 든 목소리로 사과했다.

“미안합니다.”

둘은 사방으로 튄 쇳물에 놀라 서로의 손을 꼬옥 잡고 달달 떨었다. 하마터면 뜨거운 맛을 볼 뻔했다.

다행히 이보배보다 민첩 스탯이 높은 한현우가 그녀를 챙겨 다친 곳은 없었다.

'그럼 뭐 해.'

다친 데가 없으면 뭐 하나. 이런 일이 처음이 아닌 것을.

임노마도 이보배와 똑같은 생각을 했다.

"이게 대체 몇 번쨉니까."

이보배와 한현우는 월요일부터 대장간에 머물렀다.

오늘이 금요일이니 5일째였고 이런 일이 첫날부터 수십 번 일어났다. 그러니 골백번은 넘었다.

기적적으로 부상자가 없고 파손된 기물도 없다지만 지켜보는 대장장이 입장에선 속이 뒤집어졌다.

대장간은 가뜩이나 위험한 공간이다. 그런 곳에 초짜 둘이 금속만 녹이면 된다고 쳐들어와서는 하루에 수십 번씩 위험한 고비를 넘기고 있었다.

이걸 참고 지켜볼 수 있는 사람이 있으면 대인배다.

임노마는 도가니를 식혀 뒤집었다.

거무튀튀한 덩어리가 떨어졌다. 집게로 거무튀튀한 물체를 건드리자 물체는 힘없이 바스러졌다.

합금도 뭣도 아닌 정체불명의 물체 X였다.

연금술이 실패한 것이다.

"가마 빌리는 거야 괜찮습니다. 불의 정령석도 부길마가 대준 거고 안전 규칙은 잘 지켜주고 있으니까 실패하든 말든 내가 신경 쓰는 게 오지랖인 건 알아요. 하지만!"

평화로운 대장간에 초짜 둘이 쳐들어온 것은 대인배의

마음으로 봐줄 수 있다.

하지만 대장장이로서 용납할 수 없는 게 있었다.

"여기 들어간 재료. 이 재료들 전부 부길마 사재인 건 아는데, 아는데 내가 아까워서 더는 못 보겠네. 돈이 있어도 못 구하는 것들을 펑펑 날리는 건 너무하지 않아요? 상대적 박탈감 어쩔 겁니까."

하나의 금속에 다른 금속을 첨가해 합금을 제작하는 건 기본 중의 기본이다.

임노마도 초짜 둘이 하는 기이한 연구에 참견하고 싶진 않았다. 하지만 낭비되는 재료가 너무 아까웠다.

"지금 저 가마에 넣은 불의 정령석만 해도 억 소리 나는데 거기에 재료들까지 치면……. 실패했다고 재시도하는 건 돈지랄이요."

'차라리 나를 줘!'

한현우가 날려먹은 재료를 대장간 대장장이들에게 줬으면 다들 경험치 짭짤하게 쌓거나 신규 레시피 하나 정도는 얻었을 것이다. 아니면 고등급 장비를 제작했거나.

"보면서 염통은 쫄깃해지고 뒷목은 뻣뻣해지고. 도저히 안 되겠습니다."

얌전히 꾸중 듣던 이보배와 한현우가 눈을 마주쳤다.

이대로라면 임노마가 할 말은 하나다.

나가.

이보배와 한현우가 쫓겨나지 않기 위해 서둘러 말했다.

"죄송해요. 다음엔 더 세심히 해볼게요."

"더 신경 쓰겠습니다."

임노마가 땅이 꺼지라 한숨을 쉬었다.

"거 답답하시네. 지금까지 열심히 안 했습니까? 아니잖아요. 근데 진전이 없잖아. 처음부터 지금까지 계속 실패하는데 이유를 몰라. 그럼 계속 재료 낭비할 게 아니라 이론부터 재검토해야지."

임노마는 한숨을 팍팍 쉬다가 슬쩍 물었다.

"그 레시피 맞긴 해요? 원래 하다가 실패하면 레시피 수정하고 그러지 않습니까?"

"시스템이 준 건데……."

"혹시 대장장이용 레시피인 거 아닙니까?"

재료, 제작 공정 모두 맞췄는데 계속 실패하고 진전이 없다면 혹시 각성 직업 문제는 아닐까.

물론 이보배와 한현우도 그 생각을 해봤다.

그래서 임노마가 아닌 다른 대장장이가 감독일 때 시도해 보았고.

"얘기 못 들으셨구나. 방 대리님 계실 때 부탁해서 해봤는데 실패했어요."

장렬히 실패했다.

이보배의 얘기를 들은 임노마는 또 뒷목을 주물렀다.

뒷골이 당기는 모양이었다.

"어쨌든 더는 안 되겠습니다. 개선해 오기 전까진 출입 금지입니다. 견학은 받아주지만 실험은 안 됩니다."

결국엔 축객령이 떨어졌다.

이보배와 한현우는 반박하지 못했다.

연이은 실패와 재료 낭비에 둘도 슬슬 깨달았다.

무언가 바꾸어야 한다.

'그게 뭔지 몰라서 문제지.'

이보배와 한현우는 일단 이론부터 재검토하기 위해 짐을 치웠다.

연금술 설비와 재료를 인벤토리에 수납하는데 임노마가 떠나지 않고 얼쩡거렸다.

"그런데 부길마. 가마에 넣은 불의 정령석은 회수할 수 없는데 어떻게 하실 겁니까?"

"마음대로 쓰세요."

"아이고, 감사합니다! 얘들아, 막내 부길마 가신다!"

첫날 이후 이보배와 한현우만 보면 혀를 차던 대장장이들이 태도를 바꿔 우렁차게 인사했다.

"살펴 가십시오!"

떠나는 자의 표정은 어둡고 득템한 자의 표정은 밝다.

이보배와 한현우는 대장장이들의 밝은 미소를 뒤로하고 대장간을 떠났다.

첫날부터 하루도 빠짐없이 챙긴 반성의 시간이 돌아왔다.

이보배와 한현우는 심각한 얼굴로 문제의 원인을 추리했다.

"대체 원인이 뭘까."

"나도 모르겠어."

생각나는 게 없더라도 뭐라도 말해야 한다.

두서없이 던지는 말에서 단서가 튀어나올지도 모르니까.

"재료는 이상 없고, 공정도 레시피대로야. 대체 뭐가 문제지?"

앞서 둘이 순금을 순도 높은 금으로 착각했던 것처럼 재료 중에 착각한 것이 있을까 재료부터 심혈을 기울여 다시 살폈다.

재료와 공정 과정은 완벽해 바꿀 것이 없었다.

"혹시 우리 레벨이나 스킬 등급이 낮아서 실패하는 건 아닐까?"

재능과 재료가 뒷받침해 준다면 스킬 등급과 레벨보다 상위 등급의 생산품을 제작할 수 있다. 반면 등급과 레벨 차이가 극심할 경우엔 실패할 확률도 극심하게 올랐다.

"그렇게 쳐도 이렇게 실패하는 건 이상해. 실패도 경험으로 인정해 경험치 정도는 줘야 하는데 그것도 없었잖아."

"그게 아니면 아예 직업이 따로 있는 거 아닐까? 연금 대장장이 뭐 이렇게."

"그것도 가능성이 있네."

둘은 생각나는 대로 뱉은 가능성들을 각자의 공책에 정리했다. 단서라도 잡아보고자 두서없이 떠들어대도 건진 건 없었다.

"……."

잠시 침묵이 맴돌았다.

이보배와 한현우가 얼음 씹는 소리만 들렸다.

뜨거운 가마 앞에서 일해 얼음을 먹던 것이 그새 습관이 되어버렸다.

둘이서 과자 집어 먹듯 씹으니 얼음은 금방 떨어졌다.

한현우는 인벤토리에서 얼음을 꺼내려다가 다 떨어졌음을 알았다.

"얼음 가져올게."

한현우는 냉동고가 있는 주방으로 향했다.

이보배는 여전히 생활감이 부족한 한현우의 거실을 둘러보며 스트레칭했다.

"이거 먹어봐."

한현우는 대접 가득 얼음을 가져왔다. 기포 없이 투명해 보석처럼 예쁜 얼음이었다.

"와, 얼음 진짜 잘 얼었다."

"시우 형이 얼린 거야."

친구를 잘 두면 빙제가 얼린 얼음을 먹는 호사를 누릴 수 있다.

이보배는 빙제표 얼음을 하나 집어 살폈다.

일반 얼음보다 더 단단하고 더 차가우며 더 느리게 녹았다.

'기분 탓인가. 더 맛있어.'

어디까지나 기분 탓이겠지만 빙제표 얼음은 일반 얼음보다 맛있었다.

"시우 오빠가 만들어줬다고 해서 그런가. 얼음이 더 맛있는 거 같아."

"응, 형이 만든 얼음이 더 맛있는 거 맞아. 그래서 우린 빙수 해 먹을 때도 시우 형 얼음만 쓰는……."

이보배가 대수롭지 않게 한 말에 한현우도 평이하게 대답하다가 갑자기 미간을 좁혔다.

소소한 대화가 그에게 영감을 준 것이다.

"설마 이건가!"

"헉, 뭐?"

"불이야!"

"불났어?"

이보배는 깜짝 놀라 주위를 두리번거렸다.

고층 빌딩 펜트하우스에 불이 나면 대피하기 힘들었다.

"물을 살라먹는 불! 우린 이게 물속에서도 꺼지지 않는 불이라고 생각했잖아."

"응. 그거 말곤 딱히 떠오른 게 없잖아."

그리고 이보배가 알기로 물에서 꺼지지 않는 불은 정령의 불뿐이다. 그래서 둘이 가마에 상급 불의 정령석을 넣고 불을 지피는 돈지랄을 하지 않았던가.

한현우가 사재를 털었지만 다른 사람이 알았다면 경악했을 돈지랄이었다.

"달리 해석하면 절대 꺼지지 않는 불이란 거야. 그럼 정령의 불이 아닐 수도 있어!"

여태까지의 돈지랄이 미래를 위한 투자가 아니라 진짜 돈지랄이었다니?

이보배의 돈도 아닌데 그녀의 심장이 덜컥 내려앉았다.

"꺼지지 않는 불이 또 있을까?"

"헬파이어."

농담인가 싶었는데 한현우의 표정이 사뭇 진지했다.

이보배도 덩달아 진지하게 생각했다.

"그러네. 지옥 불은 절대 꺼지지 않는다는 설정 흔하지."

한현우가 말한 헬파이어는 진짜 지옥 불이 아니라 판타지 소설이나 게임에 자주 등장하는 화염계 마법을 의미했다.

이보배는 마법사가 아니라 진짜 그런 마법이 있는지 모르겠지만 비슷한 마법은 있을 법했다.

"정령의 불이 아니라 화염 마법도 생각해 봐야 하는 거였어."

"마법 말고도 화염 속성 스킬 중에 물에도 꺼지지 않거나 물과 접했을 때 불이 커지는 스킬이 있을 수 있어."

"아니면 꼭 물속에서 꺼지지 않는 불이 아니라 물을 증발시킬 정도로 큰불로 해석할 수도 있겠다."

그럴싸한 의혹이 제기되어서 그런지 생각이 쭉쭉 뻗어나갔다.

흥분한 한현우의 말이 빨라졌다.

"일단 불의 정령 소환사와 화염계 마법사를 초빙해 볼게. 거기서부터 다시 시작하자."

"부탁할게."

장소와 설비, 재료를 모두 한현우가 제공했는데 인력 초빙까지 맡기자니 양심이 아팠다.

이보배는 양심이 아프지 않도록 노력하겠다고 결심했다.

이보배와 한현우는 일단 해산했다.

고위 각성자를 초빙하려면 시간이 걸리니 그동안 자료를 찾아보면서 휴식하기로 한 것이다.

한현우가 집까지 태워주겠다는 것을 사양하고 버스에

탔다. 환수의 알이야 배낭에 집어넣으면 그만이었다.

집에 가는 길에 심심해서 부동산 어플을 켜 집값을 확인했다. 보자마자 입맛이 씁쓸해졌다.

깨진 문과 유리창은 수리하고 교체하면 되지만 떨어진 집값은 아직 그대로였다.

이보배는 소태같이 쓴 침을 애써 삼켰다.

'집값 떨어져도 내가 잘 벌면 되니까.'

이보배는 비싼 불의 정령석을 활활 불태우고 왔다.

5만 원짜리로 불을 지피는 것보다 심한 돈지랄이었지만 한현우는 눈 하나 까딱하지 않았다.

존경하는 전투 연금의 길고 풍성한 속눈썹은 그런 하찮은 일론 떨리지 않았다.

'나도 현우처럼 벌면 돼. 노오오력하자. 갓보배가 되는 거야.'

세상은 마음먹기에 따라 지옥이 될 수도 있고 천국이 될 수도 있다.

이보배는 배포를 크게 먹기로 했다.

희망을 가슴에 품고 도어록 비밀번호를 눌렀다.

대문을 거쳐 현관문을 열고 인사했다.

"나 왔어."

"오늘 오는 거였니? 생존 신고할 때 알려줬으면 맛있는 거 해놨을 텐데."

이해기는 순금 제작 진척도를 물으려다 막냇동생의 침울한 표정을 보고 내막을 짐작했다. 시무룩해하는 걸 보니 별 성과가 없었던 모양이다.

이보배는 텅 빈 소파를 보고 살짝 아쉬워했다.

"시간 걸릴 일이 있어서 일단 해산. 막내 오빠는?"

"화르세인지는 방에 있다."

"큰오빠는 돌아왔어?"

이씨 집안 장남이 돌아왔으면 바로 이보배에게 연락해줬을 것이다.

하지만 이보배는 괜한 기대에 큰오빠의 행방을 물었다.

이해기가 고개를 젓자 이보배는 어깨를 축 늘어뜨렸다.

혹시나 했지만 역시나였다.

"금방 오겠다더니 아직도 안 왔네. 보내는 게 아니었어."

"아직 일주일밖에 안 지났단다."

"벌써 일주일이지. 순식간에 처리한댔는데 일주일이 순식간이야?"

이보배는 불안한 마음을 숨기지 않고 투덜거렸다.

솔직히 그녀는 무서웠다.

'큰오빠가 돌아오지 않으면 어떡하지?'

동생들을 위한단 핑계로 이귀한이 돌아오지 않으면 어쩌나? 금연하다 피운 담배가 꿀맛이듯 끊었다가 다시 시작한 파괴가 너무 재밌어서 동생들을 잊었으면 어쩌나?

이보배는 하루에도 수십 번 불길한 상상을 했다.

순금 제작을 하는 동안엔 괜찮았다. 일에 집중하느라 불안한 마음과 걱정을 잊을 수 있었기 때문이다.

하지만 집에 오니 잊고 있던 불안과 걱정이 한번에 밀려왔다. 이자까지 붙어서 돌아왔다.

"형은 반드시 돌아올 거야. 약속했잖니."

이보배는 입술을 삐죽이다가 고개를 끄덕였다.

이해기가 따뜻한 미소를 지으며 어깨를 토닥이고는 2층에 대고 외쳤다.

"화르세인지, 보배 왔으니까 내려와!"

망나니가 계단을 쿵쾅거리고 내려왔다.

망나니는 계단을 다 내려오지 않고 중간에서 멈춰 오만하게 고개를 쳐들었다.

"왔느냐, 돼지야."

"응."

"금은? 금을 연성한다고 하지 않았느냐. 정말 만들었느냐?"

"실패했습니다요."

"이런 무능한 것!"

망나니의 건방진 소리를 듣고 있자니 고였던 우울한 감정이 감쪽같이 증발했다.

다시 주방에 들어간 이해기가 외쳤다.

"크로플 만들었으니 와서 먹어."

"우왕, 크로플."

이보배는 얼른 손을 씻고 주방으로 갔다.

이해기는 갓 구운 크로플을 하나씩 주고 잼을 종류별로 꺼냈다.

"작은오빠, 난 메이플 시럽."

"그래그래. 화르세인지는 지금 꺼낸 거 말고 따로 원하는 거 있니?"

작은형의 친절에 이한생은 떨떠름한 표정을 지었다. 그렇다고 사양하진 않았다.

화르세인지 드 체키빙 사전에 사양과 겸양은 존재하지 않았다.

"꿀을 내놓거라."

이해기는 남동생의 건방진 요구에 화내지 않고 꿀을 꺼내 보기 좋게 종지에 담았다.

그는 동생들에게 한 상 차려준 뒤 싱글벙글 웃었다.

"집에 둘만 남아 적적했는데 너라도 빨리 오니 좋구나."

이보배는 따뜻한 크로플에 메이플 시럽을 뿌렸다.

오빠들밖에 없으니 눈치 볼 것도 없겠다, 그냥 손으로 들고 먹었다.

한입 베어 무니 한 겹 한 겹 버터가 녹아든 크로플에 메이플 시럽이 섞여 환상의 하모니를 이뤘다.

"완전 맛있어."

"크흠, 나쁘지 않구나."

"화르세인지가 TV 보고 먹고 싶어 하는 것 같아 해봤다. 생지 많이 샀으니까 맘껏 먹으렴."

이귀한은 다른 세계를 완파하러 떠났고 이보배는 순금 제작에 매달렸다.

지난 일주일 동안 집에 남은 둘째와 셋째는 뭐 하고 있었을까?

"둘이서 그동안 뭐 했어?"

"동네 청소하는 거 돕고, 공자님 먹고 싶다는 것도 해주고, 가고 싶다는 곳에도 가보고. 재밌게 놀았단다."

이해기가 어깨를 으쓱이며 착한 형으로 지냈음을 과시했다.

이에 반박하듯 양아치가 이보배의 귀에 대고 속삭였다.

"전부 거짓부렁이다. 저 사기꾼 새끼는 가장이 금방 돌아올 것 같지 않으니 집 비우고 나갔다 어제 돌아왔다. 돌아오자마자 내게 잘해주는 꼴을 보니 돼지에게 고자질할까 봐 저러는 것이 분명하다."

돈 좀 있느냐 묻더니 직접 벌기로 한 모양이었다.

망나니를 집에 혼자 두고 몰래 외박한 건 마음에 안 들지만.

'괜찮…… 겠지?'

집값이 떨어져서 그런지 알아서 돈 버는 이해기가 기특하게 여겨졌다.

'역시 타이밍이 중요해.'

이보배가 화내지 않자 이한생이 미간을 찌푸렸다.

"화내지 않느냐?"

"이제 막내 오빠 혼자서 외출도 하고 상식도 대강 익혔잖아. 제대로 아르바이트하면서 월급도 받는 성인인데 예전보단 조금 풀어줘도 괜찮지 싶어."

"나도 그리 생각했단다."

이보배가 긍정적으로 반응하자 이해기가 반색했다.

이해기는 미소를 머금고 남동생에게 말했다.

"형이 비밀이라고 했을 텐데?"

이한생 딴에야 돼지 귀에 대고 작게 속삭였지만 그래봐야 이해기 귀엔 다 들렸다.

화르세인지가 어깨를 움츠렸으나 곧 당당하게 펼쳤다.

"가문의 일원이 가주 몰래 행동한다면 마땅히 가주에게 고해야지! 나는 잘못하지 않았다!"

"보배였으면 혼자 두지 않았을 텐데 나니까 두고 간다고 생각하는 거 뻔히 보인다."

"유언비어니라! 아니야!"

"형이 널 미워해서 두고 간 게 아니라 위험해서 두고 간 거야."

"헛소리! 돼지야, 저 사기꾼의 거짓부렁을 믿어선 안 되느니라! 아예 듣지도 말거라!"

이한생이 목에 핏대를 세우고 반발하다가 이보배의 귀를 틀어막았다.

이보배는 묵묵히 망나니에게 붙들려 머리를 흔들려 줬다.

"전부 거짓이야! 언제부터 그리 날 위했다는 게냐!"

이해기가 성질부리는 동생이 귀엽다는 듯 하하 웃다 팔짱을 꼈다.

"이 새끼는 잘해주면 꼭 지랄을 해."

화르세인지가 흔드는 대로 머리를 맡기던 이보배가 결국 입을 열었다.

"차별은 그렇다 치고, 집에 혼자 있어서 무서웠나 봐. 앞으론 너무 오래 집 비우고 그러지 마."

"으아아악!"

정곡을 찔린 이한생이 괴성을 질렀다. 기차 화통 삶아 먹은 것처럼 컸다.

그가 이보배의 귀를 틀어막고 있지 않았더라면 귀가 먹먹했을 것이다.

"내가 언제 무서워했다고 그러느냐! 악마와 사기꾼이 없어 얼마나 편하고 좋았는지 모른다! 아주 행복했다!"

이해기는 팔짱을 풀고 고개를 끄덕였다.

"그래, 아무도 없으니 행복해서 내 방에 있던 뱀 인형까지 가져갔구나."

털 달린 동물만 좋아하는 이한생은 평소 이해기의 뱀 인형을 질색했다.

그런 뱀 인형을 가져갔단 이야기에 이보배가 눈을 동그랗게 떴다.

"그으건, 그건! 침입자 방지용이었느니! 뱀은 흉측하니 무섭지 않느냐! 도둑이 들기 좋은 출입구에 설치해 도둑을 놀래킬 용도였다!"

"얼씬도 안 하던 형 방에 들어가 강아지 인형을 꺼낸 건?"

"그것은 부적이다! 개는 자고로 집을 지키는 동물 아니냐! 개의 형상을 하였으니 설치해 집을 수호하는 부적 삼은 것이야!"

무슨 말을 해도 물에서 갓 나온 잉어처럼 펄떡펄떡 반응해 주니 지켜보는 입장에선 재밌었다.

'너무 놀리면 안 되지.'

재밌다고 계속 놀리면 삐져서 식음을 전폐하거나 극심한 스트레스로 막 나갈 수 있기 때문에 이보배는 적당히 끊었다.

"작은오빠, 그만해. 잘해주겠다고 했잖아."

이해기는 일전의 사건을 겪고 남동생을 바라보는 인식과 태도를 바꾸기로 결심했다.

이전까진 이보배처럼 이한생과 화르세인지 드 체키빙을

동일인 취급했지만 앞으론 구별해 주기로 한 것이다.

전생에 덕을 많이 쌓아 환생 특전도 잔뜩 얻은 고매한 성자님을 양아치와 똑같이 대우하면 예의가 아닌 것 같다나 뭐라나.

가족으로 대우하되, 이한생의 부인격이나 부록이 아닌 쌍둥이 형제로 대우하자.

이해기는 그렇게 결정했다.

"잘해주기는! 수시로 나를 조롱하고 있지 않느냐!"

그리고 공자님께선 이해기의 변화한 태도가 마음에 들지 않는 듯했다.

특히 특정 부분이.

"저 비스듬히 올라간 입꼬리와 나를 볼 때마다 갸륵히 여기는 눈빛을 보아라! 감히 나를 갸륵해하고 기특해하고 있다!"

"그래그래. 네가 죽기 전에 갖고 싶다고 소원 빈 형이다."

"무슨 소리냐! 나는 형이 갖고 싶다고 한 적 없다! 나는 체키빙 공작가의 유일무이한 후계자니라! 형제는 경쟁자일 뿐이야!"

"형이 화르세인지 마음 다 안다. 얼마나 형이 갖고 싶었으면 죽기 전에 성신에게 소원으로 빌었을까. 형님이 잘해주마."

이해기는 화르세인지의 접시에 새로 구운 크로플을 추가했다. 망나니 주장에 따르면 갸륵하고 기특히 여기는 눈빛을 꿀 대신 크로플에 얹었다.

이한생의 전신에 소름이 돋았다. 그는 생리적인 거부 반응을 견디지 못하고 떨었다.

"이걸 보아라. 미친 게 틀림없느니라."

"쫌! 막내 오빠 괴롭히지 말라고!"

이보배는 가장으로서 짓궂은 작은오빠를 질책했다.

인격이 다르니 뭐니 핑계는 좋지만 결론은 동생 괴롭히기의 연장이었다.

"형의 의무란다."

이해기는 뻔뻔한 낯짝으로 어깨를 으쓱이고 히죽 웃었다.

"알은 잘 데리고 다녔니?"

"현우가 환계 어쩌고 환수 어쩌고 하던데. 작은오빠도 알고 있었어?"

"들어본 것 같긴 한데 나는 잘 모른다. 소환술사들은 수가 적어서 그런지 좀 폐쇄적이었거든."

이해기는 눈살을 찌푸리고 그가 만나본 소환술사들을 회상했다.

"소환수 종류가 워낙 다양해서 자기들끼리도 정보 공유가 잘 되지 않았단다. 본인의 능력보단 소환수의 능력에 좌우되는 직업이라 그런지 몰라도 초반엔 유리한데 진짜 강자로 성장한 사람이 드물었어. 그래서 그런지 소환사 중엔 생존자가 드물었지."

아는 것 없는 회귀자는 이번에도 질문과 다른 말만 늘어놓았다. 이쯤 되면 무지를 아는 것이 앎의 시작이라던 그리스 철학자도 너는 아는 게 뭐냐고 핀잔 줄 수준이다.

"판다가 되라고 잘 말해주었느냐?"

"어허, 판다보단 뱀이 귀엽지."

"사기꾼이 눈을 장식으로 달고 사는구나. 어찌 이 귀여운 동물을 뱀과 비교한단 말이냐! 판다에게 사과하여라!"

망나니는 파충류만은 안 된다고 부르르 떨더니 귀여운 동물 영상 모음을 알에게 보여줬다.

'사운드가 하나 비니까 너무 아쉽다.'

큰오빠가 있었다면 어떤 동물이 좋다고 했을까?

개를 좋아하니까 역시 개나 늑대?

이보배는 각자 선호하는 동물 영상을 틀어 알에게 보여주는 오빠들 틈에 끼었다.

마침 화르세인지가 튼 귀여운 동물 모음 영상에 새끼 돼지가 나왔다.

"돼지도 귀엽지 않아?"

만약 크기를 조절할 수 있다면 소나 코끼리, 기린 말고 돼지도 괜찮았다.

이보배가 새끼 돼지의 귀여움을 강조하자 두 오빠는 사이좋게 고개를 저었다.

"돼지는 이미 집에 하나 있느니라."

"맞아, 보배야. 돼지는 이미 있으니까 다른 동물 하자."

이보배는 이씨 집안의 유일한 돼지 지위를 지킨 것이 기뻐 새끼 돼지 우는 소리를 흉내 냈다.

"꿀꿀."

그러자 체키빙 공자님이 정색했다.

"장난하느냐? 돼지 소리 잘 내더니 갑자기 왜 그 모양인 게냐."

"보배야, 혹시 목 아프니?"

'에라이.'

이래서 사람이 안 하던 짓을 하면 안 된다.

이보배는 우렁차게 외쳤다.

"꾸이이익!"

이보배는 한현우의 영입이 오래 걸리리라 예상했다.

고위 화염계 마법사나 화염계 정령술사의 수가 드물뿐더러 한 가지 조건이 더 붙기 때문이다.

지속력이다.

화염계 마법과 스킬은 순간 화력에 치중된 경우가 많아 장시간 일정 온도를 유지할 수 있는 능력자는 더욱 희귀했다.

'사계절에도 없으니까. 반야에는 있으려나.'

무려 대한민국 넘버원을 노리는(반야는 지구 넘버원이기 때문에 순위에서 뺀다) 사계절 길드에도 없다.

제아무리 전투 연금이라 해도 쉽지 않으리라 생각했다.

하지만 한현우가 누군가. 세계에선 사계절보다 위상 높은 대한민국 헌터계의 자랑 아니겠는가.

한현우는 하루 만에 화염계 마법사 한 명을 영입했다고 연락했다.

"벌써? 더 오래 걸릴 줄 알았는데."

–마침 나한테 빚진 형이 하나 있거든.

목숨 빚이라도 진 게 아니고서야 이렇게 갑작스러운 초대에 바로 응할 리 없다.

이보배는 전투 연금의 위엄에 새삼 감탄한 후 움직였다.

화염계 마법사도 바쁜 몸이라 오늘밖에 시간이 없다고 했기 때문이다.

"돼지가 또 나가느냐?"

"현우네. 어쩌면 늦을 수도 있어."

만약 진척이 있다면 그대로 순금 제작을 진행할 수도 있다.

이보배는 급히 짐을 꾸려 벌떡 일어났다.

외부인을 만날 예정이기 때문에 환수의 알은 두고 가기로 했다.

"잘 놀다 오렴."

이해기는 자연스럽게 알을 품에 안고 말했다.

저 알이 조카였으면 참으로 보기 좋았을 것이다.

'놀러 가는 거 아닌데.'

이보배는 아직도 김칫국을 포기하지 않은 작은오빠를 한심하게 쳐다봤다.

이해기는 웃으며 손을 흔들었다.

화르세인지가 형 옆에서 투덜거렸다.

"또 포션 팔이를 보러 가는 것이냐? 다른 사람도 만나고 그러거라. 여장 취미 정보 팔이도 보고 그래야지."

본인이 지지하는 매제 후보가 밀린다고 여겼는지 이한생이 초조하게 말했다.

'김칫국 마시는 인간이 둘이나…….'

이보배는 김칫국 드링킹 마스터 오빠들을 한심하게 쏘아보고는 집을 나섰다.

이보배의 목적지는 서울 노른자위 땅에 위치한 사계절 길드 건물이었다. 실험만 할 것이기 때문에 본사에 있는 설비로도 가능하단다.

엘리베이터에 탄 이보배는 6년 가까이 근속하면서 한 번도 내린 적 없는 층을 눌렀다.

같은 생산부지만 연금술사와 대장장이는 사이가 데면데면했다.

대부분의 대장장이가 경기도에 있는 대장간에서 근무하며 본사 건물엔 당번제로 출근해서이기도 하고 더 큰

이유는.

'연봉 차이가 심하잖아.'

대장장이는 생산계 각성자 중에서 최강 직업이다.

전투 스킬이 없는 건 똑같지만 근력 능력치가 높고 무기를 만들기 때문에 무기 다루는 데 익숙하다.

물론 작정하고 덤비는 전투계 각성자를 상대하면 당연히 패배한다.

하지만 사람들 인식이 오묘해서 말이다.

사람들은 수제품이 공산품보다 좋다고 생각한다.

헌터도 사람이기에 그런 생각에서 벗어나지 못했다.

헌터들은 대장장이를 가두거나 협박해 얻는 장비보다 돈과 재료를 바쳐 얻은 장비를 더 좋아했다.

후자에 정성이 깃들었다고 여겼다.

인신매매와 범죄 조직에게서 생산계 각성자를 보호하면서 시작된 임금 후려치기 관행은 대장장이에겐 통하지 않았다.

'대장장이 제작 템은 가격도 자기 마음대로고. 불공평해.'

연금술사가 제작하는 포션은 국가에서 가격을 정해버리는데 대장장이가 제작하는 장비는 가격도 자기 마음대로다.

같은 생산계 입장에서 이렇게 불공평한 일이 어디 있겠는가.

'연금술사가 제일 불쌍해!'

이보배는 소속 집단에 애정을 불태우며 엘리베이터에서 내렸다.

토요일이지만 주말 출근인 사람과 개인 수련을 위해 나온 사람도 있을 텐데 층 전체가 조용했다.

'뭐지? 일부러 비웠나?'

이보배는 약속 장소인 회의실에 들어간 뒤 이유를 알았다.

굴곡 없이 밋밋한 검은색 가면은 보복 범죄를 방지하기 위한 관리국 헌터들의 트레이드 마크.

대한민국 헌터들의 살아 있는 공포, 관리국 헌터가 등장했다!

"죄송합니다, 잘못 들어왔나 봐요."

이보배는 반사적으로 사과하고 문을 닫았다.

놀란 심장이 펄떡펄떡 뛰었다.

'어째 조용하다 싶더라니.'

다들 관리국 헌터의 등장에 깜짝 놀라 숨었거나 쥐 죽은 듯 눈치 보고 있는 게 틀림없었다.

'여기서 보기로 한 거 맞는데?'

이보배는 한현우가 보낸 문자를 확인하고 입을 앙다물었다.

한현우가 초빙한 화염계 마법사가 관리국 헌터인 듯했다.

'그럼 그렇다고 미리 말해줬어야지! 갑자기 봐서 놀랐잖아!'

무려 관리국 박 과장과 친하게 지내며 최요한을 장난삼아 때릴 정도로 친분을 쌓았다.

유마리와도 연령대가 비슷하고 비밀을 알고 있는 처지라 언니 동생하는 사이가 되었지만 그래도 관리국 헌터는 무서웠다.

어쩔 수 없었다.

이보배가 진정하고 회의실 문을 두드리려는데 문이 벌컥 열렸다.

예고 없이 열린 문에 이보배는 도끼로 문을 찍고 등장한 살인마라도 본 사람처럼 놀랐다.

"끼악!"

"어, 역시."

관리국 헌터는 이보배를 회의실 안으로 잡아끈 뒤 가면을 벗었다.

약간 눈치 없게 웃는 얼굴이 낯이 익었다.

"아, 저희 가게에도 마리 언니랑 오신 적 있죠. 성함이 그러니까……."

"마르스. 코드 네임 마르스입니다. 푸하하하, 반가워요."

자칭 코드 네임 마르스는 이보배의 등을 두드리며 반가워했다.

"이야, 과장님 친한 연금술사라고만 생각했더니 후배님이셨구나. 이 바닥이 좁긴 좁아. 한 다리 건너면 다 아는 사람이고, 그지?"

"후배요?"

"나도 사계절 출신이거든."

마르스가 대답하는 것과 비슷하게 회의실 문이 열리고 한현우가 들어왔다.

마르스가 한 말을 들은 한현우는 냉정하게 반박했다.

"어떻게 배신자가 그런 말을."

"사람이 여기 갔다 저기 갈 수도 있는 거지 배신까지 찾고 그래."

"엔딩 같이 보자 해놓고 길드 나갔으면 배신자 맞잖아요."

"엔딩 공략만 답은 아니잖아. 공략팀이 있으면 치안 유지팀도 있어야지."

마르스가 가슴을 펴고 당당하게 말했다.

"그리고 솔직히 관리국이 더 뽀대 나잖아."

'아, 이 사람이구나.'

이보배는 마르스의 한마디로 그간의 사정을 대강 짐작했다.

인재 좋아하는 관리국 박 과장이 스카우트한 사계절 길드원이 마르스였나 보다.

'전사 계열이라고 생각했는데.'

피부가 볕에 그을리고 체격이 좋은 데다 성격이 호탕해서 전사 계열로 여겼는데 마법사였던 모양이다.

이보배는 외모와 직업 편견에 사로잡혀 있던 본인을 반성했다.

"본명 염화성, 관리국 코드 네임 피닉스인 형이야. 가면 없을 땐 편하게 짭스라고 부르면 돼. 화염계 마법사고."

길드를 나가긴 했지만 사이가 나빠진 건 아닌지 한현우가 마르스를 편하게 대했다.

염화성이 한 말과 달라서 이보배는 당황했다.

"마르스라고 하셨는데."

"관리국이 코드 네임을 게임 닉 짓듯 대충 붙이긴 하는데 본명 그대로 쓰진 않지. 이 형 혼자 주장하는 거니까 짭스라고 불러."

듣고 보니 한현우의 말이 맞다.

화성의 한자가 어떻게 되는지 모르지만 마르스는 너무 성의 없는 코드 네임이었다.

"마르스가 더 가오가 사는데."

"짭새보다 짭스가 낫잖아."

한현우는 무표정한 얼굴로 염화성의 게임 닉이 '잡새'였음을 밝혔다.

그 사실을 안 박마노가 '짭새'나 '참새'로 붙이자고 주장한 것을 간신히 말려 '피닉스'가 되었단다.

셋은 실험실로 장소를 옮겼다.

이보배와 한현우가 설비와 재료를 세팅하는 동안 염화

성은 쉬지 않고 입을 놀렸다.

“근데 금 만든다는 거 진짜야? 연어가 재벌에서 초재벌로 진화하는 거냐? 크으, 형이 더 설렌다. 성공하면 나한테도 좀 줄 거지?”

“재료비가 금보다 비싸. 이번에 성공하면 형 인건비도 따로 계산해야 하니 적자야.”

“그래? 아쉽네, 과장님도 금 만든단 얘기 듣고 엄청 궁금해했는데. 그럼 왜 만드는 거야?”

“만들 수 있으니까.”

엘릭서 재료가 ‘순금’임은 밝힐 수 없기 때문에 염화성은 일반 금을 제작하는 것으로 알고 있다.

사서 쓰는 게 더 싸더라도 제작할 수 있기에 만드는 것, 그것이 연금술사란 이야기에 염화성이 감탄했다.

“말도 안 되는 소린데 네가 말하면 멋있게 들린단 말이야.”

“능력이 되니까.”

“능력 되는 김에 마력 회복 포션 지인 할인 어때?”

“…….”

한현우는 염화성을 깔끔하게 무시했다.

염화성은 굴하지 않고 타깃을 이보배로 바꿨다.

“일전엔 내가 몰라보고 각성제 타령이나 했는데 연어랑 협업할 정도면 보통 연금술사가 아니네. 혹시 마력 회복 포션 제작 가능해?”

"만들 수는 있는데요."

"그럼 공무원 할인 겸 지인 할인 찬스 어때?"

관리국 헌터들이 프리랜서 헌터보다 벌이가 적긴 하지만 그래도 염화성 정도의 고위 헌터가 돈 부족할 일은 없을 터.

이보배는 웃으며 얼버무렸다.

"하하, 시험 삼아 몇 번 제작한 게 전부라서요."

"그러지 말고, 마리한텐 처음보다 할인해 줬다고 들었는데. 나도 단골 될게."

유마리는 고맙다고 자꾸 웃돈을 얹어주려고 해 깎아준 것이다.

'하여간 있는 사람이 더하다니까.'

불철주야 시민 안전을 위해 노력하는 관리국 헌터들의 노고는 고마우나 이런 식의 할인은 해주기 싫다!

특히 집값이 떨어진 요즘은 더욱!

이보배는 웃으면서 말을 돌렸다.

"마리 언니한테 이용 후기 받긴 하는데 짭스 선배가 보시기엔 어때요?"

"내 보기엔 아주 괜찮아. 이제 혼자 다녀도 괜찮을 것 같은데 마리가 지레 겁먹어서 그렇지."

둘은 유마리의 정신 건강을 걱정하는 대화를 나눴다.

이보배는 문득 떠오르는 질문이 있어서 물어봤다.

"그런데 마리 언니는 코드 네임이 고트, 염소잖아요. 왜 염소예요?"

"아, 그거? 푸하하하!"

염화성이 질문에 대답은 안 해주고 배를 잡고 웃었다.

"처음엔 울프였는데 하하하, 그건 너무 직설적이라 양으로 바꾸려고 했거든. 근데 양은 쉽이잖아. 쉽새끼!"

쉽새끼가 웃기긴 했으나 저렇게 배를 잡고 웃을 일인가.

이보배는 잠시 고민했으나 실시간으로 세상을 지키는 영웅답게 긍정적으로 생각했다.

사람이 잘 웃으면 좋은 일이다.

"그래서 양이랑 비슷한 염소가 되었군요."

꿩 대신 닭이 아니라 양 대신 염소였다는 뜻이다.

이보배는 가만히 생각했다.

'관리국도 은근 개판인데?'

보복 범죄를 방지하겠다고 가면에 코드 네임까지 쓰는 집단이다. 그런데 코드 네임은 게임 닉보다 성의 없이 짓고 가면도 훌렁훌렁 잘만 벗어젖혔다.

"연어는 왜 별명이 연어 됐는지 알아?"

"게임 할 때 닉네임이 중금속미세먼지라 살인 먼지, 살먼 하다가 바뀐 거 아니에요?"

"푸하하하. 그거 아니야. 몬스터한테 독 가루 뿌렸는데 역풍 불어서 파티원 전부 중독된 적 있거든. 그때 살인 먼지 새끼라고 욕하다가 연어 된 거야. 독 가루가! 푸하하! 바람이 반대로 불어서 전부 우리 쪽으로 날아오는데! 그 때 애 얼굴 평생 못 잊을 거야!"

하마터면 파티원이 전멸할 뻔한 끔찍한 이야기인데 염화성은 배를 잡고 웃었다.

한현우가 그때 어떤 표정을 지었는지 모르겠지만 일단 지금 표정은 살벌했다.

한현우가 연어 독 풀 코스를 선보일 기세라 이보배는 아까 생각한 바를 말했다.

"제가 괜히 걱정하는 건지 모르지만, 관리국 보안이 조금 허술한 것같이 들리는데요."

"괜찮아, 괜찮아. 진짜 정체 숨겨야 하는 사람들은 알아서 잘하고 있어. 우리 관리국 필수 전력이 누군지 알아?"

"마노 선배죠."

관리국 하면 박 과장, 박 과장 하면 관리국.

이건 대한민국의 신규 상식이다.

그런데 놀랍게도 염화성은 고개를 저었다.

"아니, 과장님이 혼자 어그로 다 끌고 다니긴 하지만 과장님만으론 관리국을 유지할 수는 없어. 관리국을 유지하는 건 저주술사랑 봉인술사야. 그 사람들이 있어야 잡은 놈들 가둬두고 노역시킬 수 있거든."

생각해 본 적 없는 이야기에 이보배는 눈을 깜빡였다.

듣고 보니 그렇다. 언론과 사람들은 박마노를 위시한 관리국 헌터들의 강력한 전투력과 각성 범죄자 때려잡는 소식에 환호하고 잡은 이후는 관심을 두지 않았다.

각성자 전용 수용소가 있긴 하지만 각성자가 괜히 각성자인가. 강력한 각성자는 맨몸으로 건물 부수고 탈옥할 수 있다.

그런 각성 범죄자들을 가두고 강제 노역시키기 위해선 강력한 목줄이 필요할 것이다.

"듣고 보니 그러네요. 한 번도 생각해 본 적 없어요."

"일부러 언급 못 하도록 묻으니까."

그렇게 중요한 비밀을 대놓고 말해줘도 괜찮은 걸까.

이보배의 안에 새로운 걱정이 싹텄다.

"과장님이 광고 찍고 하는 것도 어그로 끌기용이야."

"그런 것치곤 즐기던데요."

한현우가 퉁명스럽게 대꾸하자 염화성이 좋은 게 좋은 거라고 웃었다.

"어차피 해야 하는 일인데 즐기면 좋잖아, 하하하! 나도 광고 찍고 싶다! 가면 쓴 상태로도 좋으니까 찍고 싶다고 했는데 안 끼워주시더라고!"

"사계절로 돌아오면 인터뷰는 다 짭스 형 줄게요."

"사람이 가오가 있지, 그만둔 곳으로 어떻게 돌아가."

염화성은 성격에 맞지 않는다며 허허 웃었다.

그는 은근한 미소를 띠며 작은 목소리로 말했다.

"이건 비밀인데. 사실 최요한이 저주술사나 봉인술사 같아. 항상 과장님 옆에 있잖아. 과장님 보좌라 해놓고 실은 과장님이 밀착 경호하는 게 아닐까?"

염화성의 추리는 전부 틀렸다. 틀렸으면서 심지어 나름 중요한 비밀을 외부인에게 말하는 입버릇도 글러먹었다.

'마노 선배한테 일러야 하나.'

사람이 눈치는 조금 없지만 붙임성 좋고 성격도 좋아 괜찮게 봤는데 입이 싸다.

눈치 없는 건 괜찮지만 입 싼 건 괜찮지 않았다.

세상 모든 불화의 근원은 입이라는 얘기도 있지 않은가.

이보배가 착잡한 심정을 감추려고 얼굴 근육에 힘을 주는데 한현우가 핸드폰으로 문자를 보냈다.

[짭스 형 눈치 없어서 괜찮아. 박 과장님도 알고 스카우트 했어.]

박마노가 사기당한 게 아니란 얘기를 듣고 나니 마음이 놓였다.

"우린 준비 끝났어요. 이제 짭스 형 차례예요."

설비와 재료 세팅을 마친 연금술사들은 실험을 위해 초빙한 화염계 마법사를 응시했다. 염화성이 마력을 모으기 위해 기합을 외쳤다.

“하하하, 나만 믿어라! 금 제작 가즈아!”

한 번.

“하하하, 화염 마법의 진수를 보여주마!”

“형, 온도 높이지 말고 지금 온도 유지나 해주세요.”

두 번.

“푸하하, 봤지? 봤지? 국내 불법(불 마법사) 중에 이렇게 정밀 컨트롤 할 수 있는 사람 나와보라고 해!”

“시끄러워요.”

세 번.

“헤엑, 헤엑. 혀, 현우야? 또 해야 돼? 계속 터지고 있는데 실패한 거 아니냐?”

“최소 열 번은 해봐야 샘플 기록이 남죠.”

그렇게 네 번.

기세 좋게 타오르던 불길의 기세가 약해졌다.

“살…… 려…… 줘…….”

두 시간 만에 열 살은 더 먹은 듯 노쇠한 염화성이 자비를 구걸했다.

한현우는 마력 회복 포션에 빨대를 꽂아 염화성에게 들

이밀었다.

"네 번밖에 못 했잖아요. 아직 죽으면 안 돼요."

"연어, 현우야, 부길마님, 잘못했습니다. 살려주세요."

화염계 마법은 전격계 마법과 함께 순간 화력이 압도적인 마법 중 하나다. 대신 그만큼 마력을 잡아먹었다.

염화성의 마력이 불에 타는 유산지처럼 급속도로 타들었다.

한현우는 염화성의 입에 억지로 빨대를 쑤셔 넣었다.

"말할 기운 있으면 포션 쪽쪽 빨아요!"

"우읍!"

"기쁘지 않아요? 형이 좋아하는 마력 회복 포션이잖아요. 세상 어느 마법사가 이 비싼 포션을 물처럼 마시면서 마법 써보겠어요."

"연어야, 혹시 이거 복수냐?"

"아니요. 짭스 형밖에 믿을 사람이 없어서 이러죠."

한현우는 사심은 한 톨도 섞이지 않았다며 무표정을 고수했다.

지켜보던 이보배는 생각했다.

'복수 맞는 거 같은데.'

마력이 바닥난 상태에서 억지로 마력을 사용하면 정신력이 소모된다. 정신력까지 바닥나면 특수한 상태 이상 〈마력 탈진〉에 걸린다.

〈마력 탈진〉은 앞에 '특수'가 붙은 것에서 짐작할 수 있듯 꽤 심각한 상태 이상이다. 스킬 위력과 명중률이 절반 이하로 떨어지고 쿨타임 회복도 느려진다. 마력 회복이 느려지는 건 당연하고 최악의 경우 〈봉인〉 상태가 된다.

이러면 어떻게 되느냐. 레벨과 능력치가 다운되고 등급 높은 스킬을 쓸 수 없게 된다. 인벤토리만 쓸 수 있게 되는 것이다.

봉인을 푸는 방법은 여러 가지가 있지만 전부 어렵고 힘들었다. 그러니 아예 거기까지 가지 않도록 하는 게 상책이다.

하지만 균열에서 어떤 위험과 고난이 닥칠지 모르는 일이고 몬스터를 상대하면서 전력을 쥐어짜는 일은 심심찮게 발생한다. 그래서인지는 모르겠지만 마력 회복 포션은 사용 쿨타임이 없었다.

한현우는 〈마력 탈진〉 상태가 된 염화성에게 마력 회복 포션을 먹여가며 바닥까지 쥐어짜고 있었다.

이보배는 이런 극한 상황에서도 마법을 유지하는 염화성의 실력에 감탄하는 한편, 한현우의 뒤끝에 혀를 내둘렀다.

'얘도 작은오빠만큼 뒤끝 길구나.'

평생 직장은 옛말이 된 지 오래인데 이직 좀 했다고 마음에 담아둘 일인가. 이보배가 의아해하자 한현우가 냉정하게 말했다.

"길드 배신자는 척살이야."

"그건 게임 얘기 아니야?"

"짭스 형은 초창기 멤버거든."

게임 할 때도 같은 길드였고, 정식으로 길드 설립하기 이전부터 파티를 짰던 개국 공신이자 동지란 이야기다.

사계절 길드의 황금 씨족이라 할 수 있었다.

"그리고 우리가 짭스 형을 좀 밀어줬었어. 균형 맞추려고."

"으하하하하!"

속성이 존재하면 속성 간에 상성도 존재한다.

한현우를 포함한 사계절 원년 멤버는 속성이 하나에 쏠리는 걸 방지하고자 빙제와 상극인 염화성에게 이것저것 퍼줬다.

특히 빙제는 마법 한 번 쓰고 마력이 0이 되는 염화성의 버릇을 고치고자 개인 과외까지 해줬다.

염화성은 동료들의 성원과 빙제의 은혜에 보답하고자 불철주야 수련한 끝에 훌륭한 화염계 마법사가 되었고.

"관리국에 갔지."

관리국으로 이직했다.

"그건 좀 그렇네요."

한현우가 누군가. 이보배와 개인 면담할 때 독립해도 뒤를 봐주고 타 길드에 들어가면 추천해 주겠다던 사람이다.

염화성 대하는 게 조금 이상하다 싶더라니 치졸하게 굴

만한 사정이 있었다.

"나갈 거면 그동안 공짜로 마신 마력 회복 포션값 갚고 가랬더니 몸으로 갚는다고 했잖아요. 힘내요, 형."

불길이 시들해지자 한현우는 새 마력 회복 포션을 꺼냈다.

염화성의 눈가에 물기가 고였다.

"잠깐만 쉬자. 화장실 가고 싶어."

"튈 거잖아요."

"안 튈게. 살려주세요."

염화성은 베테랑이다. 1세대 각성자에 첫 직장이 사계절 길드고 두 번째 직장이 관리국이니 경험도 풍부했다.

숨 돌릴 틈 없는 난전, 피곤해 쓰러질 것 같은 장기전, 숨 막힐 것 같은 긴장 속의 전투 모두 겪어봤지만 이런 식으로 정신력을 소모하며 마법을 쓰는 건 답답해 죽을 지경이었다.

"차라리 화끈하게 온도 올리는 게 낫겠다."

"알겠어요, 그럼 10분만 휴식."

"감사합니다, 부길마님."

염화성은 해방된 노예처럼 자유를 외치며 실험실 밖으로 뛰쳐나갔다.

이보배는 지난 다섯 번의 실험 기록을 점검하고 혀를 찼다.

기껏 화염계 마법사까지 초빙해 화력을 바꾸었으나 제작 결과는 똑같았다.

"재료 아깝다."

전부 펑펑 터지고 정체불명의 물체 X만 나왔다.

'포션도 아까워.'

이보배는 염화성이 마시고 버린 빈 포션병을 세어보고 살짝 떨었다.

포션값까지 합하면 몇 시간 동안 얼마를 써 재낀 건지 정신이 아득해질 정도였다.

"현우야, 너는 안 아까워?"

"뭐가?"

"다섯 번 모두 실패했으니, 이 방법도 틀린 것 같은데 다섯 번 더 실험하는 건 아깝잖아."

"안 아까워."

한현우는 태연하게 대답했다.

"힐러가 없다 보니 연금술사 대부분은 회복 포션 제작에 치중하고 있어. 노쿨 포션이나 등급 높은 회복 포션 제작에만 사람이 몰리고 투자도 그쪽으로만 진행되고 있지. 연금술의 다른 분야는 연구가 미진해. 그러니까 이런 투자는 아깝지 않아."

한현우가 대한민국을 대표하는 전투 연금다운 말을 했다.

"그리고 너도, 그렇게 생각해서 상태 이상 치료제에 집중해 보겠다고 한 거잖아. 우리는 평범한 포션에 만족하지 않는 엘릭서 동지니까."

"엘릭서 동지, 그거 듣기 좋다."

이보배는 엘릭서 동지에게 주먹을 내밀었다.

한현우가 가볍게 주먹을 부딪쳤다.

그렇다, 이보배가 누군가. 실시간으로 세계를 지키고, 장차 갓보배가 될 몸이며, 갓보배도 실패한 엘릭서와 라스트 엘릭서를 제작할 미래의 포션 마스터 아니신가.

지금의 실패도 다 뼈가 되고 살이 되고 경험치로 누적될 터. 이런 푼돈(?)에 일희일비해선 안 된다.

큰오빠가 집에 없고 집값은 떨어지고 순금 제작은 계속 실패하니 마음이 약해졌나 보다.

이보배는 배포를 크게 먹기로 다짐했다.

한현우가 지정한 휴식 시간을 딱 1분 넘기고 염화성이 돌아왔다. 염화성은 자판기에서 뽑은 믹스 커피를 홀짝였다.

"빨리 마셔요."

"커피 한 잔의 여유는 즐기자!"

휴식 시간 늘리려고 일부러 뽑은 티가 났다.

한현우는 삼 분을 더 기다려 준 후 제자리에 선 염화성에게 말했다.

"차라리 화끈하게 온도 올리는 게 낫다고 했죠?"

"온도 올리게? 그건 내 전문이지! 파하하, 나만 믿어!"

염화성은 곧 그 말을 후회했다.

"살…… 려…… 줘……."

마법으로 피운 불씨의 온도는 스킬에 따라 다르다.

지극히 당연히 불꽃 온도가 높을수록 고위 스킬이고 마력과 정신력 소모도 컸다.

한현우의 요구대로 고위 스킬을 시전한 후 유지하는 염화성은 산 채로 죽어갔다.

이보배는 마력 회복 포션과 각성제를 그의 입에 꽂았다.

"죽…… 여…… 줘……."

각성제를 꽂았더니 살려줘가 죽여줘로 바뀌었다.

이보배는 죄책감을 느끼면서도 손을 계속 놀렸다.

원망의 눈초리가 따가웠다.

"보배 씨…… 무서운 사람이었구나."

"아하하."

"보배 탓할 힘 있으면 집중해요. 불나면 고소할 거예요."

"크흡."

염화성이 입을 다물고 집중했다.

고된 강행군과 약물 도핑으로 힘들 법한데 그의 집중력은 흐트러지지 않았다.

과연 박마노가 채갈 만한 인재였다.

눈물 콧물을 줄줄 흘려 멋이 반감되는 게 안타까울 뿐이다.

"이거, 이걸로 빚진 거 끝내는 거다. 알지?"

"하나 남았는데요."

"아직도?"

"심판자의 검 10강 성공하면 1일 용병 해주기로 했잖아요."

"야, 그건 게임 얘기지!"

"그래서 안 해준다고요?"

"해줄게!"

염화성은 한현우의 집념에 두 손 두 발 다 들고 1일 용병 부림권이 유효함을 인정했다.

'이렇게 친했으니 가족 같은 길드가 모토였구나.'

게임 같이하는 사람들이 이만큼 친했으니 현실에서 길드를 만들 때도 가족 같은 길드를 내세운 것이다.

그 가족 같은 형을 죽기 직전까지 쥐어짠 결과는 놀라웠다.

시도 때도 없이 펑펑 터지면서 '이 제작은 실패요!'를 외치던 혼합물에 변화가 생긴 것이다. 이보배와 한현우의 눈이 휘둥그레졌다.

불이 정답이었다!

"형, 효과가 있어요! 좀 더 유지해요!"

"안 돼……. 못 해……. 차라리 날 죽여……."

"으악, 불 꺼진다!"

이보배가 급히 염화성의 입에 마력 회복 포션을 꽂아 넣었지만 바닥난 정신력은 어쩔 도리가 없었다.

염화성이 쓰러지면서 불도 피시식 꺼졌다.

불이 꺼지는 순간 도가니 속 금속물은 '뺑이요!'를 외치며 정체불명의 물체 X가 되었다.

"형!"

"새하얗게…… 불태웠어……."

마력과 정신력을 말 그대로 활활 불태운 염화성이 바닥에 쓰러졌다.

이보배와 한현우는 그를 붙잡고 짤짤 흔들었다.

"아니에요, 짭스 선배님은 하실 수 있어요! 한 번만 더 해봐요!"

"짭스 형! 성공하면 1일 용병도 탕감해 줄게! 일어나!"

쓰러진 염화성이 간신히 눈을 뜨자 이보배는 방긋 웃었다.

하지만 그가 설레설레 고개를 젓는 걸 보고 시무룩해졌다.

"효과가 있었어요. 한 번만 더 해봐요."

"안 돼, 진짜 못 해."

"혹시 전에 무리해서 피곤하신 거면 나중에 재시도할까요?"

"그게 아니라."

염화성이 달달 떨리는 손으로 얼굴을 쓸어내렸다.

그는 악귀 같은 염금술사 콤비에게 현실을 일깨워 줬다.

"불가능해서 못 해. 아까 온도로 최소 30분 이상 유지해야 하는 거잖아. 그거는, 할 수 있는 사람이 없다."

"형 능력이 부족한 건 아닐까?"

"진짜야!"

"그러지 말고 푹 쉬신 다음에 재시도해 봐요."

한현우가 협박하고 이보배가 어르고 달래도 소용없었다.

염화성은 현실적으로 불가능하다면서 근거를 댔다.

"이거는 진짜 안 돼. 한번 스킬 쓰면 계속 불 유지되는 게 아니면 불가능해."

"그럼 어떡하죠."

"상급 불의 정령석은 써봤댔지?"

"네."

"그것도 온도가 꽤 높을 텐데 통하지 않았다면 답은 하나다."

"최상급 불의 정령석이라고 말할 거면 하지 마요."

"최상급 불의 정령석이다!"

"하지 말라니까."

한현우가 눈치 없으면서 입만 싼 아는 형의 멱살을 잡았다. 누군가 실험실 문을 두드렸지만 멱살 잡은 손을 풀지 않았다.

"누구세요?"

여기까지 들어올 수 있다면 길드 관계자다.

설마 사계절 길드 건물 내에서 무슨 일이 생길까 싶어, 이보배는 별 의심 없이 문부터 열었다. 그리고 마주친 뜻밖의 얼굴에 반색했다.

"안녕하세요. 근처 지나다가 잠깐 들렀어요."

최요한이 언제나처럼 온화하게 웃으며 인사했다.

이보배도 반사적으로 웃으면서 화답했다.

"와, 요한 씨 반가워요. 요한 씨도 잘 지내셨죠?"

"하하, 너무 반가워해 주셔서 민망하네요. 제가 그간 연락이 뜸했죠? 죄송해요, 일이 좀 생겨서……."

"아유, 바쁘신 거 아는데요."

"그래도 보배 씨에겐 언제든지 시간 낼 수 있으니까요."

"말씀만으로도 감사해요."

사실 이보배는 최요한이 바빠서 좋았다.

"가족분들 모두 잘 계시죠?"

"하하, 그럼요. 신경 써주신 덕분에요."

"이귀한 씨 근황 듣고 과장님이 많이 좋아하시더라고요."

"하하하. 늘 마음 써주셔서 정말 감사해요."

이보배는 이귀한이 균열에 진입했다고 거짓말했다.

박마노는 이귀한이 정신 차렸냐며 좋아했고 최요한은 의심하는 듯했으나 더 캐묻지는 않았다. 이보배와 대화를 나누며 화기애애하게 웃던 최요한이 염화성과 한현우를 보자마자 깜짝 놀랐다.

눈이 휘둥그레지는 과정이 연기치고 자연스럽다 못해 진짜 같았다. 그의 성격을 모르는 사람이라면 감쪽같이 속았을 만한 연기력이었다.

"아닛! 한현우 부길드 마스터, 지금 관리국 헌터를 핍박하고 계신 거예요?"

이걸 핑계 삼아 전세를 역전하라는 밑밥을 깐 것이지만 슬프게도 상대는 염화성이었다.

염화성이 멱살 잡힌 채 환히 웃었다.

"하하하, 최요한 씨 안녕! 여긴 무슨 일이야?"

눈치 없는 염화성 덕분에 최요한의 미소만 짙어졌다.

똑같이 눈치 없단 소리 자주 듣지만 염화성보단 나은 한현우가 눈치를 살피고 물러났다.

"안녕하십니까. 약속 날짜는 오늘이 아닌데 무슨 용무로 찾아오셨습니까?"

"아까 말한 대로 지나는 길에 잠깐 들렀습니다."

최요한이 인벤토리에서 주스 세트를 꺼냈다. 공손히 인사하면서 선물을 건네는 모습이 꽤 몸에 익어 보였다.

"금을 만든다고 해서 호기심을 못 견디고 견학 왔습니다. 이건 별거 아니고 유기농 착즙 주스입니다. 한현우 부길드 마스터께선 국가의 귀중한 인재잖아요. 몸을 잘 돌보셔야죠."

"이런 거 안 받는다고 했습니다."

"하하하, 잘 먹을게!"

한현우가 거절한 주스를 염화성이 냉큼 받고는 멋대로

포장을 뜯어 사과 주스를 마셨다.

한현우가 물끄러미 응시하자 염화성은 주스를 골랐다.

"현우 네가 좋아하던 게…… 여기 포도 주스. 보배는 뭐 좋아해?"

"저는 딸기 주세요."

"딸기 여기 있네. 감귤 하나 남으니까 요한 씨는 감귤 마셔."

안 받는다고 했는데 주스 분배가 끝나 버렸다.

한현우는 작게 한숨을 내쉬면서 주스를 마셨다.

최요한은 주스를 마시는 척 실험실 내부를 관찰하는 척 염화성의 상태를 살폈다.

"염화성 씨 많이 피곤해 보이시네요. 실험이 많이 고되었나 봐요."

"말도 마. 나를 죽을 만큼 쥐어짜는데 다른 마법사였으면 이미 죽었다니까!"

'염화성 씨 걱정되어서 왔구나.'

이보배는 최요한이 갑자기 찾아온 이유를 짐작했다.

동료의 상태가 마력 탈진에서 정상으로 왔다 갔다 하니 대체 뭘 하고 있나 의심스러웠을 것이다.

"실험은 순조롭나요? 진짜 금을 만들 수 있는 거냐고 과장님도 굉장히 기대하고 계세요."

이보배와 한현우가 '순금'의 존재를 감췄기에 염화성이

나 박마노는 그냥 금을 제작하는 실험으로만 알고 있었다.

균열에서 공략 보상으로 금이 나오기 때문에 금 보유량 자체는 늘었으나 덩달아 사용처도 늘어 금 시세는 올랐다.

만약 금을 제작할 수 있게 된다면 개인은 물론이고 나라에도 큰 도움이 될 것이다.

인간은 고래(古來)로 빛나고 무르며 변질되지 않는 누런 금속에 열광했다.

최요한마저 약간 들뜬 모습을 보이기에 이보배와 한현우는 현실을 꼬집었다.

"재료가 금값보다 비싸요."

"그리고 계속 실패하고 있습니다."

"시장성이 없군요. 안타깝네요. 그래도 금 제작은 모든 연금술사의 꿈이니까요. 한현우 부길드 마스터와 보배 씨처럼 훌륭한 연금술사 두 분이 모였으니 좋은 결과가 있을 거예요."

최요한은 인건비를 고려하지 않은 원자재가 더 비싸다는 이야기에 슬퍼하는 한편, 연이은 실패에 의기소침해하는 연금술사들을 응원했다.

"말처럼 쉬운 일이 아닙니다. 짭스 형을 장기 대여하고 싶은데 가능하겠습니까?"

"저희가 워낙 인력난이 심해서 그건 조금 어렵습니다만……."

일단 조건은 들어보겠다는 듯 최요한이 말끝을 흐렸다.

"야, 진짜 인간적으로 불가능하다니까! 나 쥐어짜도 소용없어!"

눈치 없는 사람도 죽을 위기가 엄습하면 생존 본능이 발동한다.

염화성은 자길 백날 쥐어짜도 실패할 거라며 설명을 늘어놓았다.

"여기 다른 마법사가 있으면 동의했을 거야. 이건 사람이 할 짓이 아니라니까!"

사람이 할 짓이 아니라는 말에 최요한이 뭔가 떠오른 듯했다.

"혹시 김혁 씨에겐 여쭤보셨습니까?"

"김혁 씨는 절대 관리국에 가지 않겠다고 맹세했습니다."

"그게 아니라, 귀환자 임시 숙소에 머무르실 적에 김혁 씨가 있던 세계의 용은 브레스로 금을 만들 수 있다는 얘기를 들었거든요."

이보배의 눈이 휘둥그레졌다.

한현우도 깜짝 놀라 핸드폰을 들고 바로 김혁에게 연락했다.

"네, 게임 중이시군요. 중요한 일을 하시는 데 방해해서 죄송하지만 통화 가능하십니까? 하나 여쭙고 싶습니다."

한현우는 최요한이 해준 말이 진짜인지 물었다.

이보배는 눈을 초롱초롱 빛내며 통화가 끝나길 기다렸다.

하지만 통화를 마친 한현우의 표정은 어두웠다.

"용의 불길로 금을 만들 수 있긴 한데."

보통 이렇게 말할 땐 뒤에 이어지는 말이 진짜다.

"용은 잠들기 전 바닥에 잔불을 쏘아 잠자리를 데우는데 이걸 100년 반복하면 잔불을 쬔 땅이 금으로 변한다고 합니다."

불 쏘는 용은 어디서 구할 것이며 100년은 어떻게 기다릴 것이냐.

이보배가 이마를 짚으며 탄식하는데 염화성이 열불을 토해냈다.

"용 불로도 100년이 걸린다는데 나를 갈아먹으려고 해? 그것 봐! 사람이 할 짓이 아니라니까! 이건 최상급 불의 정령석을 파레트로 갖다 놓든가 그도 아니면 시전하고 지속되는 주문, 그래, 그거. 헬파이어! 헬파이어 쓰는 그 새끼 데려와야 한다니까!"

"헬파이어가 진짜 있는 마법이에요?"

한현우가 헬파이어를 예시로 들긴 했지만 진짜 있는 마법일 줄은 몰랐다.

"있어. 시전자가 취소하지 않으면 영원히 꺼지지 않아."

"헬파이어를 쓸 수 있는 마법사를 제가 몰랐다고요?"

시스템이 헬파이어를 어떻게 분류했을지 모르지만 대부

분의 매체에서 헬파이어는 고위 화염 마법이다.

헬파이어를 쓸 수 있을 정도의 마법사가 있다면 빙제만큼 위명을 떨쳤을 터였다.

아라크네의 거미줄에서 균열 업계 주요 정보를 메일링 받는 한현우는 자신이 모르는 고위 마법사가 있다는 이야기에 깜짝 놀랐다.

"마력이나 정신력이 추가로 소모되지 않는 대신 조건이 까다롭거든."

"조건이 뭔데요?"

"헬파이어잖아. 지옥 불이 태우는 게 뭐겠냐."

지옥 불이 태우는 것.

이보배는 지옥 불 하면 떠오르는 동서양의 지옥도를 떠올리고 설마설마하면서 입을 열었다.

"설마 사람이에요?"

"그래, 사람을 장작으로 써야 쓸 수 있는 마법인데 그걸 배운 새끼 인성은 오죽하겠어. 위험도 S급 빌런, 우웁."

"빌런? 영미권 각성 범죄자입니까?"

"하하, 외국 범죄자 맞습니다. 연쇄 방화 살인마라 각국에 수배령이 떨어진 악질 범죄자니 없는 사람이라고 생각하세요."

빌런은 사람을 죽이면 경험치를 얻을 수 있고 인벤토리 내 물품도 획득할 수 있다.

기존의 윤리관이 해이해진 균열 시대에 각국 정부와 높으신 분들은 빌런의 존재를 은폐했다.

한현우쯤 되면 빌런에 대해 알 법하나 그는 사계절의 귀여운 막내였다.

어리니까 어른이 될 때까지 흉흉한 정보를 감춰주자고 배려하던 것이 스물다섯 살이 된 지금까지 어영부영 이어졌다.

한현우가 지금처럼 산다면 빌런과 엮일 일 없을 것이요, 알아봐야 기분만 더러워지니 앞으로도 모르고 사는 게 좋다.

최요한도 같은 생각인지 염화성의 입을 틀어막았다.

한현우는 연쇄 방화 살인 얘기만 듣고도 눈살을 찌푸렸다.

"그런 재능을 갖고 있으면서 범죄나 저지르다니. 정말 이해할 수 없군요."

인류는 미증유의 위기를 맞이했다. 그런 상황에서 몬스터를 죽이라고 주어진 힘을 사람을 죽이는 데 쓰다니.

한현우는 진심으로 혐오스러워하며 얼굴도 모르는 외국인 범죄자에게 경멸의 눈초리를 보냈다.

이보배도 동감했다.

'한두 명 죽이진 않았겠지.'

사람 한두 명 죽인 걸론 빌런이 될 수 없다. 그러니 아주 많은 사람을 악질적으로 살해했을 것이다.

이보배는 상상했다가 속이 안 좋아졌다.

"아무리 능력이 좋아도 그런 사람과는 상종하고 싶지 않습니다. 빨리 붙잡혀 법의 심판을 받았으면 좋겠습니다."

"현명한 판단이십니다."

헬파이어 주문 사용 가능자는 빌런이야, 최상급 불의 정령석은 아직 획득했다는 사람이 없어, 국내에서 한 손에 꼽히는 화염계 마법사는 인간에겐 불가능하다고 해.

이래서야 답이 없었다.

이보배는 팔짱을 끼고 신음했다.

"그럼 이제 어떡하지? 정령술사를 초빙해야 하나?"

"정령술사도 비슷할 거야. 짭스 형, 레벨을 최소 몇은 올려야 가능할 것 같아요?"

"야, 이건 인간이 할 짓이 아니라니까."

"그건 형 능력이 부족해서고요. 대답이나 해봐요."

"글쎄다. 특화 주문 없이 깡으로 버티려면 레벨 20은 더 올려야 할 거고, 만약에 헬파이어 비슷한 주문을 얻으면 주문빨로 밀어볼 수 있을 거야."

"그런 주문은 언제쯤 얻을 수 있는데요?"

"야! 내가 그걸 알면 염제 소리 들었지!"

그 말이 정답이다.

이보배와 한현우는 한숨을 내쉬다가 눈빛을 교환하고 실험을 종료했다.

그리하여 다시 돌아온 반성의 시간.

소득이 있었으나 큰 진전은 없었다.

한현우는 심각하게 책상을 두드리다가 생각하고 있던 것을 말했다.

"너무 빨리 얻어버렸나."

"순금 제작 레시피?"

"응, 제작하기엔 너무 이른 것 같아."

이보배는 한현우가 한 말을 검토해 봤다.

한현우의 말도 어느 정도 일리가 있었다.

일단 재료를 보자. 한현우가 균열 공략에 적극적으로 임하는 사계절 길드 부길드 마스터니까 구할 수 있었던 귀한 재료들이 대부분이다.

히든 피스를 얻을 수 있는 조건의 연금술사 혼자 재료를 모으려고 했으면 10년은 더 걸렸을 것이다.

그리고 가장 중요한 불을 보자. 최상급 불의 정령석은 존재할 것이라 짐작만 할 뿐 아직 획득한 사람이 없다.

인력으로 대체하자니 사람도 능력이 부족했다.

"각성자의 성장세는 레벨이 높아질수록 둔화돼. 짭스형 말대로라면 최소 10년은 걸릴 거야. 가끔 게임에서."

한현우는 전문 분야인 게임으로 예시를 들려다가 멈칫했다. HP와 독은 알지만 햇살 만세는 모르는 이보배에게 게임을 예시로 들어도 괜찮을지 걱정된 것이다.

이보배는 일단 말해보라는 의미에서 고개를 끄덕였다.

"가끔 게임에서 초반에 주지만 후반에나 쓸 수 있는 아이템이 나오거든. 그런 게 아닌가 싶어."

"그럴 수도 있겠다. 그리고 내 생각인데."

이보배는 험난한 순금 제작 과정을 회상한 후 내린 추측을 밝혔다.

"순금은 엘릭서의 재료일 뿐이잖아. 그런데 제작 과정에 특수한 불이 필요해. 그럼 엘릭서 제작할 때도 지금처럼 특수한 불이 필요하지 않을까, 그렇게 생각하는데 어때?"

"그거야!"

한현우가 즉답하는 바람에 이보배는 손을 내저었다.

"대단한 건 아니고 그냥 생각이 그렇다구."

"아니, 네 말이 맞아. 원래 게임에서도 제작 과정 중에 A 시키고 B 시키고 C 시키면 나중에 ABC 전부 시켜. 질 나쁜 게임 중엔 알려주지도 않은 D나 Z를 시키는 게임도 있어."

한현우는 말하면서 점점 흥분하더니 목소리를 높였다.

이보배는 한현우를 진정시키고자 덤덤하게 반응했다.

"응, 너도 나도 알고. 대단한 건 아니지."

"아냐, 대단해. 대단한 거야. 지금까지의 연금술이 기초 연금술이었다면 순금 제작부터 일반 연금술의 단계로 접어드는 거라고. 그러기 위한 필수 조건이 특별한 불일지도 몰라!"

흥분한 한현우가 자리를 박차고 일어나 무서운 속도로 중얼거렸다.

"만약 그렇다면 연금술사의 독자적인 방법으로 특별한 불을 지필 수 있을 거야. 계속 다른 직업 신세를 져야 할 리 없어. 분명히 그럴 거야. 그동안 화약은 현대 기술에 기반한 화약만 건드렸는데 아예 특수한 불 자체에 집중하면 새로운 불을……."

이보배의 단순한 추리가 전투 연금 한현우에겐 깊은 영감을 준 모양이었다.

이보배는 어안이 벙벙해져 한현우를 구경하다가 의자를 뒤로 슬슬 밀었다.

'방해되지 않게 가야겠다.'

창작자가 착상을 얻었거나 무림인이 심득을 얻었을 땐 건드려선 안 된다.

천재 연금술사가 영감을 얻었을 때도 마찬가지였다.

사방팔방 뻗어 나가는 발상을 건드렸다가는 역으로 꽉 막힐 수 있기 때문이다.

"어디 가?"

이보배 딴에는 배려해 주려고 자리를 비킬 생각이었는

데 한현우는 그조차도 거슬렸던 모양이다.

흥분해 동공이 열린 눈이 묘하게 무서웠다.

"집에 가려고."

'가지 말라고 하려나.'

같이 실험하자는 소리가 나올까 마음의 준비를 했는데 다행히 한현우는 이보배를 보내줬다.

"그래, 너도 지금 생각하고 있는 걸 실험해 보고 싶겠지. 알겠어, 나중에 만나서 정리하자."

"응, 나중에 봐."

이보배는 조심스럽게 짐을 챙겼다.

엘리베이터에 타 1층에 내린 그녀를 영감이 급습했다.

"와앗!"

엘리베이터에서 내리더니 갑자기 큰 소리를 낸 이보배에게 시선이 집중되었다.

이보배는 경계하는 눈빛의 경비원에게 꾸벅 고개를 숙인 후 택시를 잡았다.

버스를 타면 집중이 깨져 뒷북친 영감이 날아갈 것 같았다.

'현우 말대로 좀 대단한 거 아닌가? 신화에도 나오고 그러잖아. 특수한 화로나 불로만 만들 수 있는 아이템 같은 거. 만약에 특수한 포션을 제작할 때도 그런 불이 필요한 거라면…….'

연금술사의 불.

한현우가 중얼거린 말 중에 그 대목이 이보배의 마음을 사로잡았다.

'특수한 방법으로 지피는 연금술사만의 불. 있어 보여.'

그동안은 평범하게 가스 불이나 전기 화로에 의지했다.

하지만 세계가 바뀌었다.

판타지 중에서도 현대 판타지 세계가 되었다 이 말이다.

연금술사만의 독자적인 불 지피는 방법, 있을 법하지 않은가?

택시가 집으로 가는 동안 이보배의 머릿속에서 갖가지 가능성과 상상력이 만개했다 지고 피길 반복했다.

이보배는 택시에서 내리자마자 집으로 내달렸다.

회귀자에게 전화해서 이것저것 캐묻고 싶은 걸 참느라 입이 얼마나 근질거렸는지 모른다.

"작은오빠!"

"막내 왔니."

"보배 왔구나."

"늦을 수 있다더니 해 지자마자 귀환하는 게냐."

소파에 누운 이귀한이 손을 흔들었다.

거실 바닥에 양반다리로 앉아 TV를 보던 이한생이 건성으로 인사했는데 말은 제일 길었다.

이보배는 환수의 알을 업고 요리 중이던 이해기를 향해

직선으로 걸어갔다.

무엇을 만드는지 간장 달이는 냄새가 무척 좋았다.

"작은오빠, 혹시 내가, 갓보배가 이상한 불 썼어?"

"이상한 불?"

"그냥 가스 불이나 전기, 마석 화로 말고 마법이나 신기한 불. 혹시 그런 불로 연금술 했어?"

"아, 그건가."

이해기는 짐작 가는 게 있는지 눈에 뵈는 것 없는 막냇동생에게 설명했다.

"뭔지는 모르겠지만 언제부턴가 이상한 가루 같은 걸 잔뜩 만들어서 쓰곤 하더구나. 그 가루를 뿌리면 불이 일었거든."

"언제부턴데? 그걸로 뭐 만들었는데?"

"나도 바쁘고 너도 바쁘고 해서 언제부터인지는 확실히 모르겠지만 현우가 알려줬다고 들었던 것 같기도 하고……."

언제나처럼 회귀자는 명확하게 아는 게 없었다.

이보배는 원하는 대답을 위해 질문을 추렸다.

"그럼 이것만 알려줘. 내가 노쿨탐 포션 제작한 게 그 가루 쓴 후야, 전이야?"

"이후란다. 확실해, 왜냐하면 네가 노쿨탐 포션 등급 낮춰 개량하면서 짜증 내다 가루 잘못 던져서 불낼 뻔했거든."

"이거다! 이거야!"

이보배는 두 팔을 번쩍 들어 태양 대신 거실 형광등의 빛을 만끽했다.

한현우가 보았다면 완벽하다고 엄지손가락을 들어 올릴 햇살 만세 자세였다.

"그런데 보배야."

"그 가루 이름은 몰라? 재료나 어떻게 제작하는지는 당연히 모르겠지! 왜냐하면 작은오빠니까! 오빤 그게 개성이니까!"

"아주 중요한 걸 못 보고 지나치지 않았니?"

"무슨 소리야?"

이보배는 눈을 깜빡이며 자신이 지나친 거실을 돌아보았다.

망나니 공자님은 거실에서 TV를 보고 있고 큰오빠는 언제나처럼 소파에 누워 핸드폰 게임을 하고 있다.

'큰오빠?'

뒤늦게 이귀한의 귀환을 알아챈 이보배의 눈이 왕밤만 해졌다.

아무리 마음이 급해도 놓칠 게 따로 있지.

"큰오빠!"

가족을 보고도 알아채지 못한단 말인가.

이보배는 크게 자책하면서, 동시에 반갑고 기쁜 마음에 한달음에 이귀한에게 달려갔다.

"히익, 돼지가 뛴다!"

멧돼지처럼 질주해 오는 동생에 놀란 화르세인지가 급히 대피했다.

이귀한은 전속력으로 돌진해 오는 막냇동생을 품에 받아 안았다.

"오구오구, 우리 막내. 오빠 보고 싶었어?"

이귀한이 이보배를 안고 등을 토닥이자 이한생이 역겹단 표정을 지었다.

그러거나 말거나 이귀한은 편애하는 막내를 계속 편애했다.

앞으로도 계속 편애할 예정이다.

"나도 막내 보고 싶었어!"

"큰오빠! 언제 온 거야, 왜 나한테 연락 안 했어. 다친 데는 없고?"

이보배는 다른 세계에서 또 귀환한 큰오빠의 얼굴을 떡 주무르듯 주물렀다.

다행히 눈, 귀, 손, 발은 두 개이고 코랑 입은 하나였다. 손가락 발가락도 다섯 개씩 제대로 붙어 있었다.

이보배가 쉬지 않고 쏟아내는 질문에 세 오빠가 각자 대답했다.

"악마는 두 시간 전에 강림하였다."

"현우랑 노는데 방해하기 좀 그래서 연락하지 않았단다.

겸사겸사 깜짝 파티나 해볼 생각이었는데, 일찍 왔구나."

"막내야, 나는 파괴이며 어둠이고 공포이자 타락이며 순수한 악이자 세계의 부정이며."

"안 다쳤단 거지? 알겠어."

이귀한의 눈빛이 점점 요사스러워졌기 때문에 이보배는 큰오빠의 입을 막았다.

반년 금연했다가 독한 담배를 피운 사람처럼 눈에 생기가 돌고 광적인 빛이 얼룩졌다.

"뿌셔뿌셔 정말 재밌어서 더 하고 싶었지만~"

이귀한은 위험한 눈빛으로 주위를 둘러보다가 이내 활짝 웃었다.

"그래도 너희들 있는 집이 최고야."

망나니는 헛구역질하는 시늉을 하면서도 별말 하지 않았고 이해기는 안심하고 주방으로 돌아갔다.

그날 저녁, 이귀한은 동생이 만들어준 간장게장을 게딱지째 씹어 먹는 신개념 먹방을 선보였다.

"으으, 누가 악마 아니랄까 봐 악마처럼 먹는구나."

아직 게장과 새우튀김에 대한 안 좋은 기억을 떨쳐내지 못한 양아치가 치를 떨었다.

이해기는 입맛 없는 동생을 위해 햄과 계란 프라이를 해서 내왔다.

"자, 어린이 입맛. 케찹 뿌려 먹어라."

이귀한은 새로 나온 계란 프라이를 보다가 이해기가 업고 있는 환수의 알로 눈을 돌렸다.

"근데 둘째야, 알은 왜 업고 다녀? 유행?"

"말도 마, 형. 보배가 이걸 먼지 구덩이에 방치해 두고 있었다니까. 내가 속상해서 원."

이해기는 환수의 알을 기억하지 못하는 형에게 간략한 설명을 마친 후 알을 쓰다듬었다.

"예쁜 뱀으로 부화하렴."

"뱀 같은 소리 하지 말라니까! 판다가 진리이고 정의니라!"

"난 그냥 병아리도 귀여워서 좋은데."

빨리 부화시키려고 업고 다니는 줄 알았더니 원하는 외형을 주입하려는 속셈이었다.

알을 뺏으려던 화르세인지가 힘에 밀리자 원통하게 외쳤다.

"돼지야! 이건 네 소유지 않느냐! 어째서 챙기지 않고 뭐 하는 게야! 이대로 두면 뱀이 부화하게 생겼다!"

이보배는 어깨를 으쓱였다.

파충류라면 질색하는 막내 오빠와 다르게 이보배는 파충류도 좋아했다.

"나 뱀도 좋아해."

"이놈의 집구석! 정을 붙이려야 붙일 수가 없구나!"

성신의 사랑을 듬뿍 받아 환생 특전도 듬뿍 받은 성자

님이 머리를 부여잡고 좌절했다.

“나도 만질래.”

동생들이 환수의 알을 놓고 정다이 놀고 있으니 막이가 빠질쏘냐.

이귀한이 알을 만지기 위해 손을 뻗었다.

짝!

이해기가 형의 손을 쳐내 알을 지켰다. 평소 이귀한 말이라면 자다가도 벌떡 일어나 내시처럼 딸랑거리던 이해기가 보인 반항에 모두가 놀랐다.

“큰오빠, 손에 간장 묻어서 그런가 봐.”

이보배가 급히 물티슈를 꺼내 간장 범벅인 이귀한의 손을 닦았다.

이귀한이 깨끗해진 손을 내밀자 이번에도 이해기가 쳐냈다.

“형은 손대면 안 돼. 부정 타.”

“이 새끼가 형을 능멸하네?”

“히익, 사기꾼이 돌았구나.”

이귀한이 목소리를 낮게 깔자 망나니가 겁에 질렸다.

“작은오빠, 비누로 잘 씻고 오라고 말로 해도 될 걸 왜 쳐내고 그래.”

이보배가 가장으로서 이해기를 나무라자 이해기는 반성의 기미를 보이며 진지하게 변명했다.

"위생 때문에 그런 게 아니라 형이 위험해서 안 돼."

이해기는 이귀한을 가리키고 설명했다.

"생각해 보렴. 형은 타락하고 오염된 마기 그 자체야. 그런 형이 환수의 알과 접촉하면 어떻게 되겠어? 안 좋은 영향을 받지 않겠니?"

부정 타고 재수 없으니까 안 된다는 이야기다.

틀린 말은 아니었기에 이귀한은 참았다.

"힘 꼭꼭 숨길게."

"그래도 안 돼. 형은 에비 지지야."

이귀한은 둘째의 건방짐을 참을 수 없어 눈살을 찌푸렸다.

"둘째야, 건방짐이 하늘을 찌르는구나. 근데 그거 알아? 너는 하늘을 백 번 찔러도 못 뿌시지만 나는 뿌실 수 있단다!"

하늘 같진 않고, 대신 하늘을 뿌실 수 있는 형님은 동생의 하극상을 엄히 다스리기로 했다.

이해기는 당황하지 않고 침착하게 대꾸했다.

그에게는 나름대로 이유 있는 하극상이었다.

"그렇지만 형, 이건 보배 선물이야. 형이 만졌다가 썩거나 악영향이 가면 어쩌려고 그래. 곤달걀 되면 어쩌냐고."

"곤달걀은 좀 그런가?"

막내를 편애하는 이씨 집안 장남은 막내 얘기에 분노를

누그러뜨렸다.

이한생은 이보배 옆에서 헛구역질했다. 하는 시늉이 아니라 진짜였다.

"막내 오빤 또 속 안 좋아?"

"곤달걀 싫어하는데 얘기 나오니까 속이, 우읍!"

하필 계란 프라이를 앞에 두고 곤달걀 얘기가 나와 상상력 좋고 비위 안 좋은 공자님을 자극했나 보다.

이보배는 혀를 끌끌 차며 화장실로 가 이한생의 등을 두드렸다.

그날 밤. 모두가 잠든 야심한 시각.

세계의 재앙이 회귀자도 알아채지 못할 만큼 은밀하게 거실로 나왔다.

재앙의 눈은 흉흉하게 빛나며 목표물을 포착했다.

위대하면서 위험한 힘의 주인은 목표물을 어루만지고 비릿하게 웃었다.

"미안하다, 둘째야. 그치만 왕따 나빠요."

이씨 사남매는 모두 자신이 형제들에게 따돌림당한다는 피해 의식을 품고 있었다.

이보배는 막내에 혼자 여자라 오빠들이 그녀를 따돌린다고 생각하고 이한생은 형들은 죽이 잘 맞아 잘 놀고 동생은 여동생이라 예뻐하기 때문에 자신만 따돌린다고 생각했다.

이해기로 말하자면 자기 잘난 맛에 살아서 본인이 셋을 따돌린다고 생각한 과거가 있지만 사춘기의 영향이었으니 넘어가자.

어쨌든 이해기도 형과 동생들이 공부 잘하는 자기만 빼고 논다는 피해 의식이 있었다.

이귀한은 말할 것도 없다.

이귀한은 특히 자신이 장남이기 때문에 동생들이 그만 따돌린다고 생각했다. 가족에 대한 기억이 희미한 지금도 그 피해 의식은 남아 있었다.

동생들이 소환수의 알을 쓰다듬었으니 이귀한도 쓰다듬어야 한다!

그렇지만 몰래 쓰다듬기만 하는 건 미안하니 이귀한은 작게 속삭였다.

"나도 뱀이 좋아."

기왕이면 막내를 지켜줄 수 있는 강한 소환수를 원하지만 그것까지 말하진 않았다.

세계의 재앙이 방으로 돌아가자 거실엔 환수의 알이 홀로 남았다.

홀로 남은 알이 미약하게 진동했다.

내내 마음 졸이며 기다리던 큰오빠도 돌아왔으니 이제 본격적으로 갓보배가 되기 위해 정진할 때다!

이보배는 아침부터 회귀자를 붙잡고 정보를 캤다.

"불 지피는 마법의, 아니지. 연금술사의 가루에 대해 아는 대로 알려줘. 순순히 정보를 내놓으면 유혈 사태는 일어나지 않을 거야."

이해기는 생각보다 순순히 정보를 불었다.

연금술사가 아니기 때문에 레시피는 모르지만 중요 재료 몇 개는 기억하고 있었다.

이보배는 작은오빠가 말해주는 재료를 열심히 받아 적었다.

퇴사 후 '연금술사의 솥뚜껑'에 드나들며 나름 열심히 공부했다고 생각했는데 생소한 재료가 절반이나 있었다.

"수염목의 뿌리? 그런 것도 있었나."

이보배가 핸드폰으로 '연금술사의 솥뚜껑'에 접속해 재료를 검색해 보려는데 이해기가 고개를 저었다.

"모르는 게 당연하지. 아직 세상에 등장하지 않았으니까."

"뭐?"

"어디 보자, 대충 2년 뒤인가. 그때 속성 특화된 균열들이 등장하기 시작하는데 그런 균열에서만 구할 수 있는 채집물이란다."

"설마 내가 처음 듣는 재료들이 전부……."

이보배가 믿기 싫은 마음에 말을 잇지 못하자 이해기가 냉정하게 현실을 일깨웠다.

"그래, 전부 아직 구할 수 없는 재료란다."

"뭐야! 그럴 거면 왜 말했어! 왜 알려줬어!"

"네가 물어봤잖니."

인생 퀘스트 하나 해결하나 했더니 강제로 기다려야 해금되는 이벤트였다.

이보배가 억울한 마음에 발을 동동 구르자 이해기가 거보란 듯이 웃었다.

"괜히 오빠가 적당히 놀면서 지내라고 한 게 아니란다. 회귀한 오빠 말을 들으면 자다가도 떡이 나와요."

"진짜 기다려야 해? 다른 방법 없어?"

"우리 귀여운 환수는 잘 잤어?"

이해기는 이보배의 질문을 무시했다. 콧노래를 부르며 깨끗한 수건으로 환수의 알을 문지르는 꼴이 보기 싫었다.

'차라리 조카면 몰라. 알한테 저게 뭐야.'

이보배는 늘 자신의 연애에 참견하는 작은오빠의 청춘사업 근황을 물었다.

"마노 선배랑은 요즘 어때?"

이해기는 대답 없이 알 광내기에 열중했다.

"왜 대답이 없어. 저번까지는 분위기 괜찮았잖아."

"마노 누나는 나랏일을 해서 바빠."

"마노 선배는 항상 바빴잖아. 무슨 일인데. 무슨 짓을 했는데."

"그냥…… 최요한을 너무 믿지 말라고 조언했을 뿐이다. 그랬더니 쓸데없는 참견이 지나치다면서 연락도 씹고 문자도 씹고……."

"아이구, 오빠가 먼저 선 넘었네."

이보배는 기가 막혀서 팔짱을 끼고 작은오빠를 노려보았다.

최요한은 박마노의 부하이자 파트너다. 이미 전직 암살자인 걸 알고 부하로 들였으니 부하 관리는 박마노의 몫이었다.

박마노의 말대로 쓸데없는 참견이었다.

"추하다, 작은오빠. 사람이 질투에 미치면 이렇게 추해지는구나."

"질투가 아니란다. 최요한은 그러니까……."

최요한은 힘을 숨기고 있다.

이귀한이나 이해기처럼 힘을 숨긴다는 뜻이 아니다.

최요한은 암살자니 정정당당한 승부에서는 실력을 발휘하기 힘들다. 그의 본실력은 누군가를 암살할 때 빛난다.

최요한은 자신을 약하다고 인식하는 주위 시선을 알차게 써먹었다. 박마노의 앞날에 방해되는 인간들을 몰래 암살해 놓고 사고사로 위장한 것이다.

'아직은 아니지만.'

지금은 자연스러운 사고사 위장을 위해 곳곳에 함정과 마커를 찍어두는 준비 단계다.

최요한이 박마노를 진심으로 믿고 따르는 건 알지만 이 해기는 최요한이 싫었다. 부하가 죽은 뒤 그림자 속에서 벌어져 왔던 일을 알고 박마노가 직접 뒤처리하러 뛰어다니는 것을 보았기에 더욱.

그렇다고 이런 사실을 전부 동생에게 털어놓을 수 없는 노릇이다. 눈치 빠른 최요한에게 걸려 괜히 이보배도 경계의 대상이 되면 곤란하고 동생의 순수한 마음도 지켜주고 싶었다.

"최요한은 힘을 숨겼단다."

"힘숨찐이 유행이야? 전투계 버킷 리스트라도 돼?"

이보배는 작은오빠의 말을 듣자마자 진저리쳤다.

슬슬 왜 박마노가 '힘숨찐'이라면 질색하는지 알 것 같았다.

세상엔 힘을 숨기고 싶어 하는 사람이 너무 많았다.

"어쨌든 오빠, 마노 선배랑 다시 잘되고 싶으면 거리 조절 잘 해. 오빠는 미래 기억이 있으니까 마노 선배에게 이것저것 조언하고 경고해 주고 싶어도 마노 선배 입장에서 오빠는 연하야. 헌터 경력도 한참 후배고."

이해기의 조언이 피가 되고 살이 되니 당장은 박마노도 귀 기울여 들을지 모른다.

하지만 박마노는 자존심과 자신감이 강하다. 오만해서 부하를 잃었다고 할 정도로 기세등등한 헌터에게 경고하려면 선을 넘지 않도록 조심, 또 조심해야 했다.

"정보 어느 정도 털렸으면 슬슬 컨셉을 바꿔야 한다고 봐."

이보배는 마흔아홉 살 아저씨에게 어떤 컨셉이 어울릴까 고민하다가 진동을 느끼고 핸드폰을 확인했다.

[누나, 밥 사주세요!]

인간관계가 좁은 이보배에게 당당하게 밥 사달라고 문자 보낼 수 있는 동생은 한 명밖에 없었다.

김율이다.

"귀여운 연하 어필이라도 해봐. 눈 깜빡이고 올려다보면서 밥이라도 사달라고 해보든지."

"하지만 마노 누나는 믿음직스럽고 듬직한 남자를 좋아한단다."

"시도는 해봐. 작은오빠는 나를 닮아서 귀여우니까 통할지도 몰라."

"네가 나를 닮아 귀여운 거지."

닮은꼴 남매는 서로의 외모를 칭찬하며 히죽히죽 웃었다.

이해기는 기다리라고 말했지만 이보배는 포기하지 않았다.

어떻게든 방법을 찾을 것이다.

김율과 만나기로 한 장소를 사계절 길드 근처로 잡은 것도 그래서다.

김율과 밥 먹은 후 한현우와 신비의 가루에 대해 이야기할 작정이었다.

'애가 그냥 밥 사달라고 했을 린 없고. 용건이 뭘까.'

얼마 전에 크게 신세 졌으니 밥 한 끼 대접하는 일이 대수겠는가.

아라크네가 빌려준 반지 덕분에 목숨을 건졌으니 앞으로 열 끼는 더 살 수 있었다.

약속 장소에 도착한 이보배는 주위를 두리번거렸다.

차가 밀리는 바람에 약속 시간에서 2분이 지나 버렸다.

약속 시간을 칼같이 맞추는 김율은 이미 도착해 기다리고 있을 것이다.

'키 크고 잘생긴 놈.'

이보배는 고개를 두리번거리다 키 크고 비율 좋고 멀리서 봐도 빛나는 청년을 발견했다. 화단에 기대 책을 읽고 있는 모습이 명품 화보 같았다.

'재는 정말 뭘 해도 표지 모델이네.'

청바지에 흔한 티를 입었을 뿐인데 아우라가 남달랐다.

이보배는 저도 모르게 웃으면서 다가갔다.

사람은 예쁜 걸 보면 기분이 좋아지는 법이고 이보배도 사람이다. 광대가 위로 치솟는 걸 막을 수 없었다.

"누나! 잘 지냈어요?"

김율이 읽고 있던 책을 가방에 넣고 반갑게 인사했다. 그는 기대고 있던 화단에서 몸을 떼고 이보배의 팔을 안았다.

"저 밥 사주세요!"

"그래그래, 사줄게. 먹고 싶은 거 있어? 난 매일 구내식당만 가서 주변 맛집 잘 몰라."

"인도식 커리 좋아해요?"

"응."

"그럼 거기 가요!"

길을 아는 김율이 앞장섰다.

키는 훤칠하고 다리는 쭉쭉 뻗은 롱다리로 성큼성큼 걸으면서 이보배와 속도를 맞추는 게 신기했다.

식당에 들어가 구석진 자리에 앉자마자 이보배는 인벤토리에서 반지를 꺼냈다.

"빌려줘서 고마워."

김율은 의외로 순순히 반지를 돌려받았다. 그러더니 똑같이 생긴 반지를 새로 꺼냈다.

"형님들도 계시고 해서 누나가 안전할 거라고 생각했는데 오산이었지 뭐예요."

이보배는 은근슬쩍 왼손 약지에 반지를 끼우려는 김율의 개수작을 뿌리치고 오른손 검지에 반지를 꼈다.

이미 반지에 부여된 스킬 덕분에 목숨을 구해서 그런지 사양하고 싶지 않았다.

"상인은 공짜로 주면 페널티 있다고 하지 않았어? 이렇게 퍼줘도 돼?"

"당연히 안 되죠. 한 달 대여료 특별 할인가 10억으로 모실게요."

딱 한 번, 죽음의 위기를 돈으로 모면할 수 있는 스킬이 부여된 아이템이다.

한 달에 10억이면 목숨값치고 저렴했다.

문제는 이보배에겐 목숨값을 지불할 능력이 없다는 점이다.

"누나가 능력이 없어서 미안해."

이보배는 손가락에서 반지를 빼 김율에게 반납했다.

김율은 진지한 얼굴로 반지를 이보배에게 다시 밀었다.

"제가 소지금이 갑자기 뚝 떨어지는 짜릿한 경험을 다시 하고 싶진 않은데요."

김율은 도대체 무슨 일이 있었던 거냐고 호들갑 떨었다.

"도대체 어떤 몬스터에게 맞은 거예요? 제 소지금이 갑자기 팍 줄어드는데 염통이 어찌나 쫄깃해지던지."

"데미지가 그렇게 심하게 박혔어?"

이보배는 말해놓고 후회했다.

타락한 나파키토는 레벨이 100이 넘고 균열을 통해 넘어왔다지만 차원 이동도 할 수 있는 강력한 이세계인이었다.

물리 방어력이 비각성자보다 약간 나은 수준인 그녀가 무방비 상태에서 한 대 맞았으니 데미지가 어마어마했을 것이다.

"하마터면 파산할 뻔했다니까요. 특수 상인은 파산하면 사망한다고 말했죠? 돈 들어올 데 있어서 망정이지 하마터면 꿈도 못 이루고 세상 하직할 뻔했어요."

김율은 정말 큰일이었음을 거듭 강조하면서 라씨를 마셨다.

공포를 식욕으로 이기려는 것인지 갈릭 난을 쭉쭉 찢어 탄두리 치킨을 싸서 먹었다.

"주, 죽어? 농담이라고 했잖아."

"만회할 수 있는 기간을 주긴 하는데, 그때까지 돈 못 벌면 사망이에요."

이보배는 미안한 마음을 금치 못하고 반지를 낄까 말까 망설였다. 그녀가 이런 거 챙길 입장이 아니었다.

"내가 쓴 돈이니까 갚을게. 급한 불은 끈 거지? 내가 몇 년이 걸리든 갚을 테니까 얼마인지 알려줘."

"누나를 구할 수 있는데 돈은 중요하지 않아요."

김율이 국보급 얼굴에 국보급 미소에 국보급 발언으로 이보배의 심장을 두드린 후.

"저는 정보상이니까 정보로 받을게요."

거칠게 뛰는 심장 박동을 정상으로 돌려놓았다.

이렇게 속내를 드러내는 편이 상대하기 편해서 이보배는 마음의 안정을 되찾았다.

"어떤 걸 알고 싶은데?"

"일단 꽃으로도 때리면 안 되는 누나를 공격한 몬스터 정보를 듣고 싶어요."

이보배는 타락한 나파키토의 정보를 간략히 전달했다.

다른 세계에서 큰오빠를 따라왔다는 사실은 감춰야 하지만 레벨 정도는 알려줘도 괜찮을 듯했다.

"100이 넘었다고요."

김율은 심각한 표정으로 커리를 퍼먹었다.

"국내 S급 헌터 평균 레벨이 60대인데 레벨 100 넘는 보스 몬스터가 출몰했다니. 세상 망할 뻔했네요."

"S급 평균이 60밖에 안 돼?"

"검성 형님 뺀 평균이에요. 검성 형님은 추정 레벨이 80대 후반 정도?"

레벨 100이 넘는 몬스터가 등장했단 이야기에 커리를 퍼먹던 김율의 수저질이 빨라졌다.

스트레스 때문에 밥맛이 더 도는 듯했다.

"또 그런 몬스터가 출몰하면 어떡하죠? 큰일인데."

"아마 또 출몰하고 그러진 않을 거야, 아하하."

제2의 타락한 나파키토 등장을 막으려고 이귀한이 뿌셔뿌셔 여행을 갔던 것 아닌가. 같은 일이 반복되진 않을 것이다.

하지만 김율은 안심하지 않았다.

"한 번 일어난 일은 두 번, 세 번 일어날 수 있어요. 이번엔 큰형님이 계셔서 위기를 넘겼지만 다음에도 이번처럼 운이 좋으리란 법은 없잖아요."

김율이 눈에 띄게 침울해하자 이보배는 당황했다.

"괘, 괜찮을 거야. 정 위험하면 오빠도 나설 테고."

"큰형님은 쉬이 움직이지 않는 성정 같으시던데."

"내가 부탁하면 돼. 또 그러면 나도 위험해지니까 바로 움직일걸."

"누나."

김율이 물기 어린 눈망울로 이보배를 응시했다.

그가 슬며시 이보배의 손을 쥐었다.

"누난 정말 소중한 사람이에요. 사랑해요, 누나."

"이런 건 하지 말고."

이보배가 떨떠름해하든 말든 김율은 손을 놓지 않았다.

작고 소중한 것을 보듬듯 그녀의 손을 어루만지다가 물티슈를 꺼내 본인 손과 이보배의 손을 닦았다.

"소중하고 사랑하는 누나가 다치면 제 가슴도 찢어지겠죠. 그러니까 제가 눈 딱 감고."

김율이 눈을 질끈 감았다.

목소리와 얼굴은 비장한데 왼손 약지에 슬금슬금 반지를 끼우려는 개수작은 비장미를 떨어뜨렸다.

"눈 딱 감고 판매가 50억에 모실게요. 스킬 재부여는 영구 서비스. 이거 정말 밑지는 장사예요."

이보배의 어머니 왈, 세상에 믿어선 안 되는 말이 몇 가지 있는데 그중 하나가 상인이 말하는 밑지는 장사라고 하더라.

이보배는 반지의 원가를 추리하다가 그만두었다.

1년 대여료 120억에서 판매가 50억이면 파격 할인이 맞았다.

이보배가 돈이 없어서 그렇지 돈 많은 사람은 목숨값으로 얼마든지 지불할 만한 금액이기도 했다.

아마 더 비싸도 흔쾌히 지불했을 것이다.

그럼 뭐 하나. 이보배는 여전히 돈이 없는데.

"내가 50억이 있으면 집을 샀지."

돈이 없으면 좋은 기회가 주어져도 잡지 못한다.

이보배가 아깝고 안타까운 마음에 중얼거리자 김율이 방긋 웃었다.

"와아, 이것 참 신기해라. 마침 제가 이해기 형님에게 드려야 할 마석 판매 대금이 딱 50억인데요."

"콜."

"쿨거래 감사요."

처음부터 아라크네가 생각한 반지 판매액은 50억이었을 것이다.

일단 거래는 마쳤으되, 작은오빠가 모은 돈을 멋대로 썼다는 생각에 이보배의 가슴이 두근거렸다. 후회가 뒤따랐다.

"자, 잠깐만. 쿨거래 아니야, 취소! 작은오빠랑 상의해볼게. 실은 작은오빠가 네가 열 경매 참가하려고 돈 모으는 거거든."

"경매요?"

김율이 금시초문이라는 듯 되물었다.

이보배는 멍하니 눈을 깜빡였다.

"경매 안 열어?"

"제가 경매를 열어요?"

"그, 너, 신성 시스템 제국 혁명, 도와줬잖아."

"네, 도왔죠. 그건 또 어찌 아셨는지 몰라."

"대가로 독재자가 모은 아티팩트 많이 받아서 그거 경매로 팔려는 거 아니었어?"

"아."

김율은 무슨 이야기인지 깨닫고 입을 벌렸다.

"세상이 이렇게 되었으니 경매 같은 것도 해보면 재밌을 것 같잖아요. 느긋하게 경매로 팔 생각이었는데 누나 덕분에 현금이 급해져서요."

김율이 추가 리필한 갈릭 난을 쫙 찢었다.

"단골 형님, 누님들에게 연락해서 다 팔았죠."

이보배는 손에 묻은 기름을 무시하고 얼굴을 감쌌다.

'무시무시하다, 나비 효과!'

일이 어디서부터 꼬인 건지 되짚어보다가 포기했다.

어디서부터긴 어디서부터겠는가.

회귀자가 회귀한 시점부터 가열 차게 꼬이고 꼬여 이렇게 된 것이다.

'작은오빠가 괜히 모른다를 입에 달고 사는 게 아니야.'

얼추 기억하는 대로 흘러가는 듯하다가도 이렇게 바뀌거나 일이 꼬여 버린다.

이보배는 작은오빠에게 이 사실을 어떻게 알려줘야 하나 싶어 암담해졌다.

'50억이나 모았으면 나 몰래 열심히 일했나 본데.'

아라크네는 음지의 상인답게 수수료를 많이 뗀다.

기본 50%를 떼가니 이해기가 실제로 번 돈은 100억에 육박할 것이다.

가장에게 들키지 않고, 집을 장기간 비우지 않으면서, 형과 동생에게 용돈도 줘가며 열심히 모은 50억.

이보배는 그 50억을 한 치의 고민도 없이 냉큼 써버리겠다고 대답했다.

작은오빠에게 너무 미안했다.

“반지는 내가 돈 모아서 살게. 50억 계속 보관해 줘.”

“오늘만 특별히 50억에 드리는 거예요.”

“작은오빠가 열심히 모은 돈인데 내가 멋대로 쓰면 미안하잖아. 사람이 할 짓이 아니지.”

“괜찮아요, 누나. 해기 형님이 탐낼 만한 아티팩트는 50억으로 못 사거든요.”

김율은 이보배를 말리며 의뭉스럽게 웃었다.

“해기 형님은 뭘 사려고 했을까. 그건 조금 궁금하네요. 제가 뭘 팔지 어떻게 알았을까요.”

음지의 정보상은 이해기가 보여주는 정체불명의 정보력에 감탄했다.

하여간 이 남매가 품은 비밀은 너무 크고 깊어서 파도 파도 끝이 없었다.

“누나 잘 생각하세요.”

김율이 입가에 묻은 커리를 핥으며 눈을 빛냈다. 쓸데없이 요염했다.

“스킬 재부여 서비스 없이 1회용으로 경매에 내놔도 최소 낙찰가 100억 짜리예요. 지금 저렴하게 구매하세요."

이보배는 망설였다. 좋은 거래인 건 알겠는데 자신의 돈도 아니고 남의 돈이다. 게다가 액수가 액수라 결정이 쉽지 않았다.

김율이 더 흔들리지 말고 결정하라는 듯 그녀의 손을 잡았다.

"누나는 혼자가 아니잖아요. 누나가 살아야 저도 살고 세계도 살죠."

그러더니 무언가 결심한 듯 손에 힘을 주고 눈을 빛냈다.

"아니면 우리 결혼할까요?"

"쿨거래 감사요."

"아쉬워라."

'건방진 놈.'

아쉬운 것 하나도 없으면서 아쉬워하는 척하는 얼굴을 보라.

이보배가 떨떠름하게 잡힌 손을 빼내자 김율이 배시시 웃었다.

"우리 결혼반지는 세 배 더 비싼 걸로 할 거니까요. 그죠?"

"밥이나 먹어."

"디저트도 사주실 거죠?"

"으이구."

이보배는 150억짜리 반지를 상상해 봤다가 상상력이 부족해 그만뒀다.

50억짜리 반지를 낀 손이 묵직해 달달 떨렸다.

'아냐, 배포 크게 먹어야지. 난 갓보배가 될 거니까.'

무려 노쿨타임 포션을 만든 갓보배가 아니신가. 갓보배에게 50억짜리 반지는 평범한(?) 반지에 지나지 않았을 터.

이보배는 7년 뒤에 받게 될 부유하는 황금 피라미드를 생각하고 간신히 마음을 가라앉혔다.

디저트 카페를 나온 김율이 헤어지기 아쉽다는 듯 이보배의 손을 잡고 흔들었다.

"누나 만나서 정말 좋았어요. 우리 다음엔 언제 볼까요?"

"네가 바쁘지. 나는 한가해."

이보배가 진실을 밝히자 김율이 말을 돌렸다.

"현금 모아서 급한 불 끄긴 했지만 또 레벨 100짜리에게 맞지 않도록 조심하고요."

"그거 정말 안 갚아도 돼?"

"그럼요. 누나를 생각하는 제 마음이에요."

"그럼 앞으로 까이는 소지금도 네가 부담하는 거야?"

이보배가 혹해서 물어보자 김율이 활짝 웃었다.

"그건 부부 한정 서비스인데 가입하실래요?"

"잘 가. 몸조심하고 바빠도 잠은 꼭 자."

한 번은 공짜지만 앞으론 깎인 소지금을 내야 한단다.

'앞으로 몸 사리고 다녀야지.'

이보배는 실시간으로 세계를 구하는 귀한 몸답게 돌다리도 두들겨 보고 다닐 것을 다짐했다.

김율에게 아직 등장하지 않은 재료에 대해 물어볼까 했지만 관뒀다.

일단 한현우와 대화해 본 뒤에 물어봐도 괜찮을 것 같았다.

'현우 시간 뺏어도 되는지 모르겠네.'

연금술사의 가루를 회귀자만 아는 미래의 한현우가 발명한 것 같아 찾아가긴 하는데 어제 영감을 얻은 듯 흥분하던 모습을 생각하니 무작정 방문하기 미안해졌다.

이보배는 미안한 마음을 물질로 달래보고자 구매한 애플파이를 살짝 흔들었다. 파이 속이 꽉 차서 그런지 제법 묵직했다.

그녀가 미안해할 사람이 한 명 더 있다.

이보배는 작은오빠에게 전화를 걸었지만 전화를 받을 수 없다는 안내 음성만 들었다.

집에 무슨 일이 생겼나 싶어 이한생에게 전화하니 다행히 전화를 받았다.

―몰래 나갔느니라. 사기 치러 갔거나 몬스터 잡으러 간

것 아니겠느냐.

'지금이라도 취소할까.'

다람쥐가 겨울 식량 모으듯 작은오빠가 부지런히 모은 돈을 홀랑 쓴 죄책감이 상당했다.

자신의 안전을 위해 구입한 물건이니 그렇게 화내진 않겠지만 그래서 더 미안했다.

'누구는 동생을 위해 몇천억 들여서 영화도 만드는데. 회귀자면 동생한테 50억짜리 반지 정도는 사줄 수 있는 거 아니야?'

애써 자기 합리화해 봐야 미안한 마음만 커질 뿐이다.

이보배는 일단 이해기에게 반지를 구입한 경위를 구구절절 적은 문자를 보냈다.

'조금 무거운데.'

이보배는 검지에 낀 반지를 내려다보았다.

작은오빠에게 드는 미안한 마음처럼 손가락이 묵직했다.

무려 50억이란 거금을 주고 구매해서가 아니다.

반지 자체가 묘하게 무거웠다.

비슷한 크기의 금반지나 은반지보다 무거운 것 같았다.

'재질이 뭐지?'

〈황금만능주의〉는 최소 A급 스킬이다.

평범한 물질에는 등급 높은 스킬을 부여할 수 없기 때문에 반지는 특별한 재료로 제작되었을 것이다.

스킬을 부여한 부여술사 인건비까지 생각하면 골치 아파지니 일단 재료값만 생각해 봤다.

'판타지 금속 하면 생각나는 미스릴이나 아다만티움, 오리하르콘은 아직 발견 못 했고. 지금까지 발견된 금속이 뭐가 있더라.'

이보배가 이것저것 생각하는 사이 엘리베이터가 한현우의 비밀 연구실에 도착했다.

한현우는 때 놓친 밥을 먹으려고 단백질 바와 칼로리바, 영양제를 믹서기에 넣고 있었다.

"현우야, 잠깐 스톱!"

이보배는 한현우 주려고 산 애플파이 포장을 급히 뜯었다.

"차라리 이거 먹어."

접시에 담아 먹기 좋게 포크와 함께 건네주자 한현우가 눈을 찡그렸다.

'바쁜데 방해해서 싫은가?'

"시간 낭비 싫어하는 거 아는데 그래도 밥은 제대로 맛있는 거 먹자. 빨리 먹으면 이것도 금방 먹어."

하지만 한현우는 찌푸린 눈살을 풀지 않은 채 장비하고 있던 〈현자의 외알 안경〉을 벗고 눈을 비볐다. 계속 비볐다.

"눈에 뭐 들어갔어? 내가 봐줄까?"

'얘는 눈썹이 길어서 눈에 들어가면 아플 텐데.'

이보배가 눈을 들여다보려 하자 한현우는 슬쩍 몸을 피

하더니 이번엔 안경알을 옷에 문질러 닦았다.

돈 주고도 못 사는 A급 아티팩트를 옷에 문질러 닦는 만행을 저지른 한현우가 외알 안경을 재장비했다. 그러더니 처음으로 입을 열었다.

"만년현철?"

"그게 뭐야? 어디서 들어본 것 같긴 한데."

'사자성언가?'

이보배가 만년현철이 무엇인가 의아해하자 한현우는 효율을 중시하는 성격답게 즉시 설명했다.

"A급 균열 중에서도 특정한 환경의 균열에서만 발견되는 금속이야. 학명은 따로 있는데 최초 발견자인 검성이 색이 검고 같은 부피의 철보다 무거운 것이 무림 세계의 만년현철과 성질이 비슷하다고 해서 보통은 만년현철이라고 불러."

'만년한철이라고 했으면 바로 알았을 텐데. 만년현철은 낯서네.'

만년한철이든 현철이든 사자성어가 아니라 무협지 용어였다.

작가 설정에 따라 동네 개밥그릇이 되기도 하고 주인공의 검강으로도 벨 수 없는 최종 병기가 되기도 한다.

어쨌든 보편적인 인식으론 아주 튼튼한 철 같은 금속이었다.

"만년현철이 왜?"

이보배가 질문하자 한현우가 시선을 그녀의 오른손에 던졌다.

"네가 지금 끼고 있잖아."

이보배의 시선이 오른손 검지에 낀 민자 반지에 닿았다. 거무튀튀하고 보기보다 무거운 금속 반지가 오묘하게 빛났다.

이보배의 눈이 휘둥그레졌다.

"이게 만년현철이라고?"

"몰랐구나. 하긴 나도 〈현자의 외알 안경〉 쓰고 있지 않으면 몰랐을 거야."

한현우는 눈에 띄어 저도 모르게 자세히 보았다고 사과했다.

"어디서 났어?"

"어? 어어, 그러니까."

진짜 이름은 따로 있지만 만년현철과 성질이 비슷한 금속이다.

A급 이상 균열에서만 발견된다고 하니 무척 희귀할 것이다.

천하의 전투 연금 한현우가 정색하고 물어볼 정도로 희귀한 건 확실했다. 그런 반지를 오다 주웠다고 둘러댈 수 없다. 그렇다고 아라크네에게 샀다고 사실대로 말할 수도 없다.

이보배는 일단 침착하게 말을 돌렸다.

"이거 비싸?"

"일단 지금까지 시중에 풀린 만년현철은 검성이 재력과 무력으로 독점하고 있어서 제대로 된 시세가 없는데, 대충 추정가가 g당 10억."

한현우는 의혹을 감추지 않으면서도 친절히 설명했다.

"네가 끼고 있는 반지면 5g 정도 될 테니 50억쯤 되겠다."

밑지는 장사라던 김율의 목소리가 이보배의 귓가에서 맴돌았다.

이보배는 당연히 믿지 않았는데 설마가 진짜였다.

'진짜 밑지고 팔면 어떡해!'

시간을 벌려고 던진 질문에 오히려 더 혼란스러워졌다.

이보배가 속으로 비명을 지르는 와중, 한현우의 표정이 차갑게 굳었다. 이보배는 그가 정색하는 이유를 이해했다.

'집값 떨어졌다고 우울해하던 친구가 갑자기 50억짜리 반지 끼고 오면 나라도 놀라고 심각해지겠네.'

"어디서 구했어?"

"음, 그러니까……."

이보배가 바로 대답하지 못하자 한현우의 얼굴이 창백해지더니 이내 침착하게 입을 열었다.

"보배야, 대답하기 곤란하면 딱 두 가지만 물어볼게."

"으응."

"불법이나 심각하게 비윤리적인 일, 수상한 일에 연루된 건 아니지? 혹시 협박받고 있다거나."

"아니야."

설명 좋아하는 한현우가 현 정부는 그리 깨끗하지 않다느니, 국내 길드 중에선 사계절이 제일 가족 같은 길드라느니 과한 정보를 읊었다.

"설마."

한현우의 낯빛이 창백해졌다.

"최요한 씨에게 받은 건 아니지?"

"뭐? 아니야!"

갑자기 최요한의 이름이 나와 이보배는 화들짝 놀랐다.

온몸으로 '아니'라고 외치자 한현우가 떨리는 목소리로 물었다.

"그럼 설마……."

한현우의 처량한 시선이 이보배가 가져온 애플파이에 닿았다.

"애플파이 같이 먹은 잘생긴 아는 동생에게 받은 거야?"

일단 아니라고 부정해야 하는데 사실은 사실이라 대답이 한발 느렸다.

느린 반응을 긍정으로 받아들인 한현우의 눈이 커지더니 눈동자가 흔들렸다.

그는 뭐 마려운 강아지처럼 초조하게 주위를 두리번거리고 제자리를 빙빙 돌며 주먹을 쥐었다 펴길 반복하는 이상 행동을 보이더니 이를 악물었다.

'얘 왜 울지.'

이유는 모르겠지만 한현우의 두 눈이 촉촉했다.

'내가 그렇게 걱정되나?'

"협박받는 거 아니고 누구한테 억지로 강매당한 것도 아니야. 이건 그러니까."

"커플링, 약혼반지, 청혼 반지 이런 거야?"

"아니야!"

이보배는 이번에도 온몸으로 '아니'를 외친 다음 진짜 진실을 밝혔다.

"우리 오빠가 사준 거야!"

"해기 형 다른 길드랑 계약했어?"

눈가를 적시며 슬퍼하던 한현우가 배신감에 몸을 떨었다.

이래서 사람이 거짓말을 하고 비밀이 많으면 안 되는 것이다. 시작부터 말이 꼬이니 마른 섶에 불붙은 듯 걷잡을 수 없이 활활 타올랐다.

한현우는 이해기가 몰래 균열 공략하고 다니는 걸 모른다.

알았다면 길드 가입 권유가 더 집요해졌을 것이다.

"다른 길드랑 계약 안 했어! 이건 그러니까……."

"설마 너와 해기 형의 미래를 본 투자인가!"

이보배가 거짓 변명을 더하기 전에 한현우가 멋대로 추측하더니 멋대로 납득해 버렸다.

"그래, 너와 형 모두에게 하는 투자라면 이 정도는 납득 가능한 범위야."

평소 한현우는 이보배와 이해기를 과대평가하는 경향이 있었다.

이보배는 한현우의 오해를 풀어줘야 하나 마나 갈등했다.

'에라, 모르겠다. 냅두자.'

굳이 따지면 틀린 말도 아니었다. 아라크네가 세계를 구하는 영웅의 안전을 위해 강매한 물건이니까.

정말 밑지는 장사였다는 게 놀라울 따름이었다.

진정한 한현우가 눈가에 맺힌 눈물을 닦았다.

그는 언제 놀랐냐는 듯 평정과 냉정한 이성을 되찾았다.

"만년현철의 가치가 높은 건 마력 감응도가 높고 등급 높은 스킬 부여가 가능하기 때문이야. 이것도 스킬이 부여되어 있지?"

"어어, 보호용."

"그럼 인벤토리에 넣어 다닐 순 없을 테고, 이렇게 끼고 다닐 거야?"

"그래야 하지 않을까?"

한현우가 무언가 생각하는가 싶더니 이보배에게 따라오라 손짓했다.

한현우를 따라 엘리베이터로 가자 그는 펜트하우스로 가는 버튼을 눌렀다.

"〈관찰〉이나 〈감정〉 같은 스킬은 쿨타임이 짧고 마력과 정신력 소모가 적거든. 그래서 등급을 높이기 위해 숨 쉬듯이 스킬 사용하면서 다니는 사람이 많아. 불법이지만 안 들키면 그만이니까."

가끔 고위 각성자에게 스킬을 쓰다 걸려 폭력 사건으로 번지는 경우도 있다는 설명이 이어졌다.

"생산계나 보조계 각성자가 비싼 아이템을 장비하고 있으면 훔치려 드는 질 나쁜 사람도 있거든."

변함없이 생활감 부족한 거실을 지나 한현우는 침실로 들어갔다.

이보배는 방 밖에서 머뭇거리다가 침실로 따라 들어갔다.

로맨스 드라마 주인공 집처럼 생활감 없는 거실과 다르게 침실은 사람 사는 티가 났다.

한현우는 침실에 있는 비밀 금고를 열어 목걸이 줄을 꺼냈다.

"반지를 여기에 꿰어서 목에 걸고 옷으로 가리면 될 거야."

이보배는 은빛으로 빛나는 목걸이 줄을 받고 당황했다.

"공짜로 받아도 돼?"

"괜찮아, 잔뜩 있어. 원래는."

한현우가 이를 갈면서 목걸이 줄에 얽힌 슬픈 사연을

말했다.

“시스템상 반지 액세서리류 중복은 최대 네 개까지 허용돼. 양손에 두 개씩. 직업이나 스킬에 따라 차이가 있지만 기본은 그래.”

“그렇구나.”

아티팩트가 무어냐.

반지가 수십, 수백 개라 반지 효과를 고심해 장비하는 한현우면 모를까, 부가 효과가 붙은 아이템 하나 없던 이보배에겐 남의 이야기라 몰라도 되는 고급 정보였다.

어쨌든 이보배는 친구가 해주는 슬픈 사연에 귀를 기울였다.

“근데 이건 현실이고 게임이 아니잖아. 게임에도 꼼수나 버그가 있으니까 현실에도 있을 것 같아서 다른 방법을 찾다가 목걸이에 반지를 꿰어서 장비해도 반지 효과가 발동되는 걸 알았어.”

한현우는 혹시나 싶어 목걸이 줄에 반지 두 개를 꿰었다.

효과는 놀라웠다!

반지 두 개의 효과가 모두 발동한 것이다!

신난 한현우는 끊어지거나 벗겨지지 않는 목걸이 줄을 주문 제작했다.

친한 길드원에게 돌리려고 대량으로 주문했다.

하지만 목걸이 줄을 선물한 한현우가 받은 건 형, 누나들의 칭찬과 감사 인사가 아닌 폭소와 안쓰러워하는 눈빛뿐이었다. 이유인즉.

"목걸이도 두 개까지 허용……."

"그럼 반지가 아니라 목걸이로 인식되는 거구나."

"응, 난 그것도 모르고 반지를 무제한 중첩할 수 있다고 좋아한 거지."

목에 걸면 목걸이 귀에 걸면 귀걸이.

한현우는 자명한 진리를 잊은 대가로 재료와 돈을 날렸다.

실패의 상징인 목걸이 줄을 버리거나 도로 녹이자니 공임비가 아까워 보관하고 있었는데 이렇게 써먹게 되었다.

"개똥도 쓸데가 있다더니."

"얘는. 목걸이 주면서 개똥은 좀 그렇다."

이보배는 한현우가 준 목걸이 줄에 반지를 꿰어 목에 걸었다.

줄이나 반지 모두 장식 없이 밋밋했으나 목에 걸고 나니 꽤 예뻤다. 물론 예쁘라고 한 목걸이가 아니기 때문에 반지를 옷 속에 넣어 가렸다.

"정말 고마운데, 공짜로 받기는 좀 미안하다."

"금고에 남는 거야. 신경 쓰지 마."

"그래도 계속 받기만 해서……."

이보배가 진지하게 친구에게 보답할 방법이 없을까 고심하자 한현우가 냉큼 대답했다.

"그럼 해기 형 좀 설득해 줘."

반지만 팔아도 50억을 회수할 수 있단 사실에 죄책감을 던 이보배는 비장하게 고개를 끄덕였다.

이씨 집안 가장 이보배가 선언하오니, 오늘부로 회귀자는 사계절 길드의 명예 길드원이다.

기왕 집에 온 김에 한현우가 제대로 밥 먹는 것까지 감시한 후 이보배는 진짜 용건을 꺼냈다.

"현우야, 뿌리면 불붙는 가루에 대해 어떻게 생각해?"

불에 미친 두 연금술사를 멈춘 것은 이보배의 주머니에서 울린 벨 소리였다.

평소 집중하고 있을 때라면 오는 전화를 무시하겠지만 오늘만큼은 무시할 수 없었다.

이보배는 실눈을 뜨고 핸드폰 화면을 보았다. 예상한 대로 작은오빠가 건 전화였다.

이보배는 마른침을 삼키고 전화를 받았다.

'괜찮을 거야, 이 반지 재료값만 50억이라잖아. 정 뭣하면 환불하면 되니까.'

"여보세요."

—보배야, 빨리 돌아와!

"작은오빠, 내가 오빠를 우습게 보거나 무시해서 그런 게 아니라, 세계를 지키기 위해서 노력하다 보니……."

—반지 말이니? 그건 싸게 잘 샀어! 그보다 빨리 돌아오렴!

이해기는 동생이 고작 50억 썼다고 화내는 사람이 아니었다. 세최헌 회귀자의 배포는 크고 아름다웠다. 그가 급히 동생을 소환하는 이유는 따로 있었다.

—알에 금이 갔단다! 부화하려나 봐!

'5년 걸린다더니?'

예의상 두 발짝 떨어져 있던 한현우가 눈을 동그랗게 떴고 이보배는 놀라서 폴짝 뛰었다.

"부화하면 나도 보여줘."

"제일 먼저 보여줄게."

궁금하지만 차마 같이 가겠다는 말은 할 수 없었던 한현우가 차선책을 말하자 이보배는 열심히 고개를 끄덕였다.

균열을 공략하고 밖에 나오자 아라크네의 거미줄에서 보낸 하수인이 기다리고 있었다.

이해기는 익숙하게 균열 핵을 둔 장소를 말했다. 마석과 각종 부자재 회수는 이들이 도맡아 할 것이다.

'보배가 전화했었네.'

부재중 전화를 확인하고 장문의 문자를 읽으니 미안해하는 동생의 마음이 느껴졌다.

이해기는 못마땅해 혀를 찼다. 고작 50억을 썼다고 동생이 미안해하는 게 마음에 들지 않았다.

'〈황금만능주의〉가 부여된 반지라면 50억도 싸다. 돈이야 다시 모으면 돼.'

그보단 경매가 열리지 않는다는 소식이 더 충격적이었다.

이해기는 기억과 점점 멀어지는 미래가 반가우면서 한편으론 걱정스러웠다.

'회귀자의 오만이고 미련이지.'

박마노와의 관계가 바뀔 걸 알면서 〈무한도전〉을 공략했고, 바뀐 걸 알면서도 이전과 같은 관계가 되길 바랐다.

박마노의 미소를 지켜주고 싶다 말하면서 그녀의 마음을 헤아리지 못해 화만 키웠다.

'누나는 강한 사람인데, 나보다 강한 사람인데 내가 약해서 믿지 못했어.'

속으로만 반성하고 후회해선 안 된다. 실천에 옮겨야 올바른 회귀자라 할 수 있다.

이해기는 즉시 박마노에게 장문의 사과 문자를 보냈다.

집에 도착한 그는 형제들이 사지 멀쩡한지 확인하고 집 안을 순회했다.

집은 깨끗한지, 식재는 남아 있는지, 검성이 준 난초는 여전히 푸릇푸릇하고 싱싱한지 확인하고 유지하는 게 그의 임무였다. 그리고 최근 그런 이해기에게 돌볼 거리가 하나 늘었다.

환수의 알이다.

이해기는 거실 TV 옆 볕 잘 드는 곳에 놓아둔 환수의 알을 마른 수건으로 문댔다.

"흐흐흥."

콧노래로 트로트를 부르며 알을 닦는 그의 모습은 은퇴한 용사보다 은퇴한 부장님처럼 보였다.

그러거나 말거나, 이해기는 남다른 감각으로 알의 변화를 알아챘다.

"이건!"

이해기는 알의 변화를 파악하자마자 집에 없는 동생을 소환했다.

그는 집에 온 동생에게 알을 들이밀었다.

"이걸 보렴! 알에 금이 갔단다!"

이보배는 금 간 부위를 확인하기 위해 눈을 찡그리고 알을 돌렸다. 미세하게 실금이 난 부위를 더듬자 살짝 금 간 것이 느껴졌다.

"진짜 금 갔네? 5년 걸린다고 하더니?"

"이게 다 내가 성심껏 돌본 덕분 아니겠니."

이해기는 실실 웃으면서 본인의 공이라 으스댔다.

작은오빠의 태도가 기가 막혔지만 어쨌든 알이 일찍 부화하는 건 좋은 일이기에 이보배도 따라 웃었다.

이보배는 알에 귀를 가져다 대었다.

병아리는 부화하기 전 알 속에 있을 때부터 삐악삐악 소리를 낸다고 했다. 혹시 환수도 그러지 않을까 궁금했다.

"아무 소리도 안 나네."

"진짜 동물이 아니니 말이다."

기대한 소리가 나지 않아도 이보배의 입가는 벌어지고 눈은 절로 휘었다.

무엇이 부화하든 간에, 새 생명이 탄생한다는 사실 자체가 기분 좋았다.

환수에 별 관심 없던 이보배가 이러한데 제 새끼인 양 업고 다니던 이해기는 오죽하겠는가.

이해기의 입꼬리와 광대가 하늘로 치솟아 내려올 줄 몰랐다.

'귀농해서 병아리 키우는 아저씨 같네.'

너무 많은 죽음을 목격한 회귀자에겐 생명의 탄생 같은 힐링이 필요했는지도 모른다.

"음……."

이해기의 표정이 너무 밝아 내내 조용한 이귀한의 어둠이 부각되었다.

"귀여운 아기 판다가 나왔으면 좋겠구나."

이한생도 알에 금이 갔단 이야기를 듣고 흐뭇해하는데 이귀한 홀로 반응이 없었다.

따돌림을 싫어하는 이씨 남매 특성상 싫으면 싫다 참견이라도 해야 하는데 그러지도 않았다.

"큰오빠 어디 아파?"

"형은 내버려 두렴. 알에 금 간 걸 안 후로 계속 저렇단다."

"왜? 혹시 환수랑 상성이 안 좋나?"

이보배는 혹시 부화할 환수가 신성한 힘을 지닌 건 아닐까 의견을 제시했다.

이해기가 고개를 저었다.

"형은 파괴와 살육의 군주잖니. 새 생명이 태어나는 신성하고 거룩한 일에 심기가 뒤틀린 거겠지."

"쯧쯧, 누가 악마 새끼 아니랄까 봐."

새 생명의 탄생을 기뻐할 수 없는 몸이 되었다는 이야기에 이보배는 슬퍼하고 화르세인지는 혐오했다.

가만히 소파에 앉아 있던 이귀한이 동생들 틈으로 불쑥 고개를 내밀었다.

"둘째야."

"형, 가까이 오지 말아줄래? 지금 애는 부화 직전이라 아주 예민한 상태거든. 안전거리를 유지해 줘."

'작은오빠가 이 지랄해서 불쾌해진 것 같은데.'

이보배는 이해기를 흰 눈으로 보았다.

언제는 사라진 불알 대신 방울 들고 딸랑이는 내시처럼 비굴하게 굴더니 지금은 매우 얄미웠다.

"건방진데 맞는 말을 해서 더 건방져."

이귀한은 이해기를 흘겨보면서도 뒤로 물러나 안전거리를 유지했다. 그는 동생들보다 멀찍이서 알을 관찰하다가 딴생각이 들었는지 눈동자를 굴렸다. 심연처럼 어두운 눈동자가 이리저리 잘도 굴러다녔다.

"둘째야, 나 먹고 싶은 거 있어."

무슨 생각을 하나 했더니 식욕이 돌았나 보다.

"슬슬 저녁이구나. 뭐가 먹고 싶은데?"

"곤달걀."

흔치 않은 메뉴 선정에 이해기가 당황했다.

동네 시장과 마트에서는 본 적 없으니 시골 장터에나 가봐야 찾을 법했다.

"갑자기 곤달걀? 알겠어, 오늘은 안 되고 내일 해줄게."

이해기가 형을 설득하려 입을 열었지만 대마왕은 허락하지 않았다.

"어제부터 먹고 싶었는데 밤새 참았어. 오늘 먹을 거야."

"형, 곤달걀을 어디서 구해."

"곤달걀! 오늘 저녁은 곤달걀!"

이해기는 직감했다.

이 퀘스트의 마감 기한은 오늘 저녁까지다.

실패 시 페널티는.

"뿌셔뿌셔!"

"구해 와 바치겠습니다, 형님."

형님 알기를 우습게 보았었으나 세상이 뒤집히면서 형님 공경을 두뇌에 탑재한 이해기가 넙죽 절했다.

이해기는 투덜거리면서 외출 채비를 마치고 곤달걀 살 수 있는 곳을 검색했다.

"보배야, 나 얼른 갔다 올 테니 너무 늦으면 저녁은 너희끼리 챙겨 먹어."

"나는 곤달걀이 싫다!"

"그래, 너는 입맛 떨어지기 전에 반찬 해둔 거랑 밥 먹어. 보배 너는 어떡할래? 곤달걀 먹지?"

"내가 큰오빠 말려볼까?"

"아니다. 형이 먹고 싶다는데 맞춰줘야지. 혹시 내가 없는 사이에 환수가 부화하거든."

이해기가 이보배에게 간절한 눈빛을 쏘아 보냈다.

"동영상을 찍어다오. 알겠지?"

"알겠어, 계속 옆에 끼고 있다가 촬영할게."

"그럼 다녀오마."

이해기는 차를 운전해 사라졌다. 차가 큰길로 나가는 것을 지켜보는 이보배 뒤로 이귀한이 고개를 내밀었다.

"둘째 갔지?"

"응, 갔어. 혹시 마음 바뀐 거면 다시 불러올까?"

이보배가 은근히 기대를 품고 물어봤지만 때 이귀한은 거실로 들어간 뒤였다.

세상 누구보다 재빠른 큰오빠의 뒤를 따라 거실로 들어간 이보배는 내심 예상한 광경을 목격했다.

'내 이럴 줄 알았지.'

이귀한은 소환수의 알을 들고 금 간 부분을 살피고 있었다.

'곤달걀은 작은오빠 내쫓으려는 핑계고 사실은 알이 만지고 싶었구나.'

그 혼자만 만지지 못하게 했으니 얼마나 서럽고 만지고 싶었겠는가.

이보배는 이귀한의 마음을 이해했다.

"작은오빠한텐 비밀로 할 테니까 실컷 만져."

이보배는 이귀한에게 부드럽게 말했다.

이귀한은 무표정한 얼굴로 알을 어루만지다가 고개를 들었다.

심연을 담은 동공이 흔들렸다.

"막내야, 오늘 저녁 곤달걀."

"나 곤달걀 별로 안 좋아해. 작은오빠가 사 온 건 큰오빠가 다 먹어."

"아니, 그게 아니고."

이귀한은 침통하게 고백했다.

"얘 부정 탐."

이보배는 뜬금없는 고백에 눈살을 찌푸렸다.

재미없는 농담이라고 생각했다.

"작은오빠가 한 말 마음에 담아두지 마."

"진짜 부정 탐. 썩음."

이귀한은 어젯밤 자신이 벌인 비행을 이실직고했다. 이보배의 이마 주름은 점점 더 깊어졌다.

"큰오빠 착각이겠지. 조금 만졌다고 썩어서 깨졌을 리가 없잖아. 그냥 우연의 일치 아닐까?"

"그럼 좋겠는데 진짜 썩음."

세상 모든 부정의 지배자이자 화신은 금 간 곳을 가리키며 사실을 밝혔다.

"깨려고 금 간 게 아니라 썩어서 깨지는 거."

환수는 정해진 형체가 없다. 주인의 인지와 주위 환경에 영향을 받으며 그렇기 때문에 물리 공격보단 무형의 공격, 즉 정신 계열이나 속성 마력, 저주 같은 공격에 취약하다.

몇 번 건드렸다고 썩어버리는 건 말이 안 되지만 안타깝게도 이귀한은 형언할 수 없는 위험한 무언가에 속하는 존재였다. 존재 자체로 위험한 방사능 바퀴벌레라 이 말이다.

공격할 마음이 없어도 존재 자체로 주변을 파괴하고 오염시키는 위험한 존재가 바로 이귀한이었다.

"이걸 어째."

이보배는 이마를 짚었다.

이귀한이 시무룩해져서 반성했다.

"미안, 막내야. 내가 다 먹을게."

"그게 문제가 아니야. 작은오빠가 학수고대했는데……."

이해기는 환수의 부화를 누구보다 기대했다.

환수의 주인이 될 이보배보다 더 환수를 갈망하고 원했다.

자신이 그렇게 갖고 싶어 한 환수를 이보배에게 선물했다는 것에 자부심마저 가진 게 훤히 보였다.

회귀자가 눈물 나게 부러워하고 갖고 싶어 했던 환수.

그 소환수가 부화하기도 전에 썩어서 죽었다는 걸 알게 되면 얼마나 실망할까.

상상하는 이보배의 가슴이 미어졌다.

"작은오빠한테 사실대로 말하지 그랬어."

"둘째 말대로 부정 탄 거라 감추고 싶었어!"

말은 그렇게 해도 이귀한은 미안한 듯 시선을 피했다.

막내만 편애한다고 해서 다른 동생들을 사랑하지 않는 게 아니다.

시건방진 동생이라도 나름대로 아꼈다.

"그리고 막내야, 너도 알지? 그 새끼 밴댕이 소갈딱지라 뒤끝 긴 거! 어떡하지, 막내야? 둘째 오기 전에 먹어버릴까? 곤달걀 된 것보다 그게 낫지 않을까?"

"잠깐만. 잠깐만 기다려 봐."

부화하기 전에 먹어치우든, 건드려서 썩었다고 이실직고 하든 원망의 대상은 이귀한이다.

이 점은 바뀌지 않는다. 그렇게 될 경우 이해기가 보일 반응은 불 보듯 뻔했다.

'참겠지.'

동생들을 지키지 못한 데다 자신의 손으로 형을 죽였다는 죄책감 때문에 이해기는 이귀한 앞에서 설설 기었다. 화가 나도 참고, 부당해도 인내했다.

이보배는 그런 모습을 볼 때마다 마음이 편치 못했다.

"내가 때려서 깨뜨렸다고 할까? 나는 파괴니까 이쪽이 나을까?"

"기다려 봐, 큰오빠."

이보배는 알에 대고 주먹을 휘두르려는 이귀한을 만류했다.

이보배는 대충 환수의 알이 세균에 감염된 계란 같은 것이라 이해했다. 내버려 두면 곪아서 썩어버리지만 그들에겐 아직 희망이 남아 있었다.

"이거 이미 죽어버린 거야?"

"죽는 중!"

"그럼 할 수 있는 데까지 해보자."

"어떻게?"

"정화."

인간은 곤경에 처했을 때나 자신이 극복할 수 없는 장애물에 막혔을 때 신을 찾는다.

이보배도 신을 찾았다. 이 동네 신은 아니고 이웃 동네 남의 신이지만 어쨌든 신이었다.

"흐음."

화르세인지 드 체키빙은 환수의 알을 내려다보더니 신음을 뱉었다. 눈살을 찌푸리더니 이내 혀를 찼다.

"막내 오빠가 보기엔 어때?"

"곤달걀?"

"오염된 게 맞느니라. 아까는 대충 봐서 알아채지 못했다."

"아이구."

"곤달걀!"

큰오빠의 착각이길 바랐던 이보배 입에서 절로 아이구 소리가 튀어나왔다.

이한생은 환수의 알을 들어 올려 자세히 관찰했다.

"대체 하룻밤 동안 무슨 일이……. 악마가 무슨 짓을 한 것이냐?"

"착하다 착하다 해줬는데."

"그냥 몇 번 쓰다듬었대."

화르세인지가 눈살을 찌푸리고 질색했다.

"악마 새끼가 쓰다듬다니! 부정 탈 만했다!"

"셋째도 쓰담쓰담 해줄까?"

"차라리 내 목을 쳐라!"

이한생은 허세 부린 대가로 목젖을 얻어맞았다.

이보배는 목을 붙잡고 캑캑거리는 망나니를 돌봤다.

"어쨌든 얘도 생명인데 이대로 죽일 순 없잖아."

"캑캑!"

"그래서 말인데 정화 좀 해줘."

"정화!"

망나니가 눈물 고인 눈을 치켜떴다.

그가 이보배를 힐난했다.

"무엄하구나! 성신과 시스템 신께서 내게 힘을 주신 것은 위대한 사명을 해결하기 위해서이거늘! 고작 이따위 알을 구하기 위해 신성한 힘을 쓰라는 것이냐!"

화르세인지와 이한생에겐 공통점이 하나 있다.

뭔가를 부탁하면 일단 한 번 튕기고 본다는 것이다.

이보배는 막내 오빠가 이렇게 반응할 걸 예상했고, 대비책도 가져왔다.

이보배는 반찬 꺼내 먹기 귀찮아하는 양아치를 위해 라면을 끓여 바쳤다.

“부탁드립니다, 공자님! 이 가엾은 생명은 공자님만이 구하실 수 있습니다!”

“흥! 고작 이런 걸로 나를 움직이려 하다니! 같잖다!”

이 역시 예상한 반응이었다.

이보배는 이귀한에게 눈짓을 보냈다.

이귀한이 입꼬리를 올리고 실실 웃었다.

비웃음이었다.

“셋째야! 못 하면 못 한다고 해!”

“무어라?”

“내가 제일 뿌셔뿌셔 잘하거든! 성신은 나보다 못하거든!”

“감히 성신을 우롱하느냐!”

분개한 체키빙 공자가 환수의 알을 들고 힘을 집중했다. 신성력 특유의 온화한 빛이 그의 손에 집중되었다.

목적을 달성한 이귀한이 중얼거렸다.

“우리 셋째. 이렇게 다루기 쉬워서 어쩌나.”

‘내 말이.’

이보배는 파괴신의 말에 동감했다. 쉬워도 너무 쉬운 막내 오빠지만 신성력을 쓸 때만큼은 직업대로 성스러웠다. 신성력이 소환수의 알에 스며들자 환수의 알이 호응하듯 빛났다.

처음 보는 광경에 이보배가 눈을 깜빡였다.

‘뭐지?’

환수의 알에서 여태껏 본 적 없는 광채가 흘러나왔다. 밝은 빛에 이보배는 시력을 상실했다. 심상치 않은 결과에 이보배는 경악했다.

'설마 터지는 건 아니겠지!'

이귀한의 마기와 성신의 신성력은 상극이다.

힘의 차이가 확연해 이한생 혼자 괴로운 처지였다.

환수의 알은 지극히 미세한 양의 마기에 오염되었다. 만약 그 마기와 망나니가 쏟아부은 신성력이 비등하다면 폭발할 가능성도 있었다.

"막내 오빠, 엎드려!"

이보배는 기억에 의지해 이한생을 떠밀었다.

그러나 화르세인지는 이보배의 몸통 박치기에도 굳건하게 버텼다.

그간 이해기에게 시달리며 레벨 업한 보람이 있었다.

"너는 멧돼지가 아니고 집돼지니라! 돌진 좀 하지 마라!"

빛 때문에 눈먼 망나니가 이보배가 있을 방향에 대고 삿대질했다.

"알은 어떻게 되었어?"

눈부심이 가시지 않아 눈에 뵈는 게 없었다.

이보배와 마찬가지로 오만상을 찡그린 화르세인지가 알을 잡고 있던 손의 감촉에 주목했다.

매끈매끈하지만 동그랗지 않았다.

알이 아니었다.

"부화한 것 같다. 동그랗지 않아."

"진짜?"

이한생은 삿대질하던 손을 천천히 환수에게 가져갔다.

손이 닿기 전에 잡혀 있던 환수가 움직였다.

미끄럽고 가느다란 몸매, 특유의 체온과 몸놀림에 망나니의 척추를 따라 소름이 돋았다.

"으악, 시발. 뱀이다!"

이한생이 던진 환수가 이보배의 얼굴에 부딪혔다.

이보배는 허둥지둥 손을 모아 떨어지는 환수를 받쳤다.

대충 만져보니 뱀이 맞는 것 같은데 걸리적거리는 부분이 있었다.

"도마뱀인가?"

쉽게 돌아오지 않는 시력에 인상을 찡그리는데 작고 귀여운 소리가 그녀의 귀를 자극했다.

삐악.

"병아리?"

"병아리가 아니다! 그 감촉은 분명 뱀이었느니라! 으으, 끔찍해."

망나니가 땅을 치고 원통해했다.

"사기꾼 새끼가 애지중지하고 악마 새끼가 손을 대니 뱀 새끼가 태어났구나!"

삐악삐악.

이한생의 비난에 대항하듯 병아리 우는 소리가 이어졌다.

우는 소리가 영 맥이 없고 부실한 것이 서리 맞은 병아리 같았지만 말이다.

눈을 몇 번이고 비빈 끝에 이보배는 환수의 실체를 직접 확인할 수 있었다.

환수는 아주 작은 도마뱀이었다.

몸통은 희고 다리 부분은 검었다.

길이는 이보배의 손바닥을 간신히 넘기고 다리는 몸을 지탱하고 있는 게 신기할 정도로 작았다.

도마뱀이 입을 열고 구슬픈 삐악 소리를 냈다.

'배색은 판다, 울음소리는 병아리, 외형은 도마뱀이네.'

일단 남매가 알에 대고 품은 희망 사항들이 어느 정도 반영된 외형이었다. 주된 외형이 도마뱀인 것은 역시 뱀을 원한 이해기가 가장 오래 끼고 있었어서일 듯했다.

"태어나서 다행이다."

상상한 것보다 볼품없고 작지만 죽지 않고 살아서 천만 다행이었다.

이보배는 손을 올려 도마뱀과 눈을 마주쳤다.

도마뱀의 눈은 금색이었다. 보석처럼 예뻤지만 어째 생기가 부족했다.

삐악삐악.

울음소리도 서리 맞은 병아리처럼 미약했다. 파충류는 눈에 담는 것도 끔찍하다며 진저리치는 화르세인지마저 눈살을 찌푸리고 도마뱀을 걱정했다.

"사기꾼 새끼는 이게 돼지를 지킬 거라고 했는데, 이래서야 지키겠느냐? 돼지가 콧바람만 불어도 날아가겠구나."

"나는 연금술사니까 생산계나 보조계 능력이 있을지도 몰라."

그 말이 끝나기 무섭게 도마뱀이 입에서 불을 뿜었다. 담뱃불도 못 붙일 만큼 하찮고 작은 불씨였다.

"라이터 대용도 불가능하겠구나. 비실비실 앓다가 죽겠군."

"어휴, 말을 해도 참."

이보배는 이한생을 흘겨보고 인벤토리에서 마석을 꺼냈다.

배가 고파 비실비실한 걸 수도 있기 때문이다.

"먹방 좋아요!"

동물 먹방을 좋아하는 이귀한이 반색했다. 하지만 도마뱀은 마석에 대고 입질 몇 번 하다가 고개를 돌렸다.

'밥도 못 먹어? 진짜 위험한 거 아니야?'

따지고 보면 위험할 이유는 충분했다. 너무 충분해서 넘쳐흘렀다. 일반적인 부화 시기가 5년 뒤인데 일찍 부화했을뿐더러 부화한 이유도 외부의 오염 때문이다.

'사람으로 치면 중병에 걸렸다고 달수 안 찬 태아를 강제로 꺼낸 격이지.'

최신 의학 기술은 병에 걸린 태아를 꺼내 수술하고 산모의 자궁에 다시 넣는다지만 그것도 어느 정도 개월 수가 찼을 때의 이야기.

그런 이보배의 생각을 시스템 알림음이 방해했다.

'혹시 업적인가?'

이보배는 알림창을 열어보고 실망했다. 업적은 아니고 일반 알림이었다.

[환수의 주인이 되었습니다. 시스템에서 환수의 정보를 열람할 수 있습니다.]

'그래, 이거라도 어디야. 어디 보자.'

이보배는 시스템창을 조작해 환수의 상태창을 열었다.

무명(이름을 지어주세요)

종족: 환수

등급: FFF급(성장형, 한계 등급 SS급)

레벨: 1

스킬: 영원의 불꽃(SS급)

도마뱀의 상태창은 많이 단출했다.

이보배는 보유한 스킬은 SS급인데 FFF급으로 뜬 등급을 보고 눈을 깜빡였다.

'F급도 아니고 FFF는 무슨 소리야. 엄청 약하다는 거잖아. 근데 스킬이 SS급이면 스킬빨로라도 등급이 높아야 되는데. 성장형이라 처음엔 무조건 약한 건가?'

이보배는 〈영원의 불꽃〉의 설명을 읽었다. 방금 전까지도 한현우와 불불불을 외치다 와서 그런지 은근히 기대되었다.

'얘가 뿜는 불로 불 문제 해결되고 그러면 대박인데.'

[영원의 불꽃(SS급)]

-영원의 불꽃을 내뿜는다

'〈영원의 불꽃〉이 뭔데. 설마 아까 뿜은 그 쬐그만 거?'

도마뱀은 눈을 감더니 미동도 하지 않았다.

이보배는 그런 도마뱀을 불러서 깨웠다.

"얘! 〈영원의 불꽃〉 써봐."

도마뱀이 힘겹게 입을 열더니 미약한 불꽃을 내뿜었다. 불꽃은 이보배의 손바닥도 데우지 못하고 픽 꺼졌다. 도마뱀은 혼신의 힘을 다했다는 듯 눈을 깜빡이더니 다리를 쫙 펼치고 손바닥에 배를 붙였다.

'쓰레기였군.'

SS급이라서 살짝 기대했는데 역시나였다. 등급이 높은 스킬은 사용자의 능력 고하를 무시하고 일정 수준의 파괴력을 보이게 마련인데 〈영원의 불꽃〉은 그렇지 않았다.

'오랜만에 주인공 보정 좀 받나 했더니.'

이보배에겐 해당되지 않는 얘기였나 보다.

"〈영원의 불꽃〉? 이름 한번 거창하구나! 능력이 무엇이냐?"

"〈영원의 불꽃〉을 내뿜는 거야."

"설마 방금 그게."

"응, 〈영원의 불꽃〉이야."

"쯧. 무능한 데다 외형까지 흉측하니 실로 쓸모없구나. 내다 버려라."

이한생이 환수 유기를 주장했으나 이보배는 무시했다. 이보배는 불 두 번 뿜고 기절한 듯 미동이 없는 도마뱀을 들여다보다 한숨을 내쉬었다.

"그래, 살았으니 됐다."

산 도마뱀이 곤달걀보단 낫다. 소환수에 별 기대가 없었던 만큼 무사히 태어나 준 것만으로도 고마웠다.

"둘째 왔다."

누구보다 예민한 이귀한이 가장 먼저 이해기의 귀가를 알았다. 뒤이어 화르세인지와 이보배도 차 소리를 들었다.

"엄청 빨리 왔네."

이보배는 혀를 내둘렀다.

이 시간에 곤달걀 구할 곳이 없어 근처 마트와 시장만 돌다 온 게 아닐까 싶었다.

“아, 맞다. 녹화.”

이보배는 까맣게 잊고 있던 작은오빠의 당부가 떠올라 이마를 쳤다.

부화 장면은 놓쳤지, 환수는 터무니없이 허약하지.

이해기가 바란 건 거의 이루어지지 않았지만 딱 하나 이루어진 것이 있었으니.

“그래도 도마뱀이니까.”

환수의 외형이 도마뱀이니 파충류를 좋아하는 이해기 마음에 쏙 들 것이다.

이보배는 작은오빠가 크게 실망하지 않길 바라면서 1층으로 내려갔다.

“오빠 왔다.”

“엄청 일찍 왔네. 곤달걀 구했어?”

“근처 양계장에서 곤달걀을 팔더라. 계란도 싱싱해서 잔뜩 사 왔으니까 오늘 저녁은 계란 요리다.”

이해기는 냄비를 꺼내 물을 끓여 곤달걀을 삶기 시작했다.

그는 옆에서 기웃거리는 형과 동생에게 계란을 하나씩 쥐여주었다.

“날로 먹어도 고소하더라.”

이귀한은 계란에 구멍을 내 단숨에 털어 넣었다.

공자님은 날계란은 비려서 싫다고 반납하고 이보배는 날계란을 먹지 않고 미적거렸다.

"왜 그래?"

"사실은 환수가."

"부화했어? 어디 있는데?"

이해기가 눈을 빛내고 환수의 행방을 물었다.

이보배는 조심스럽게 손을 들어 손안에 있던 도마뱀을 보여줬다.

이해기의 눈이 초롱초롱 빛났다.

"설마 이 아이니? 도마뱀이네?"

이해기는 감격하여 입을 두 손으로 가렸다.

뱀이 아닌 것이 아쉽지만 도마뱀도 무척 귀여웠다.

"세상에 정말 귀엽구나! 그런데 좀 작은 것 같은데. 하긴 작은 고추가 매우니까."

이해기는 실실 웃었다.

정말 행복해 보였다.

"능력은 뭔지 아니?"

"불 뿜어!"

"응, 불을 뿜더라."

"그래, 그것도 불이라면 불이겠지."

불의 실체를 알고 있는 이한생이 비꼬았다.

이해기는 남동생의 말을 무시했다.

"불이라, 공격력 좋지. 보배 네가 연금술사니까 널 보조해 줄 능력이 나오지 않을까 생각했는데 그건 아니었구나. 역시 널 지켜줄 수 있는 소환수가 최고지!"

'내가 지켜주게 생겼는데.'

민들레 홀씨도 아니면서 후 불면 날아갈 것 같은 도마뱀의 허약함이 이해기에겐 보이지 않는 듯했다.

"불 뿜는 도마뱀이라. 정말 멋진 환수다. 크기도 작고 연약해 보이니 숨기거나 적을 방심시키기 좋을 거야. 화력은 어느 정도니?"

'쓸 수 있을까?'

이보배는 불 두 번 뿜고 기진맥진한 도마뱀을 내려다보다가 일단 명령했다.

"〈영원의 불꽃〉 써봐."

빽빽!

뜬금없는 병아리 우는 소리가 들려 이해기가 의아해했다.

도마뱀의 입에서 〈영원의 불꽃〉이 뿜어져 나왔다. 〈영원의 불꽃〉은 0원의 불꽃인 듯 반짝 빛나고 사라졌다.

"……이게 최선이니?"

"〈영원의 불꽃〉 최대 출력!"

도마뱀은 이보배의 명령을 들은 체 만 체 배를 붙이고 누웠다. 작은 다리를 쫙 펼치고 꼬리를 축 늘어뜨린 것이

누웠다기보단 뻗은 쪽에 가까웠다.

"오늘은 이게 한곈가 봐."

"배가 고픈가 보구나. 부화하느라 힘들었을 테니 그럴 수 있지."

이해기가 다급히 인벤토리에서 B급 마석을 꺼냈다.

영롱한 빛깔의 마석이 코앞에 들이밀어졌지만 도마뱀은 입 한번 벙긋하지 않고 무시했다.

먼발치서 오만상을 찌푸리고 있던 화르세인지가 한마디 했다.

"미물도 제 밥은 챙겨 먹는데 저건 그것도 못 하다니. 생물 미달 아니냐."

"이게, 이게 어떻게 된 거지?"

이해기는 현실을 믿을 수 없다는 듯 망연자실했다.

지금이야말로 솔직히 죄를 고백할 때였다.

이보배에게 옆구리 찔린 이귀한이 앞으로 나섰다.

"둘째야, 사실은."

이귀한이 어젯밤 몰래 환수의 알을 만졌고, 알은 부화하려던 것이 아니라 오염되어 금이 간 거였으며 이한생의 정화로 숨만 붙여뒀다는 사실을 알렸다.

부글부글 냄비 물이 끓었다.

형의 고백을 듣는 내내 이해기는 무표정했다. 냄비에선 곤달걀 들끓는 소리가 요란하자 잠자코 이야기를 듣던 이해기는 불을 조절했다.

이보배는 작은오빠의 속도 만만치 않게 들끓고 있으리라 짐작했다.

이야기가 끝난 뒤에도 이해기가 침묵하자 이귀한이 한마디 덧붙였다.

"미안하다, 둘째야. 고의는 아니었다!"

사과만 하면 좋았을 텐데 변명이 붙는 바람에 구차해졌다.

이보배는 이마를 짚었다.

"괜찮아, 형. 내가 말을 곱게 했으면 그러지 않았을 거잖아."

이해기는 들끓는 속을 가라앉히고 이귀한의 사과를 받아들였다.

이한생이 뒤에서 작게 구시렁거렸다.

'내가 그랬으면 니킥 날렸을 거면서. 치사하다, 치사해.'

본인의 작은형을 정확하게 파악한 투덜거림이었다.

이보배는 인내하는 작은오빠가 걱정되었다.

"작은오빠, 솔직하게 화내도 돼. 사람이 참으면 병난다니까."

"정말 괜찮단다. 환수가 네게 어떤 식으로든 보탬이 되었으면 좋았겠지만 그건 어디까지나 부차적이고, 진짜 바란 건 이루어졌잖니."

"도마뱀?"

"그게 아니라. 조금 많이 허약하긴 하지만 그래도 무사히 부화해 네게 와줬잖니."

이해기가 씁쓸하게 웃었다.

"인간의 도리나 법칙, 은원을 떠나 언제 어디서든 네 편이 되어줄 존재. 아무것도 의심하지 않고 온전히 아껴주고 믿을 수 있는 존재. 이 아이는 절대로 널 배신하지 않을 거야. 미약하고 보잘것없더라도 더 바랄 게 없구나."

그 말을 들으니 깃털처럼 가벼운 도마뱀이 금덩이처럼 묵직하게 느껴졌다.

이보배는 선물을 받을 당시 하지 못했던 말을 꺼냈다.

"정말 고마워, 오빠."

그거면 충분하다는 듯 이해기가 작게 웃었다.

"그거면 됐다. 부화 영상은 찍었지?"

이보배는 대답 대신 시선을 회피했다.

사정을 파악한 이해기는 실망을 감추기 위해 마찬가지로 먼 산을 바라보았다.

'윽, 배불러.'

이보배는 과식한 배를 부여잡고 방으로 들어갔다.

이해기는 계란에 원수진 사람처럼 계란 요리를 만들었

다. 냄비에 삶은 곤달걀 두 판은 애피타이저였다.

곤달걀의 외형을 혐오하는 체키빙 공자께선 이보배가 끓인 라면만 먹으려다 이해기 눈치 때문에 밥을 또 먹었다.

이씨 집안 셋째와 막내는 평소 두 배로 먹은 밥 때문에 배가 터질 것 같아 거칠게 호흡했다.

삑.

"너도 밥 먹을래?"

도마뱀이 미약하게 울자 이보배는 마석을 꺼내 들이밀었다.

도마뱀은 마석을 본체만체하고 이보배의 손바닥 위에 납작 엎드렸다.

'이름 붙여줘야 하는데.'

이보배는 작은 도마뱀을 보며 떠오르는 이름을 적었다.

흰둥이, 뱀뱀이, 얼룩이, 삐약이 등등.

떠오르는 이름들이 영 빈곤했다.

'삐약이가 귀엽긴 한데 대충 지으면 작은오빠가 또 삐칠 테고.'

시작은 미약하더라도 끝은 창대하리라.

이해기는 도마뱀이 지금은 작고 약할지라도 언젠가 크고 아름다운 드래곤이 될 것이라며 그에 걸맞은 이름을 붙이자고 주장했다.

삐악삐악이 크롸롸롸가 될 거라고 굳게 믿었다.

'얘 상태로는 커봤자 뀨라라라가 최선일 거 같은데…….
거창한 이름. 멋있는 이름.'

아무리 머리를 굴려도 작고 하얀 도마뱀을 보고 있으면 귀여운 이름만 떠올랐다.

이보배가 한숨 쉬던 그때, 손바닥에 엎드려 있던 도마뱀이 몸을 말았다. 뱀처럼 긴 몸을 동글게 말아 꼬리 끝을 입에 물었다.

도마뱀이 만든 원을 보고 있자니 묘하게 눈에 익었다. 이보배는 기시감의 원인을 궁리하다 핸드폰을 들었다.

"이거다!"

엘릭서에 대해 알아보려고 무작정 검색하면서 이와 비슷한 그림을 본 기억이 있었다.

이보배는 '꼬리를 먹는 뱀'으로 검색했다.

원하는 그림이 나오고 설명이 곁들어졌다.

이보배 마음에 쏙 드는 설명이었다.

"우로보로스, 윤회와 영원, 불사를 상징하고 연금술사들이 상징으로 쓰기도 했단 말이지."

거창하면서 어울리는 이름으로 딱이었다.

연금술사의 상징이라고 하니 주인인 그녀와도 어울렸다.

특히 불사를 상징한다는 것이 허약한 도마뱀의 무병장수를 기원하는 의미로 딱 맞았다.

"우로보로스! 오늘부터 네 이름은 우로보로스야!"

애완동물이라면 모름지기 성도 물려줘야 하는 법.

"이우로보로스는 너무 기니까 이우로라고 부를게!"

가장으로서 이씨 성을 하사하여 이름을 붙여 주자 이우로의 몸이 불에 휩싸였다.

[이우로보로스의 등급이 올랐습니다. (FFF → FF)]

이보배의 눈이 휘둥그레졌다.

"이름 붙였다고 등급 오르는 건 게임 판타지 클리셰인데."

어느 쪽 클리셰든 등급이 올랐다니 기쁜 일이다. 이보배는 찬찬히 우로를 관찰해 바뀐 점이 없는지 확인했다.

'덩치가 조금 커졌나?'

"우로야, 〈영원의 불꽃〉 써봐."

삐악!

우로가 입을 쩍 벌리자 라이터를 최소로 돌린 만큼 작은 불꽃이 나왔다가 사라졌다. 변함없이 허접했다.

'FF급에 뭘 바라냐.'

다음 날 아침.

이보배는 식탁에 모인 가족들에게 이우로의 등급이 올

랐다는 기쁜 소식을 전했다.

“잘됐구나, 막내야!”

“우로보로스라, 잘 어울리는 이름이다. 등급이 올랐다니 다행이구나.”

이씨 가문의 첫째와 둘째는 축하하고 셋째는 부들부들 떨며 분개했다.

“감히 그 흉측한 것을 성스러운 밥상까지 데려와? 썩 꺼지거라!”

“우리 우로가 어디가 어때서? 귀엽기만 하구먼.”

“으으! 어제보다 엄지손가락 한 마디만큼 길어지고 창백하게 희멀겋던 몸뚱이는 혈색이 좋아졌구나! 빈약하게 홀쭉하던 꼬리에 살이 오르고 심지어 냉동 고등어 같던 눈은 촉촉하고 초롱초롱해졌어! 너무 끔찍해!”

보기도 싫다면서 바뀐 점은 제일 잘 알았다.

“한생이 네 말만 들으면 귀엽다는 것 같은데.”

“파충류가 귀여울 리 없잖느냐! 어제보다 통통하게 살이 오른 꼬리를 보거라! 소름 끼쳐!”

“도마뱀은 그게 매력 포인트지. 잘 알고 있네.”

‘좋다는 거야, 싫다는 거야.’

체키빙 공자님은 다루기 쉬운 사람인데 가끔은 파악하기 어려웠다.

‘항상 쉬운 사람이 아니라 다행이야.’

"오늘은 먹방 가능?"

이귀한이 인벤토리에서 마석을 꺼냈다.

이해기가 밥그릇이라고 접시를 내오고 우로와 마석을 그 위에 올렸다.

이우로는 이번에도 마석을 먹지 않았다.

"애가 밥을 안 먹네."

"흠."

이보배가 푸욱 한숨을 내쉬자 이해기는 무언가를 곰곰이 생각했다.

그는 인벤토리에서 마석을 꺼냈다.

가장 질이 낮은 F등급 마석이었다.

"이건 먹을 것 같은데."

이해기의 말대로였다.

이우로는 F급 마석을 보더니 입을 벌리기 시작했다.

하지만 입질만 몇 번 하더니 도로 입을 다물었다.

"이거 설마."

"그래, 마석 등급이 너무 높아서 못 먹었나 보다. F급 마석도 제대로 먹지 못하다니……. FFF급 마석을 구해야 하나."

"그런 마석도 있어?"

"제작 재료로 사용했거나 마력을 뽑아 에너지로 사용하고 나온 폐기 마석. 그걸 농담 삼아 FFF급 마석이라고 한단다. 구해 와서 먹여봐야겠구나."

이보배는 소환수가 나왔던 각종 소설을 떠올렸다.

"등급 높은 마석 먹어서 급성장하는 것도 클리셰 아니야?"

"그건 해당하지 않나 보지. 클리셰 파괴 또한 클리셰 아니겠니."

회귀자는 어깨를 으쓱이고 냄비에서 곤달걀을 건졌다. 그는 존경하는 형을 위해 아침부터 냄비 가득 곤달걀을 삶았다.

"자, 형. 많이 먹어."

"끔찍한 파충류에 곤달걀까지. 나를 굶기려고 작정한 것이냐? 삐쳤으면 말로 해라!"

"나 안 삐쳤어."

정확하겐 망나니에게는 삐치지 않았다.

이해기는 싱글벙글 웃으면서 이귀한에게 곤달걀이 가득 든 쟁반을 밀었다.

"잔뜩 있으니까 많이 먹어, 형."

"둘째야, 나 입에서 닭똥 냄새 나는데."

어제오늘 곤달걀만 세 판 먹은 이귀한이 돌려서 거절했다.

이해기가 더 크게 웃었다.

"그래? 화르세인지랑 보배 밥 먹는데 닭똥 냄새 나면 안 되지. 형은 거실에서 먹어야겠다."

이해기가 쟁반을 들고 거실로 나갔다.

이귀한은 울상 짓고 이보배에게 하소연했다.

"저 새끼 뒤끝 길다니까."

이해기를 욕하면서도 이귀한은 순순히 거실로 이동했다.

이씨 가문 둘째와 셋째가 투덜거리기를, 이귀한은 맨날 막내만 예뻐한다 하지만 이보배 보기에 큰오빠는 동생들을 전부 예뻐했다.

"둘째야, 껍데기는 까줄 거지?"

"게 껍데기도 씹으면서 무슨 소리야. 껍데기까지 꼭꼭 씹어 먹어."

부엌에 남은 셋째와 막내는 거실에서 들려오는 대화와 계란 껍데기 없는 식탁을 보고 눈빛을 교환했다.

껍데기까지 씹으라고 하기 전에 주는 대로 먹자.

삐악삐악!

남매의 결의를 응원하듯 이우로가 힘차게 울었다.

"깜찍하게 울지 마라, 끔찍하다!"

이한생은 소스라치게 놀랐다.

이보배는 오믈렛을 꾸역꾸역 씹어 삼켰다.

'오믈렛 맛있고 지겨워.'

맛있으면서 먹기 싫으니 망나니의 마음도 이와 비슷한 게 아닐까?

아니면 말고.

이보배는 이우로를 보았다.

이우로는 바로 머리를 들어 이보배와 눈을 맞췄다. 뒤늦게 생명을 먼지 구덩이에 방치했다는 죄책감과 미안하단 생각이 들었다.

작은 도마뱀은 그런 이보배의 마음을 알아챈 듯 손가락을 약하게 깨물며 머리를 비볐다.

'영원한 내 편.'

이보배는 과분한 선물을 받았다. 과분한 선물보다 더 과분한 사랑도 받았다.

오믈렛이 지겨운 게 대순가. 1년 365일 달걀만 먹으라고 해도 먹을 수 있었다.

'오늘로 끝이겠지? 으, 앞으로 달걀은 보기도 싫어.'

어디까지나 마음만 그렇다는 거다.

누가 진짜 1년 내내 달걀만 먹겠는가.

이보배는 남은 오믈렛을 먹어치우며 몸서리쳤다.

왕년의 세계 최강 헌터는 존경하는 형님께 곤달걀 두 판을 삶아 바친 후 껍데기까지 다 드실 동안 곁에서 수발을 들었다.

"형이 기뻐하는 걸 보니 아침부터 보람차구나. 오늘도 참 좋은 하루가 되겠어."

물 한 모금 마시지 못하고 꾸역꾸역 곤달걀을 먹은 이귀한이 흐리멍덩한 눈으로 중얼거렸다.

"둘째가 뒤끝이 길어."

"그러게 건드리지 말라는 건 왜 건드려 부정 타게 했느냐. 자업자득이니라."

"그치만 너희만 만지고 나는 못 만지게 했잖아! 따돌림 나빠, 치사해!"

"저 도마뱀 비실비실한 것을 보아라! 부정 타지만 않았어도 사기꾼 말대로 멋진 용이 나왔을지도 모른다!"

"파충류 싫은데 용은 좋아?"

"용은 예외니라! 멋있다!"

용을 좋아하는 동생을 위해 이귀한이 파괴하면서 본 적 있는 다른 세계의 용으로 변신했다.

"끄아아악!"

신체 곳곳에 눈알 수십 개가 번뜩이고 고약한 악취를 풍기는 악룡을 본 체키빙 공자가 비명을 지르고 기절했다.

"너무 멋있어서 기절했나 봐!"

"형, 아닌 거 알면서 괴롭히지 마."

이해기는 기절한 동생을 발로 밀어 거실 구석으로 치운 후 이보배와 이우로에게 관심을 돌렸다.

"흠, 〈영원의 불꽃〉이라. 스킬명은 그럴싸한데."

생산계 각성자의 스킬은 단순하다. 스킬을 쓰면 무언가

가 만들어진다. 그렇기 때문에 스킬을 어떻게 하면 더 잘 쓸 수 있을까, 더 잘 활용할 수 있을까, 꼼수는 없는 걸까 해석하는 경우가 드물었다.

반면 전투계 각성자는 다르다. 시스템은 전지전능하지 않고 친절하지도 않기 때문에 단순한 스킬 설명만 믿고 전투했다간 본인은 물론이고 전우의 목숨까지 위험에 빠뜨릴 수 있다. 그렇기 때문에 이해기는 세계 최강 헌터의 경력을 살려 이보배 대신 우로의 스킬을 살펴보기로 했다.

"스킬을 쓸 때 우로의 정신력이나 마력 소비량이 보이진 않니?"

"어제 정신없어서 소모량을 확인하지 못했어. 아, 스킬 횟수 정해져 있다. 하루 1회."

'어제 세 번인가 써보지 않았나? 첫날이라 서비스해 줬나? 아니면 등급 오를 때 충전된 건가?'

이보배는 고개를 갸웃거리면서 앞으로 이우로의 상태창을 자주 살펴야겠다고 결심했다.

"하루에 한 번이라. 실험해 보기엔 너무 횟수가 적구나."

이해기는 턱을 쓰다듬더니 경험에 근거한 가설을 말했다.

"스킬명과 일일 횟수 제한만 보면 SS급 스킬인데 말이다."

"SS급 스킬이라니까."

"진짜 SS급이라면 레벨이 낮아도 어느 정도 쓸 만할 텐데……."

이보배의 〈사랑의 매〉와 〈가장의 위엄〉이 레벨이 더 높은 각성자에게도 통하는 것과 마찬가지다.

"일단 공격력을 보자꾸나."

이해기가 이우로의 입가에 손바닥을 가져다 대었다.

이보배는 위험하다고 말리려다 어제 본 빈약한 불꽃을 떠올리고 그냥 명령했다.

"우로야, 〈영원의 불꽃〉 써봐."

이우로가 작은 입을 쩍 벌리더니 더 작은 불꽃을 내뿜었다.

불꽃은 화르륵 타올랐다가 순식간에 꺼졌다.

이해기의 손바닥엔 닿지도 못했다.

"이름에 '영원'이 붙었으면 지속력이라도 길어야 하는데."

"내 말이."

"혹시 그건가. 보배야, 아, 잠깐만. 마노 누나에게 답장이 왔다."

이해기가 핸드폰을 두 손으로 공손히 들었다.

이보배는 아예 무릎 꿇으라고 하려다 참았다.

"오빠는 뭐라고 보냈었는데?"

"일단 정중하게 사과하고."

"사과하고?"

"밥 사달라고 썼다."

이보배의 속에서 열불이 치솟았다. 이보배가 드래곤이

었으면 화끈한 불을 뿜었을 텐데 인간이라 아쉽기 그지없었다.

“거기서 밥을 사달라고 하면 어떡해.”

이보배가 가슴을 치며 답답해하자 이해기가 변명했다.

“네가 그런 컨셉으로 해보라고 했잖니.”

“그건 그거고 사과는 사과지. 그래서 마노 선배가 뭐래? 앞으로 쓸데없이 연락하면 차단하겠대?”

“길어서 안 읽었고 마지막 문장만 봤다고 하는구나. 밥 사줄 테니 30분 내로 올 수 있으면 오라고.”

“당장 나가!”

이보배는 현관문을 가리키고 소리 질렀다가 이해기가 입고 있는 옷을 보고 도로 붙잡았다.

“거지 같은 군복 입고 어딜 가려고 해. 막내 오빠! 막내 오빠 옷이랑 구두 좀 빌려줘! 향수도!”

“마노 누나는 향기로운 남자 싫어해.”

형을 괴롭히느라 자기 몸에도 닭 비린내가 밴 남자가 말했다.

“닭똥 냄새보단 꽃향기가 나아!”

“그리고 한생이 옷은 사이즈가 안 맞아 더 후줄근해 보이지 않겠니. 차라리 저번에 산 옷으로.”

“그 등산복 같은 거 입고 가면 연 끊을 거야.”

등산복도 종류가 다양한데 이해기가 산 것은 어르신들

이 입는 등산복 같았다.

이보배가 진지하게 경고하는데 이한생이 심드렁한 얼굴로 무난한 상의를 가져와 던졌다.

“입어라. 네놈 사이즈에 맞춰서 산 옷이니라.”

“한생이 네가 내 옷을 샀어?”

이해기는 깜짝 놀라 군복을 벗었다.

막냇동생도 아니고 남동생이 옷을 사 줬다는데 더는 고집 부릴 수 없었다.

“같이 다니기 창피해 샀으니 착각하지 말거라!”

“오오, 화르세인지 성자님. 이 집의 구원자, 경력 있는 구세주.”

이보배는 무릎 꿇고 성신의 은혜와 성자님의 자비를 찬양했다.

이해기는 감격스러운 얼굴로 동생이 사 준 옷을 입고 집을 나섰다.

비록 박마노와 만나 어떻게 될지 모르지만 동생들의 응원을 받아 집을 나서는 지금은 개선장군처럼 위풍당당했다.

“아이고, 내 팔자야.”

이보배는 작은오빠를 배웅하고 바로 앓는 소리를 냈다.

“막내야, 남매의 연애엔 끼는 거 노노해.”

이귀한이 맏이로서 충고했다.

어제저녁부터 곤달걀만 먹어서 그런지 입에서 닭똥 냄

새가 났다.

"알아. 아는데 오빠들도 나한테 참견하잖아. 나도 참견할 거야. 그치, 우로야."

이보배는 어깨에 올라탄 이우로를 들고 눈을 맞췄다.

삐악.

이우로는 이보배의 말이 무조건 옳다는 듯 삐악삐악 대답했다.

"우리 우로, 스킬 썼으니까 내일 또 실험해 보, 어?"

이보배는 자신의 시스템창에 추가된 이우로의 상태창을 보고 깜짝 놀랐다. 분명 방금 전 〈영원의 불꽃〉을 사용했는데 상태창엔 여전히 횟수 1번이 남아 있었다.

"이게 어떻게 된 거지? 우로야, 아까 그거 스킬 아니었어?"

삐악!

이우로는 아무것도 모른다는 듯 순진무구한 얼굴로 맑게 울었다.

'마력은 소모되었는데.'

이보배는 3분의 1가량 소모된 마력을 보고 이맛살을 찌푸렸다.

마력은 소모되었는데 스킬 사용 가능 횟수는 남아 있다니 이게 버그인지 특성인지 감이 잡히지 않았다.

혹시나 싶어 큰오빠와 막내 오빠에게 물어보니 모른다는 답변이 돌아왔다.

'작은오빠를 방해할 순 없고, 돌아올 때까지 기다려야 하나?'

이보배가 핸드폰을 들고 갈등하는데 진동이 울리면서 문자가 도착했다.

문자를 보낸 이는 한현우였다. 상당히 장문이었으나 한 줄로 요약할 수 있었다.

[환수 보러 가도 돼?]

한현우는 환수의 알을 보았고 알에 금이 갔다는 소식을 들을 때 같이 있었다. 이보배가 환수가 무사히 부화했다는 문자를 보냈었으니 궁금할 터였다.

'나였으면 궁금해서 베개 쥐어뜯지.'

한현우가 오는 건 잘된 일이었다.

'물어볼 사람 생겼다!'

업계 1타 강사가 직접 방문하겠다는 희소식에 이보배는 얼른 오라고 답신했다. 그리고 소파에 누운 대마왕과 경력 있는 구세주에게 경고했다.

"현우 놀러 올 거야. 조용히 있어."

"응."

"막내 오빠도 쓸데없는 말 하지 말고."

"왜 계속 포션 팔이만 만나느냐?"

"현우는 그냥 친구라니까."

"친구가 약 팔이밖에 없는 게야?"

"나 친구 많거든! 그리고 어제 김율 만나서 밥 먹었어! 됐지?"

본인이 미는 매제 후보를 만났다는 이야기를 듣고 나서야 화르세인지가 입가에 미소를 짓고 물러났다.

"막내야, 요한이는? 걔는 안 만나?"

한 놈 물러가니 또 한 놈이 난리다.

골치가 아파와 이보배는 관자놀이를 지압했다.

"요한 씨는 바쁘잖아. 그리고 엇그제 잠깐 봐서 인사했어."

"지금은 안 바쁘니까 만나라!"

"무슨 소리야?"

"둘이 늘 붙어 다니잖아. 둘째가 박 씨를 만나러 갔으니 부하인 요한이도 한가하지!"

천벌 콤비는 늘 같이 일하기 때문에 휴일도 동일하다.

그럴싸한 논리였지만 그래서 더 연락할 수 없었다.

"요한 씨도 쉬어야지. 휴일에 부르면 어떡해."

참기 싫은 이귀한 씨(연령 미상)는 거실에 드러누워 떼썼다.

"시러시러! 요한이도 불러!"

약 맞은 바퀴벌레처럼 사지를 파닥거리는데 이보배가 견딜 재간이 있나. 결국 이보배는 큰오빠의 떼를 못 이기고 최요한에게 연락했다.

"아휴, 진짜! 문자만! 문자만 보내본다!"

이보배는 정말 최요한의 휴일을 방해하고 싶지 않았다.

그래서 그냥 안부 차 문자 보낸 것임을 강조하였으나 어쩌다 보니 통화로 이어지고, 부드러운 목소리에 묻는 족족 대답하고 나니 결국.

"일전에 뵙고 오늘도 또 뵙네요. 반가워요, 부길드 마스터."

"안녕하십니까."

이보배의 집에 최요한과 한현우가 모두 와버렸다.

"하하, 다들 잘 지내셨어요?"

"알면서."

"다 알면서 왜 물어보는 것이냐? 성격 참 별난 자로다."

최요한은 오자마자 이씨 남매에게 반갑게 인사했다.

이에 질세라 한현우도 정중하게 인사했다.

"안녕하십니까. 해기 형은 어디 나가셨습니까?"

"저희 과장님이랑 약속 있는데요."

최요한이 대답하자 한현우가 눈을 홉떴다.

한현우가 당황한 표정으로 이보배를 보기에 이보배는 스카우트가 아니라고 열심히 해명했다.

"관리국은 정말 아닙니다. 열정 페이로 준단 말입니다."

"하하하, 오해십니다. 관리국은 정말 괜찮은 곳이에요."

이씨 형제와 인사를 마친 최요한과 한현우가 악수했다.

"언제는 다리 뻗고 잘 시간도 없다 하더니, 엄살이었나

봅니다?"

"하하, 저희 일이 워낙 대중없으니까요. 한현우 부길드 마스터야말로 한동안 전투보다 생산에 집중하신다 들었는데 교우 관계도 신경 쓰기로 하셨나 봐요. 두 분 사이가 진전된 것 같아 보기 좋습니다."

"제 교우 관계에 아는 척하지 말아주십시오."

"하하, 죄송합니다. 한현우 부길드 마스터를 개인적으로 아끼다 보니 저도 모르게 신경 쓰여서요."

갑인 한현우가 당당하게 냉대하고 을인 최요한이 웃으면서 비위를 맞춘다.

지켜보는 입장에선 갑보다 을에 연민이 생겼다.

"저어, 현우야. 요한 씨가 나라를 위해 일하시는데 너무 편하게 대하는 게 아닌가 싶은 그런……."

"아니에요, 보배 씨. 한현우 부길드 마스터가 평소엔 이러지 않는데 오늘은 제가 선을 넘어서 그래요. 저희 친하거든요. 서로가 서로를 스카우트하려는 사이죠."

한현우는 최요한을 스카우트할 속셈으로 독을 팔고, 최요한은 한현우를 독을 싸게 살 겸 스카우트도 하기 위해 계속 꼬시는 사이란다.

'하긴 요한 씨가 현우 차도 얻어타고 그랬지.'

둘이 쌓은 역사가 이보배가 둘과 쌓은 역사보다 깊을 것이다.

'둘이 친해서 다행이다.'

한현우는 첫인상은 재수 없는데 알고 지내면 속정이 많아서 그런지 귀여워하는 형, 누나가 많았다.

최요한도 나름대로 한현우를 귀엽게 보는 듯하니 말 다 했다.

삐악삐악!

이보배가 다과를 내오자 어깨에 올라가 있던 이우로가 팔을 타고 내려와 힘차게 울었다.

최요한과 한현우의 시선이 이우로에게 집중되었다.

"귀엽네요."

"알이 커서 클 거라고 생각했는데 많이 작네."

"이름은 이우로야."

"혹시 우로보로스에서 따왔어? 멋진 이름이야."

한현우는 작고 귀여운 이우로를 보고 진지하게 말했다.

"성장 한계가 SS급이니 분명히 이름에 어울리는 멋진 용이 될 거야. 부럽다."

그의 머릿속에 게임 속 펫이나 탈것들이 줄지어 지나간 듯했다.

"환수의 알은 어디서 구하셨을까."

최요한은 최요한대로 이우로를 보며 이해기가 공략한 미신고 균열들을 추리해 보는 듯했다.

이보배는 민망한 마음에 연신 웃으면서 다과를 권했다.

삐악삐악!

이우로가 쿠키 접시를 보고 계속 울었다. 엄마 찾는 병아리처럼 소리가 요란했다.

"배가 고픈 걸까요?"

최요한이 쿠키를 작게 쪼개 내밀자 이우로는 한 입 받아먹고 쩝쩝거렸다.

"쿠키를 먹네요? 환수는 마석을 섭취하는 게 아니었어요?"

"헉, 저도 얘가 뭐 먹는 거 지금 처음 봤어요. 부화하고 아무것도 안 먹어서 뭐라도 먹으면 좋겠는데. 우로야, 과자 먹을 거야?"

이보배가 과자라도 잘 먹었으면 하는 마음에 쿠키를 내밀었지만 이우로는 입을 다물고 고개를 돌렸다.

혹시나 싶은 마음에 F급 마석을 꺼내줘도 안 먹기는 마찬가지였다.

"얘가 이래요. 작은오빠가 폐기 마석을 구해서 먹여보자고 하더라고요."

"이상하네요, 제가 본 환수는 마석이라면 환장을 하고 먹었는데."

최요한이 자신이 본 환수들을 언급하고 인벤토리에서 등급별로 마석을 꺼냈다.

F급부터 A급까지의 마석이 줄지어 놓였으나 이우로는

냄새 맡는 시늉만 하고 고개를 돌렸다.

한현우는 외알 안경 없이 맨눈으로 이우로를 관찰하며 고개를 갸우뚱거리더니 입을 열었다.

"혹시 갈아서 줘봤어?"

"갈아서?"

"부화했을 때 FFF급이었댔지?"

"응."

"전 FFF급 현실에선 본 적 없어요. 최요한 씨는 어때요?"

"저도요."

"부화되려면 5년 정도 걸린다더니 갑자기 부화한 것도 그렇고, 미성숙한 상태로 부화한 것 같은데 혹시 짐작 가는 거 있어?"

당연히 있다.

이보배는 구석에 앉아 자신과 매제 후보들의 대화를 구경하는 큰오빠를 곁눈질로 쳐다봤다.

초롱초롱한 눈빛으로 구경하던 이귀한이 지레 찔려 시선을 회피했다.

"잘 모르겠어."

이보배의 눈동자가 바라본 방향과 시선을 피하는 이귀한을 보고 대충 사정을 짐작한 최요한이 소리 없이 웃었다.

"환수는 먹지 않아도 되는 존재라고 했지만 먹을 수 있다면 먹여야 잘 성장하겠지."

한국인은 밥심이며 이는 한국인이 주인인 애완동물에게도 적용된다. 사람이고 동물이고 게임 속 펫이고 무조건 잘 먹여야 한다는 의견에 이보배도 동감했다.

한현우는 인벤토리에서 등급별로 마석 가루를 꺼내 쟁반에 조금씩 부었다.

형형색색의 마석 가루가 앞에 놓이자 이우로의 눈이 커졌다.

이우로는 짧은 다리를 놀려 이보배가 본 중에 가장 빠른 속도로 질주했다. 그러더니 F급 마석 가루에 머리를 처박고 가루를 흡입했다.

"잘 먹네, 다행이다."

"와, 진짜. 진짜 다행이다. 얘 어제 부화하고 이게 첫 끼야. 잘됐다, 우로야."

"폐기 마석보단 마석 가루가 영양가 높겠지. F급은 나도 이게 전부야."

한현우가 F급 마석 가루가 든 병을 이보배에게 통째로 넘겼다.

TMI를 적어보자면 마석을 세공할 수 있는 직업군은 따로 있고 가루로 분쇄하는 중 마력 손실이 발생하기 때문에 마석 가루는 마석보다 최소 두 배 이상 비싸다.

"일단 이거 먹여. 중개상 소개시켜 줄게."

"역시 한현우 부길드 마스터. 클라스가 남다르세요."

"별거 아닙니다."

"혹시 프리랜서 가공사면 관리국에도 소개 좀 부탁드려요."

"싫습니다."

"계속 받기만 해서 어떡해. 현우야, 괜찮아. 내가 살게."

"전부 주는 것도 아니고 지금 갖고 있는 것만 준 거니 정말 괜찮아. 이우로보로스가 성장하거나 변화하면 가끔씩 보여줘."

"당연하지!"

이보배는 매일 보러 와도 된다고 말했다.

한현우는 이우로가 정말 부러운지 밥 먹으며 살랑거리는 꼬리를 따라 눈동자를 움직였다.

"많이 먹고 크고 아름다운 용이 되어라."

'끽해야 거대 도마뱀으로 자랄 것 같은데.'

이해기가 그러더니 한현우도 이우로보르스가 용으로 성장할 거라 굳게 믿는 눈치였다.

이보배는 굳이 말해 친구의 환상을 깨는 우를 범하지 않기로 했다.

"잘 먹는 거 보니 흐뭇하네요."

"아휴, 죄송해서 어쩌나."

이보배는 귀한 휴일에 불려 와 갑 비위 맞추고 지인 애완동물 먹방이나 직관하게 된 최요한에게 사과했다.

"바쁜데 불러서 죄송해요."

"아니에요, 귀여운 우로랑 보배 씨도 보고. 마음이 치유되는 기분인걸요."

최요한이 언제나처럼 상냥하게 웃었다.

이보배도 민망한 마음에 따라 웃었다.

"나한테 물어볼 거 있다고 했잖아. 뭐야?"

이우로를 쓰다듬어 주던 한현우가 불쑥 말했다.

"어, 그냥 우로 스킬이 조금 이상해서 너 놀러 오는 김에 물어보려고 했는데. 요한 씨도 오셨으니까 나중에 하자."

"스킬이면 저도 도와드릴 수 있겠네요. 저는 보배 씨가 불러주셔서 기쁘니까 신경 쓰지 마세요."

최요한이 이렇게까지 말하는데 거절하자니 더 미안했다.

이보배는 어쩔 수 없이 둘에게 이우로의 스킬 〈영원의 불꽃〉을 대강 설명했다.

이보배의 설명을 들은 최요한과 한현우는 의문을 표했다.

"〈영원의 불꽃〉이라고?"

이보배와 마찬가지로 불에 집착하고 있는 한현우는 스킬명에 일단 반응했고.

"스킬 횟수가 그대로라고요?"

최요한은 스킬명보다 횟수가 소진되지 않았다는 이야기에 의아해했다.

백문이 불여일견이다.

이보배는 일단 〈영원의 불꽃〉을 보여주기로 했다.

"일단 보여 드릴게요. 우로야, 밥 다 먹었어?"

삐악!

"그럼 〈영원의 불꽃〉 써볼까?"

삐야아아악!

밥 먹고 배부른 이우로가 힘차게 전방에 불꽃을 뿜었다. 화력 좋은 성냥보다 약한 불꽃이 생겼다가 순식간에 사라졌다.

이보배는 이우로의 상태창을 확인했다. 이번에도 마력은 소모되었지만 스킬 횟수는 1 그대로 남아 있었다.

"마력은 줄어들었는데 횟수는 그대로야. 혹시 쿨타임이 빨라서 바로바로 충전되는 걸까?"

"아니, 쿨타임이 일주일인 스킬도 있지만 일일 사용 가능 횟수로 표시되지는 않아. 일일 사용 가능 횟수가 상태창에 나와 있다면 정말 하루에 그것밖에 못 쓴다는 소리야."

한현우는 미간을 좁혔다.

"정말 이상한데. 마력이 소모되었으니 스킬을 쓴 게 맞는데 횟수가 안 까인다고?"

"스킬을 안 쓴 게 맞는 듯한데요."

"마력이 소모되었는데요?"

"보배 씨 혹시."

최요한이 무언가 감을 잡은 듯 이우로를 가리켰다.

"스킬을 쓸 때 목표를 지정했나요?"

"네?"

"스킬 중에 목표를 지정하지 않으면 제대로 써지지 않는 스킬도 있거든요. 제가 쓰는 스킬 중에 비슷한 게 있어요. 다른 스킬로 마커를 찍어두거나 제가 확실하게 목표를 지정하지 않으면 마력만 소모되고 스킬은 안 쓴 걸로 취급하거든요."

"아, 단일 개체 집중 공격 스킬일 경우 그럴 수 있다는 얘기를 들었습니다."

스킬은 종류가 다양하다. 똑같이 브레스 계열이라 해도 전방에 힘찬 발사가 가능한 스킬이 있는가 하면 표적을 지정해 줘야 하는 스킬도 있었다.

"보배 씨가 표적을 설정해서 다시 시도해 볼까요?"

"네!"

"혹시 불나면 안 되니 밖으로 나가죠."

"그럼 옥상으로 가요."

이보배는 이우로를 어깨에 얹고 대야에 물을 받아 옥상으로 올라갔다.

구경하던 이씨 집안 첫째와 셋째도 옥상으로 따라왔다.

화르세인지는 공기 잘 통하는 옥상에 오르자마자 투덜거렸다.

"어쩐지 속이 메슥거린다 했더니, 집 안에 닭똥 냄새가 가득했구나. 쯧."

뒤끝 긴 이해기가 형 준답시고 곤달걀만 네 판을 삶은 덕분에 집에 닭똥 냄새가 배었다.

이보배는 그런 집에 손님을 초대한 게 부끄러워 발을 동동 굴렀다.

"아이고, 죄송해요, 요한 씨. 미안, 현우야. 큰오빠가 곤달걀 먹고 싶다고 해서 삶았더니 냄새가 배었나 봐. 난 계속 집에 있어서 몰랐는데 말해주지 그랬어."

"별로 심하지 않던데."

"맞아요, 괜찮았어요."

한 명은 악취에 강한 연금술사고 다른 하나는 사람 태우는 냄새와 시체 썩는 악취 좀 맡아봤을 직종이라는 게 위안이 되었다.

오늘 하루 사과를 너무 많이 한 것 같기 때문에 이보배는 안면에 철판을 깔았다.

그녀는 더 사과하지 않고 물 담은 대야에 종이배를 띄웠다.

"우로야."

삐악!

"저 종이배를 태우는 거야. 〈영원의 불꽃〉 써보자!"

이우로가 입을 쫙 벌리자 이보배의 심장이 두근거렸다.

과연 최요한의 코치를 받은 보람이 있을 것인가!

이보배와 파괴신, 성자님, 공무원, 전투 연금술사가 지켜보는 와중 이우로의 벌린 입에서 불꽃이 생성되었다.

불꽃은 여전히 작고 볼품없었지만 이전처럼 피시식 꺼지지 않고 포물선을 그리며 날아갔다.

불꽃이 종이배에 닿자마자 맹렬하게 치솟았다.

사람 키만큼 치솟는 불길에 놀란 이보배가 비명을 지르면서 얼굴을 가리는데 뜨겁지 않았다.

이보배는 눈을 깜빡이며 손을 내렸다.

그녀보다 앞서 상황을 파악한 사람들이 불길에 손을 넣으며 신기해하고 있었다.

"불인데 안 뜨거워!"

"이래서야 고구마도 못 굽겠구나. 쓸모없는 파충류!"

"정말 표적만 태우는 스킬이었다니. 그렇다면 설마 영원의 뜻은……."

"역시 제 추측이 맞았나 보네요. 스킬 횟수는 줄어들었나요?"

최요한이 묻기 전에 이미 이보배는 이우로의 상태창을 확인했다.

"네, 스킬 사용 가능 횟수가 0이 되었어요. 요한 씨 말이 맞았어요!"

이보배는 진심으로 기뻐하며 허리를 숙였다.

"정말 감사합니다. 요한 씨가 아니었다면 계속 헤맸을

거예요."

"별말씀을요. 제가 아니었더라도 보배 씨가 현명하시고 가족분들과 한현우 부길드 마스터도 계셨으니 금방 답을 찾으셨을 거예요."

"아니에요, 요한 씨가 단번에 원인을 알아주셔서 한 방에 해결할 수 있었어요. 이 은혜는 또 어찌 갚아야 할지."

"보배야, 이걸 봐."

"뭔데?"

고개를 열심히 굽실거리던 이보배를 한현우가 낮은 목소리로 불렀다.

이보배는 고개를 돌려 한현우가 가리키는 대야를 보았다.

종이배는 불길에 타올라 허물어지다가 재가 되어 물속으로 가라앉았다. 하지만 재에 붙은 불은 꺼지지 않고 계속 타올랐다. 불길은 살아 있는 생물처럼 넘실거렸다.

대야에 가득 든 물은 불을 끄지 못했고 불 또한 물을 끓이거나 증발시키지 않았다. 대신 물의 영역을 침범하듯 꿋꿋이 타올랐다.

이보배의 눈엔 불이 물을 살라먹는 것처럼 보였다. 종이를 태우면 으레 생기는 연기도 발생하지 않았다. 어설프게 타고 남는 재 하나 없이, 〈영원의 불꽃〉은 말끔하게 종이배를 소멸시킨 뒤에 깔끔하게 사라졌다.

이보배의 머릿속에서 종이 울렸다.

만종이 아니라 합격 종이었다.

"이거다!"

이보배는 어깨에 앉아 하품하는 이우로를 번쩍 들었다.

흥분한 한현우가 옆에서 침을 튀기며 같이 외쳤다.

"그래, 이거야!"

"이거다! 우로가 답이다!"

"빨리, 빨리 실험……."

실험해 보자고 말하려던 한현우가 입을 다물고 좌절했다.

이보배도 같이 이우로를 안고 구슬피 울었다.

"내일까지 실험 못 하잖아!"

이우로보로스는 하루에 한 번만 〈영원의 불꽃〉을 쓸 수 있다. 스킬 사용 가능 횟수가 0이니 24시간 뒤 또는 자정이 지난 후에나 실험해 볼 수 있었다.

한현우가 삶은 달걀 한 판을 물 없이 먹은 사람처럼 가슴을 쳤다.

옆에서 이보배도 같이 쳤다.

답답하기가 이루 말할 수 없었다.

"현우야, 스킬 쿨 빨리 돌리는 유료 결제 같은 거 없어?"

"없어."

"으윽, 이쯤에서 갑자기 레벨이나 등급 올라서 스킬 횟수 충전되는 것도 클리셰 아닌가?"

'주인공 보정 여기서 끝인 거야?'

〈영원의 불꽃〉 덕분에 주인공 뽕이 가득 차올랐지만 이보배는 만족하지 못했다. 욕심이 과하다고 흥분을 다스리려 노력해 봐도 강제로 기다리려니 답답해 죽을 것 같았다.

"환수 레벨은 어떻게 올리지? 몬스터, 몬스터를 잡아야 하나? 더 등급 높은 마석 가루를 먹이면 되나? 보배야, 네가 몬스터를 잡으면 환수에게 경험치를 나눠줄 수 있지 않을까?"

"나 생산계잖아."

"그럼 내가 아무 몬스터나 반 죽여서 가져올 테니 우로에게 막타를 치게 하면!"

삐악?

자기 이름을 알아들은 이우로가 대답했다.

한현우는 이우로의 크고 맑은 눈망울과 지렁이 한 마리 잡지 못할 것 같은 주둥이를 보고 좌절했다.

"저 보배 씨."

"혹시 스킬 쿨타임 앞당기는 방법 아세요?"

"아니요, 저도 알고 싶네요."

갑자기 사라진 이보배의 관심을 끌어보고자 그녀를 불렀던 최요한이 허허 웃었다.

지금은 무슨 말을 해도 금에 집중된 관심을 되돌릴 수 없을 것 같았다.

"보배야, 이럴 게 아니라 12시 되면 바로 실험할 수 있도록 준비하자."

"그래! 큰오빠, 막내 오빠, 집 잘 보고 있어. 작은오빠한텐 내가 문자 할게."

이우로를 머리에 얹고 부랴부랴 옥상을 치우던 이보배가 최요한을 발견하고 멈칫했다.

"그, 요한 씨."

이보배가 미안한 마음에 말을 잇지 못하자 최요한이 그녀를 배려했다.

"괜찮아요, 가보세요."

"제가 초대해 놓고 죄송해서 어쩌죠."

"저야말로 항상 보배 씨 뵐 때마다 갑자기 떠나게 되어 죄송했는걸요. 실험 성공하든 실패하든 알려주세요."

"네!"

이보배는 환히 웃고서 한현우와 함께 떠났다.

최요한은 이번엔 어쩔 수 없었다고 자조했다.

"흐으으음."

그런 최요한이 마음에 들지 않는 듯 대마왕이 꾸짖었다.

최요한은 어쩔 수 없었다고 재차 변명했다.

"금과 힘만큼 사람 눈을 멀게 하는 게 없는데 이번엔 두 개가 합쳐졌단 말이죠. 이기기 힘들어요."

"비겁한 변명인데. 난 금이랑 힘 이길 수 있는 거 아는데."

"그런 게 있느냐?"

세계를 구한 성자가 궁금해하니 세계를 파괴한 대마왕이 대답했다.

"사랑!"

"악마 새끼가 할 말은 아니로다."

"하하, 앞으로 좀 더 노력하겠습니다."

파괴신께서 사랑과 노력이 부족하다 하심에 암살자는 앞으로 정진하겠노라 답했다.

세계에서 가장 정확한 시계는 무엇일까.

인터넷에 검색해 보면 과거에는 원자의 고유 진동수를 이용한 시계 어쩌구가 튀어나왔지만 지금은 균열 시대다.

대균열 시대. 세계에서 가장 정확한 시계는 시스템 시계였다.

이보배와 한현우는 시스템으로 12시 정각 알람을 맞췄다. 초조하게 알람이 울리기만 기다리다가 알람이 울리자마자 외쳤다.

"우로야, 재료에 〈영원의 불꽃〉!"

12시가 될 때까지 이보배와 한현우는 어디에 불을 붙일 것인가 토의했다. 장작에 붙일 것인가, 재료에 직접 붙일 것인가.

다행히 둘의 의견은 금방 후자로 좁혀졌다. 〈영원의 불꽃〉이 표적 말고 다른 물질은 태우지 않는 걸 직접 목격했기 때문이다.

그렇게 치면 재료가 전부 타 소멸하는 게 아니냐, 그런 의혹도 생겼지만 금에 눈먼 연금술사는 그럴 가능성을 깔끔하게 부정했다.

"나는 주인공이니까 이건 된다! 반드시 된다!"

"여기서 재료가 녹지 않고 타버리면 망겜이지. 똥망겜이지. 내 게임 계정을 걸고 이건 된다!"

이보배는 인생 주인공 자리, 한현우는 목숨보다 소중한 게임 계정을 걸고 한 도박은 성공했다.

〈영원의 불꽃〉을 맞은 재료가 녹더니 하나로 융합하기 시작했다. 융합된 재료에서 환한 빛이 새어 나오더니 영롱하게 빛나는 금색 주괴가 되었다.

"끼요오오옷!"

"됐다, 됐어! 성공했다!"

이보배는 한현우와 손을 맞잡고 방방 뛰었다. 이보배의 머리에 앉은 이우로는 머리카락을 쥐고 로데오를 즐겼다.

"잠깐만, 제대로 확인해 보자."

정신없이 막춤을 추던 둘 중에 한현우가 먼저 이성을 되찾았다.

둘이 공동으로 제작했으니 감정해 보겠다고 생각만 하

면 정보가 뜰 터였다.

하지만 둘은 그럴 필요가 없었다.

[최! 연금술로 순금 제작에 성공했습니다! 놀라운 업적! 초!]

시스템이 축포 대신 성공 알림을 띄운 것이다.

[업적 보상으로 칭호 '진짜 연금술사'와 엘릭서 레시피 조각 1%가 지급됩니다.]

연금술로 금을 연성했으니 말 그대로 진짜 연금술사였다. 업적 보상 말고도 경험치와 다른 보상을 알리는 알림창이 연달아 생성되었다.

'라스트 엘릭서 레시피 아니네.'

업적 보상으로 받은 레시피 조각이 라스트 엘릭서가 아니라 살짝 아쉬웠으나 이만하면 흡족했다.

'순금 제작할 수 있는 재료도 조금 받았고, 그냥 금도 줬네.'

심지어 레벨도 올랐다. 레벨이 오르면서 주어지는 고양감에 취해 이보배는 히죽히죽 웃었다.

알림 내역을 역순으로 읽어가던 그녀는 갑자기 생성된 알림창에 얼굴을 굳혔다.

[기존의 경험을 고려한 스킬 〈대량 생산(F급)〉을 얻었습니다.]

"이게 뭐야?"

이보배는 〈대량 생산(F급)〉의 설명을 읽었다.

[대량 생산(F등급)]

-수제작 시 생산량이 1%에서 200%까지 늘어난다. 추가 생산량도 경험치에 포함된다.

'뭐 이런 사기 스킬이!'

최대 두 배까지 늘어난다는 이야기에 이보배의 눈이 번쩍 뜨였다. 회복 포션 한 병 제작하는 데 운 좋으면 한 병이 추가 제작된다는 뜻이다.

'무에서 유를 창조하는 것도 아니고!'

심지어 경험치까지 추가된단다.

놀란 이보배가 한현우의 팔을 때렸는데 한현우는 조용했다. 그도 이보배와 비슷하게 놀란 눈으로 허공을 응시하고 있었다.

"자유로운 제작이 가능하다라……."

'얘도 스킬 얻었구나.'

기존의 경험을 고려했다고 했으니 한현우는 전투 연금술사의 활약에 어울리는 스킬을 받았을 것이다.

'캬, 사계절 포션 기계 이보배. 이름값 하는구나.'

〈대량 생산〉 말고도 이보배가 획득한 스킬이 하나 더 있었다. 〈합금 제작(C급)〉이다. 순금의 등급이 높아서인지 이보배가 재능이 있어서인 건지 모르겠지만 처음부터 등급이 높았다.

'합금 제작이라.'

이보배는 왜 메탈 메이커가 아닌지 궁금해하다가 어깨를 한 번 으쓱이는 것으로 끝냈다. 이런 걸 일일이 따지면 대균열 시대에 살아남을 수 없었다.

'와, 진짜. 이게 인생이지.'

이보배는 감격의 눈물을 흘리며 흡족한 미소를 지었다. 저녁을 먹지 않았지만 먹지 않아도 배가 불렀다.

막내 오빠에 큰오빠, 부동산 문제까지 겹쳐 답답했던 속이 뻥 뚫린 듯 시원해졌다. 그간 마음고생한 것의 보답인 양 보상이 주어지니 세상이 아름다웠다.

"이게 다 우로 덕분이야. 우리 우로, 세상에서 제일 예쁘다."

삐약!

이우로가 주인에게 칭찬받아 기쁜지 힘차게 울었다. 이보배가 검지로 머리를 쓰다듬어 주자 눈을 감고 즐겼다.

"우리 우로가 순금 제작 일등 공신인데 받은 거 없나."

이보배는 기나긴 알림을 모두 읽은 후 이우로의 상태창

으로 시선을 돌렸다. 아쉽게도 이우로의 레벨과 등급은 그대로였다. 대신 스킬 설명란에 문장이 추가되어 있었다.

[영원의 불꽃(SS급)]

–영원의 불꽃을 내뿜는다.

(연금술에 사용 시 제작 성공 확률 10%. 레벨이 오를수록 성공 확률이 오른다.)

"10%?"

열 번 시도해야 한 번 성공한단 이야기에 이보배가 뒷목을 잡았다.

"무슨 일이야?"

"〈영원의 불꽃〉으로 연금술해서 무조건 성공하는 게 아니래! 10%래! 아까는 어떻게 성공한 거지?"

"첫 번째 시도라 튜토리얼 취급해 줬나 본데."

이보배는 화가 나서 부들부들 떠는데 한현우는 침착했다. 그는 그렇게 분개할 일이냐며 고개를 갸웃거렸다.

"성공 확률 10%면 엄청 후하잖아."

"10%잖아! 10분의 1이고 1할이야!"

"확률 엄청 높다."

각종 게임의 강화 확률과 뽑기 확률로 단련된 한현우에게 10%는 1,000%처럼 달콤하게 들렸다.

"우로보로스는 성장할 거고 연금술로 지피는 불 연구도 계속할 거잖아. 너무 상심하지 마."

동갑 꼰대의 향상심은 언제나 본받을 만했다.

이보배는 눈물을 머금고 고개를 끄덕였다. 이우로의 불로 모든 걸 해결하는 게 클리셰이긴 하나 클리셰 파괴 또한 클리셰인 법.

인생이 그리 쉬우면 인생이겠는가. 단맛을 보았으면 쓴맛, 신맛, 매운맛 차례대로 오는 것이 인생인 것을.

그래도 이보배는 '진짜 연금술사'가 되었다. 고등학교 졸업장과 대학교 학위를 받아도 이보다 기쁘지 않을 것이다.

이보배는 줄줄 흐르는 눈물을 닦으며 얼마 전부터 알게 된 진리를 찬양했다.

'주인공 보정 최고!'

외전 15. 귀환자의 밤

어디론가 가고 싶다. 딱히 가고 싶은 곳이 있거나 하고 싶은 게 있는 건 아니다. 그냥 어딘가로 가고 싶다. 아무도 그와 동생들을 모르고, 그렇기에 무거운 책임에서 벗어날 수 있는 곳으로.

한마디로 도망치고 싶다는 말이다.

초췌한 얼굴로 잔뜩 주눅 든 막냇동생에게서 도망치고 싶다. 늘 건방지게 기어올랐던 주제에 부모님이 돌아가신 후 존경의 눈빛을 보내는 손아래 동생에게서 도망치고 싶다. 생명 유지 장치가 없으면 생을 이어갈 수 없는 동생을 버리고 싶다. 포기하고 싶다. 동생만 포기하면 지금보다 덜 힘들 것이라 생각하는 자신에게서 도망치고 싶다.

모두 버리고 모두 잊고 아무도 그와 동생들을 모르는 곳에 가, 예전처럼 살고 싶다. 사람 좋고 철딱서니 없으며 놀기 좋아하는 한심한 이귀한이 되고 싶다. 가족이란 족쇄를 버리고 훌훌 날아 어딘가로 가고 싶다. 편해지고 싶다.

내면의 철없는 목소리가 언성을 높일 때면, 이귀한은 스스로를 다그쳤다.

도망치면 안 돼. 그가 도망치면 동생들이 죽는다. 둘은 어찌어찌 살지 몰라도 하나는 반드시 죽는다.

도망치면 안 되지만 이귀한은 도망치고 싶었다. 그를 짓누르는 현실에서 도망치고 싶었다. 아픈 동생이 빨리 죽어 내가 편해지면 좋겠다고 생각한 자신을 버리고 싶었다.

그래서 이귀한은.

"저게 뭐지? 던전 입구인가?"

"아니야, 뭔가 이상해."

"귀한아 조심해!"

"으아악!"

정체불명의 힘에 휩쓸려 천국을 닮은 지옥에 도착했을 때, 나쁜 생각을 한 벌을 받는다고 생각했다.

이보배는 이마를 싸맸다. 첫날의 성공은 튜토리얼 기념이었다는 듯 재료는 펑펑 터졌다. 실패는 각오한 바이나 재활용 불가능한 쓰레기가 되어버리는 재료들이 너무 아까웠다.

'성공 확률 절반이면 모를까 10%는 너무 낮아. 재료와 시간만 낭비하는 거잖아.'

결국 이보배는 터져 나가는 재룟값을 버티지 못하고 순금 제작을 훗날로 미뤘다. 성공 확률을 높이려면 이우로를 성장시키거나 이보배가 직접 신비의 가루를 제작해야 한다.

전자는 시간이 걸리고 후자도 시간이 걸린다. 속이 터질 것 같아 어떻게 앞당길 수 있는 방법이 없겠느냐 회귀자에게 물으니 회귀자는 역으로 놀랐다.

"〈대량 생산〉을 벌써 얻었어? 갓보배보다 빠른데 천천히 하지 그러니."

갓보배 님은 〈포이즌 메이커〉도 없었고 〈대량 생산〉도 지금보다 늦게 얻었다고 한다.

회귀자는 〈대량 생산〉과 〈자동 생산〉 스킬을 얻은 갓보배는 1인 포션 공장 그 자체였다며 눈물을 글썽였다. 갓보배와 한현우가 엘릭서를 제작하지 못한 이유가 순금이 없어서가 아니었냐는 의혹엔 아니라고 답했다.

"네게 준다고 한 황금 피라미드 있잖니."

"응. 날아다니고 파괴된 부위 자동 복원도 된다며."

지금 당장 떨어진 집값에 눈물 흘릴지라도 나중에 받을 황금 피라미드를 생각하면 배가 불렀다. 이보배는 회귀자의 여동생으로서 이것만큼은 꼭 차지할 생각이었다.

"그거 통으로 순금이란다. 더 귀한 희귀 금속도 섞여 있을 거야."

이보배의 머리에 순금을 제작하면서 겪은 무수한 실패가 스치고 지나가며 허탈해졌다. 작은오빠가 웃으며 덧붙인 말에 이보배가 짜증 내며 말하기를.

"얌전히 기다리면 된다니, 말이야 방구야. 회귀자면 회귀자답게 미리미리 해야 할 것 아냐. 선행 독점 몰라, 선행 독점?"

선행 독점이야말로 회귀자의 존재 의의이며 미덕 아니겠는가.

투덜투덜하면서 딴생각하고 있지만 이보배의 손은 한 치의 오차도 없이 기계처럼 움직였다. 유마리가 의뢰한 진정제가 완성되었다.

이보배는 퀵 서비스가 도착하기 전에 진정제를 포장하면서 중얼거렸다.

"이것도 좀 더 업그레이드해야 하는데."

자기 자신을 믿을 수 없어 혼자 다니지 못하는 유마리를 생각할 때마다 안쓰러웠다. 좀 더 나은 진정제는 없을까 연구해야 하는데 그것 말고도 할 일이 많았다.

순금 제작하랴, 신비의 가루 연구해 보랴, 공방에서 판매할 포션들 물량 맞추랴 바쁜데 노블레스 길드에게 포션 판매를 약속하면서 제작해야 할 물량이 더 늘었다.

이보배는 혼자인데 할 일은 산더미처럼 쌓여 있으니 작은 오빠와 약속한 시간 내에 제작을 마치는 것도 기적이었다.

'대량 생산, 너무 좋은 스킬이야. 자동화는 언제 얻을 수 있을까.'

이보배는 〈대량 생산〉에 〈자동 생산〉으로 공장처럼 포션을 뽑았다는 갓보배의 위용을 상상하며 포장을 마쳤다. 딱 맞춰 도착한 퀵 서비스 기사에게 진정제를 건네니 어느새 영업 종료 시간이었다.

이보배는 공방을 정리하면서 이우로를 막내 오빠에게 맡겼다.

"오빠, 다 끝났어. 집에 가자."

손가락으로 이우로와 놀아주고 있던 망나니가 갑자기 삿대질을 하고 언성을 높였다.

"이 건방지고 흉측한 것이 날 물었느니라!"

"그래그래, 알았어. 우로야, 언니한테 와."

삐악!

이우로는 이한생의 손가락에 머리를 비빈 후 이보배에게 달려왔다.

전력 질주하느라 좌우로 흔들리는 꼬리가 예전보다 오동통해서 보기 좋았다.

“언니라니, 헛소리. 수컷이니라.”

“어떻게 알아?”

“뒤집어보면 여기가 이렇게 튀어나와 있지 않느냐. 인터넷에 검색해 보니 이러면 수컷이라고 하였다.”

말은 꼴도 보기 싫고 끔찍하다고 하면서 관심은 제일 많다.

이보배는 화르세인지가 알려준 대로 이우로를 뒤집어 살폈다.

‘모르겠는데.’

솔직히 봐도 모르고 만져도 모르겠기에 이보배는 공자님 말씀을 받아들였다.

아무렴 세계를 구한 경력자 성자님이신데 도마뱀 성별 구분쯤은 하시겠지.

이우로는 이보배의 상체를 기어올라 그녀의 후드에 안착했다.

어느 정도 성장하기 전까지는 사람 눈이 안 닿는 게 좋을 것이란 판단에 가방에 넣어 다니려고 했더니 도망치다가 후드에 빠진 후 그곳이 우로의 고정석이 되었다.

보이지 않는 건 똑같기 때문에 이보배도 후드나 후드 주머니에 이우로를 넣어 데리고 다녔다.

늘 함께 있으면서 심심하지 않게 애교를 부리니 바쁜 와중에도 우로를 볼 때마다 기력이 샘솟았다.

오늘도 이보배는 체키빙 공자님과 함께 군것질을 했다. 다른 오빠들에게겐 비밀이었다.

입가와 손을 물티슈로 닦아 증거를 없애던 이보배는 우편함에 꽂힌 봉투를 발견했다.

"초대장?"

이보배는 우편함에서 봉투를 빼내 뜯은 후 의아해했다.

"다단계 초대장이라도 왔느냐? 버리거라."

"다단계가 아니라 진짜 초대장인데. 귀환자의 밤에 우리 가족을 초대한대."

"귀환자의 밤?"

이보배는 다단계는 알고 귀환자의 밤은 모르는 막내 오빠를 위해 설명했다.

"그 왜, 검성이 기부하는 단 두 곳이 균열 실종자 단체랑 귀환자 지원 단체라고 했잖아."

"그랬지. 지존을 자처하는 자면서 구두쇠라고 사기꾼이 늘 욕하지 않았느냐."

"이게 그거야. 반야 길드 후원으로 귀환자랑 가족들 초대해서 공짜 밥 주는 거."

"근데 그것이 왜 왔느냐?"

"우리 큰오빠도 귀환자잖아."

양아치는 까맣게 잊고 있었다는 듯 입을 벌리고 납득했다.

하기야, 난데없이 남의 몸에서 눈뜬 성자님 보시기에 차원 이동자라는 사실은 대악마에 가려진 시시한 일이었을지도 모르겠다.

"와, 이게 우리한테도 오는구나."

이보배는 감개무량하여 초대장에서 눈을 떼지 못했다.

큰오빠가 돌아오기 전까지, 이보배는 귀환자의 밤이 그렇게 가고 싶었더랬다.

뉴스에 나오는 귀환자를 보며 부러움 가득한 한숨을 내쉬며 큰오빠의 생존과 무사 귀환을 소망했다.

검성처럼 대단한 먼치킨이 되어 돌아오지 않아도 좋으니 무사히 돌아와 달라고, 그러면 평생 소원이 없겠다고 생각하며 잠들었었다.

사계절 길드 포션 1팀 포션 기계 이보배의 지루하고 건조한 하루는 보통 그렇게 끝나곤 했다.

그렇게 부러워했던 귀환자의 밤 초대장이! 이씨 집안에도 도착했습니다!

이보배는 호외 팔이 소년처럼 초대장을 흔들면서 거실로 입성했다.

"이거 봐봐! 큰오빠한테 초대장이 왔어."

"게임 회사가 보냈어?"

이귀한이 반색하고 고개를 들었다가 게임 회사에서 보낸 게 아님을 알고 혀를 찼다.

"뽑기권이 아니잖아."

파괴신이 여행 다녀온 뒤에도 성실히 플레이하는 게임 프!프!프!는 얼마 전 천만 다운로드를 기념해 이벤트를 벌였다.

유저 추첨으로 게임 이벤트 초대권, 확정 뽑기권이나 캐시 아이템을 주는 이벤트다.

뽑기 운 없는 이귀한이 당첨될 리 만무하건만 혹시나 하고 기대했던 모양이다.

"에이, 오빠. 그보다 더 좋은 거야. 공짜 호텔 밥!"

"우리만 먹어?"

"다른 귀환자랑 귀환자 가족들이랑 같이 먹어! 가고 싶지, 그렇지?"

이보배는 답을 정해놓고 큰오빠가 그 답을 말하길 기다렸다.

이귀한이 잠시 고민하는 듯싶더니 상큼하게 대답했다.

"안 가."

"왜에~ 가자~"

"관심 없어, 흥미 없어, 귀찮아."

이귀한이 이보배를 편애한다고 해서 부탁을 전부 들어

줄 것이라 생각한다면 크나큰 오산이다!

이보배가 열심히 흔들며 부탁해도 소용없었다. 몸은 흔들릴지언정 그의 마음은 요지부동이었다.

“이것도 추첨으로 갈 수 있는 거란 말이야. 뽑혔으니까 가자.”

“귀환자면 다 가는 게 아니었느냐?”

“보통 그해에 귀환한 귀환자를 초대하는데 귀환자 수가 들쑥날쑥하잖아. 각성한 귀환자랑 두각을 보인 귀환자가 우선 순위고 평범한 귀환자는 추첨으로 뽑는다고 들었어. 각성 귀환자 수가 많으면 그것도 추첨이고.”

“그럼 작년에 초대장이 오지 않은 건 추첨에서 뽑히지 못해서이고?”

“그렇지. 올해는 뽑혔거나 각성 귀환자 수가 적어서 초대받은 거지.”

“시스템 신께 사명을 부여받은 사도들을 우선시하는 바람직한 초대로다!”

“그렇지? 막내 오빠도 가고 싶지?”

이보배가 막내 오빠에게 도움을 요청하자 이한생이 일언지하에 거절했다.

“내가 혼자 가면 모를까, 악마 새끼와 같이 가기는 싫다.”

“아 왜!”

“돼지는 악마 새끼를 너무 얕보는 경향이 있다. 저것이

나가지 못하도록 봉인하는 게 시스템 신께서 돼지에게 내린 거룩한 사명이니라. 파티는 좋으나 어쩔 수 없다."

큰오빠에 이어 막내 오빠도 반대 의사를 밝히자 이보배는 불쌍한 척하면서 작은오빠를 불렀다.

"작은오빠는? 작은오빠도 반대야?"

이우로를 따뜻한 물에 넣어 반신욕시켜 주고 있던 이해기가 건성으로 대답했다.

"나는 찬성."

"아싸!"

삐악!

1 대 3이면 가족 회의도 할 수 없지만 2 대 2면 가족 회의로 설득할 수 있다.

이보배가 쾌재를 내지르자 주인이 기쁘면 따라서 기쁜 이우로도 밝게 울었다.

"사기꾼이 돌았느냐? 사람이 많을 텐데 악마를 어찌 간수하자는 소리냐."

"형은 내가 돌보면 되니까 보배랑 너는 편히 즐기렴."

"싫은데, 난 안 갈 건데?"

"형, 그러지 말고 가줘. 검성과 엮이는 건 별로지만 검성은 귀환자의 밤에 그다지 참석 안 하기도 하고, 무엇보다 귀환자의 밤은."

이해기는 이보배에게 초대장을 건네받고 씁쓸한 미소를

지었다.

“갓보배가 귀환자의 밤에 가는 사람들을 얼마나 부러워했는지 몰라. 우리 갓보배, 그렇게 가지만 않았어도 형 돌아오는 건 볼 수 있었는데.”

이해기의 눈시울이 촉촉해졌다.

이해기는 눈물을 감추기 위해 이우로의 배에 얼굴을 묻었다. 우로가 삑삑 웃음소리를 내며 짧은 다리를 휘저었다.

이귀한은 어이가 없어서 반문했다.

“지금보다 타락 진행된 상태였는데? 막내는 그런 거 보면 안 돼. 지지야.”

“형이 돌아왔다는 게 중요한 거지.”

“내가 싫어하니까 가자는 거잖아. 하여간 뒤끝 긴 새끼. 더럽고 치사해서 간다.”

이우로의 배에 얼굴을 파묻고 있던 이해기가 고개를 들었다.

그의 눈가는 물기 한 점 없이 보송보송했다.

“형, 고마워.”

“진짜지. 가는 거지? 말 바꾸기 금지야!”

이보배는 나쁜 건 죄 자기 거라 주장하는 대마왕님이 말 바꾸기를 시전하기 전에 땅땅 못 박았다.

체키빙 공자가 오만상을 찌푸리고 항의했다.

“기다리거라, 나는 반대니라.”

"그럼 막내 오빠는 집 보기 담당!"

"맨날 나만 따돌리기냐!"

혼자 집 보고 있으라는 이보배의 말에 이한생이 척수 반사적으로 외쳤다. 여동생만 편애하는 형들에게 치이고 산 양아치의 설움이 스민 외침이었다.

"그럼 막내 오빠도 가는 거지?"

화르세인지는 대답하지 않았지만 이보배는 그의 일그러진 표정에서 답을 읽었다.

빡빡!

이우로도 기분이 좋은지 꼬리를 흔들며 웃었다.

웃는 낯에 침 못 뱉는다지만 슬픈 말은 할 수 있다.

이보배는 웃는 이우로에게 슬픈 말을 해야 했다.

"우로는 안 돼, 못 가."

삐이?

이우로가 잘 못 들었다는 듯 머리를 갸우뚱했다.

"가면 우로를 알아보는 사람이 있을 수 있고 사람이 너무 많아서 우로도 피곤할 거야. 집에서 코 자자."

삐이이.

집에 혼자 있어야 한다는 사실을 깨달은 이우로가 큰 눈에 닭똥 같은 눈물을 글썽였다.

기분 좋게 몸을 담그고 있던 대야에서 기어 나와 이보배를 올려다보며 앞발로 긁어 이보배의 심장을 폭행했다.

"어쩔 수 없어, 우로야. 코 자고 일어나면 우리가 집에 와 있을 거야. 혼자 있기 싫으면 현우한테 가 있을래?"

삐이이이.

이우로는 구슬피 울더니 거실 구석으로 달려가 머리를 처박고 울었다.

"저밖에 모르는 미물을 울리다니! 몹쓸 돼지!"

살았을 때나 죽었을 때나 성신의 사랑을 듬뿍 받는 성자님이 크게 호통치시고 이우로를 달랬다.

"그래그래, 저런 박정한 주인은 무시하거라."

삐악!

이우로가 자기를 달래주는 이한생에게 매달려 안기니 그가 뻣뻣이 굳었다.

"윽, 보기 흉측하니 그렇게 달려들진 말고. 매, 맨살에 닿지도 말거라!"

화르세인지는 손수건으로 이우로를 감싼 뒤 쓰다듬었다.

"혼자 두면 불쌍하니까 현우한테 그날만 봐달라고 부탁해야겠다."

"그래, 우로도 현우는 자주 봤으니 좋아할 거다."

"그냥 안 가면 편한데."

"형, 하루만 참아. 곤달걀 빼줄게."

하루 두 판 곤달걀 지옥에서 벗어났지만 여전히 간식으로 곤달걀만 배급받던 이귀한이 반색했다.

"진짜?"

"응, 앞으로 형 간식도 똑같이 해줄게."

"둘째야, 그 말을 먼저 했어야지."

지옥은 멀지 않다.

이귀한이 기거하는 곳이 바로 지옥이다.

그런 파괴신도 곤달걀 지옥에서 벗어나고 싶었다.

마침내 닭똥 지옥에서 빠져나오게 된 파괴신이 흡족하여 웃었다.

[보배야, 진정제 잘 받았어!]

유마리가 빈 포션 병 사진을 찍어 보냈다. 받자마자 하나를 뜯어 복용한 듯했다.

이보배는 단골에서 친한 언니가 된 유마리와 즐겁게 문자를 주고받았다.

'맞아, 마리 언니도 귀환자인데 귀환자의 밤 가봤을까?'

[오늘 귀환자의 밤 초대장 받았는데 언니는 가봤어요?]

[헉, 정말? 나한테도 왔겠다. 근데 나 한 번도 못 갔어ㅠㅠ 무서워서ㅠㅠ]

유마리는 자신을 막아줄 수 있는 전투계 각성자가 없으면 혼자 다니지 않는다. 귀환자의 밤도 같은 이유로 간 적 없다고 답했다.

[귀환자 카페 후기 보면 다들 좋다고 하더라ㅠㅠ 나도 가고 싶은데ㅠㅠ]

[저는 오빠들이랑 갈 건데 언니도 같이 갈래요? 요즘 편의점은 혼자 다니잖아요.]

[그럴까? ㅠㅠ 보배가 만들어준 약도 있으니까 가볼까?]

이보배는 유마리를 응원하는 문자를 보냈다. 5분 정도 기다려도 답장이 오지 않아 긴급 출동이라도 하나 했는데 답문이 왔다.

[과장님도 갈 거래! ㅠㅠ 다 같이 가면 재밌겠다! ㅠㅠ]

유마리가 늑대 인간으로 변해 달을 보고 하울링해도 한 방에 잠재울 수 있는 강력한 원군이 참가했다. 반가운 소식에 이보배도 반색했다.

'요한 씨도 오려나.'

바늘 가는 데 실 가고 금붕어 꽁무니에 똥이 따라붙듯

박 과장 가는 곳에 최요한이 따른다. 즐거운 밤이 되리란 기대에 이보배는 실실 웃었다.

"요한이? 걘 안 가."

"그래요?"

입을 옷이 없어서 옷 사러 간다는 유마리의 한탄에 이보배가 같이 가겠다고 하고, 마침 한가했던 박마노도 끼었다.

최요한은 이보배의 예상과 다르게 귀환자의 밤에 불참한다고 했다.

박마노는 금붕어 똥 같은 부관이 따라오지 않는 이유를 알려줬다.

"걔가 검성 영감이랑 좀 그런 게 있어. 그래서 가능하면 검성이나 반야 근처는 피해. 짜식이 겁만 많아 가지고."

검성이 최요한에 대해 모르고 최요한은 검성에 대해 알던 시절. 최요한은 검성과 검성 가족 모두에게 마커를 찍었다.

훗날 최요한의 스킬을 알게 된 검성은 진노해 최요한을 죽이려 했다.

일찌감치 도망친 최요한을 대신해 박마노가 검성을 상대했다.

"가족들 유괴당하거나 위험할 때 구하기 쉽다."

"절대 가족들을 인질 삼거나 협박하지 않을 것이다."

"우리 관리국을 뭘로 보고! 범죄자는 댁이고!"

"너도 우리한테 구라 깠잖아! 선빵은 댁이 먼저 쳤거든!"

이상의 말을 무한 반복하여 검성을 물러나게 한 것은 당사자인 박마노, 고진수, 최요한에 회귀자 이해기만 알고 있는 비밀이었다.

'작은오빠가 비슷한 말을 했던 것 같기도 하고.'

이제는 회귀자의 동생인 이보배도 안다. 이보배가 건성으로 들었던 작은오빠의 말을 떠올리려고 하는데 박마노가 짓궂게 웃었다.

"왜에? 요한이 올 줄 알았는데 안 와서 섭섭해?"

마스크와 선글라스 때문에 표정은 보이지 않지만 목소리만 들어도 어떤 표정을 짓고 있을지 그려졌다.

"그런 거 아니에요."

"에이, 맞는 거 같은데? 아, 그거 어울린다."

박마노는 선글라스를 내려 색을 확인한 다음 어울린다고 재차 엄지손가락을 들어 올렸다.

이보배는 박마노가 추천한 옷으로 갈아입고 나왔다.

박마노와 유마리가 예쁘다면서 칭찬의 박수를 퍼부었다.

"보배야, 잘 어울린다."

"예뻐예뻐. 요한이도 보여줘야지."

이보배는 옆에 있던 유마리와 팔짱을 끼고 포즈를 취했다.

박마노가 사진 작가 흉내를 내며 사진을 찍었다.

"으……. 카메라 렌즈가 달처럼 동그래."

유마리는 동그란 물건은 전부 불편한 듯 어색하게 웃었다.

이보배는 유마리를 달래기 위해 더 바짝 붙었다.

유마리와 머리를 붙이자 그녀의 긴 머리카락이 흘러내려 약간 간지러웠다.

"마리 언니는 머리를 기르시네요?"

여성 헌터는 대부분 머리를 짧게 자른다.

대한민국 헌터의 대표 주자인 박마노도 그렇고 사계절의 광전사 나여름도 단발을 유지했다. 관리하기도 편하고 전투할 때 머리카락이 길면 여러모로 불편하기 때문이다.

고진아는 장발이지만 그녀가 누구인가. 무려 검성의 하나뿐인 동생이다. 평생 머리채 잡힐 일 없을 것이다. 그리고 정 위험할 땐 짧게 자르면 되니 문제 될 게 없었다.

그런데 유마리는 고진아처럼 길진 않더라도 머리를 팔꿈치에 닿을 정도로 길렀다. 검고 윤기 나는 생머리가 예뻤다.

"그게, 늑대는 장식 털이 있잖아."

이보배는 늑대 상태인 유마리의 풍성한 털을 떠올렸다.

가슴 털은 사자 갈기처럼 수북하고 꼬리털도 북슬북슬해서 누구라도 감탄할 만큼 멋졌다.

"머리를 짧게 자르면 늑대일 때 그 장식 털들이 전부 볼품없어지거든. 돌아와서 머리 자를 때 숱도 조금 쳤는데……."

떠올리기도 싫은지 유마리는 차마 말을 잇지 못했다.

머리카락 얘기가 나올 때부터 끅끅거리며 웃음을 참던 박마노가 사진 찍어둔 게 있다며 보여줬다.

이보배는 사진 속 늑대를 보고 동정을 금치 못했다.

위풍당당한 늑대는 어디 가고, 쥐 파먹힌 몰골의 거대 똥개가 서글픈 눈빛으로 세상을 원망하고 있었다.

장식 털이 아닌 털도 짧아져 가죽이 살짝 드러나는 바람에 멀리서 보면 백숙처럼 보일 정도였다.

"아이고."

이보배의 입에서 절로 앓는 소리가 튀어나왔다.

유마리는 사진 속 늑대처럼 구슬픈 눈빛으로 부연했다.

"그쪽에 있을 땐 남자든 여자든 모두 장발이 기본이라 몰랐거든."

유마리는 그나마 털이 빨리 자라 다행이었다고 아련하게 회고했다.

"우로는 연어에게 맡긴다고 했지?"

털이 있어야 하는데 없는 동물 사진을 보니 원래 털 없는 동물이 생각났는지 박마노가 이우로의 안부를 물었다.

"네, 불쌍하지만 몇 시간이니까요. 다행히 현우가 봐준다고 했어요."

삐악삐악.

자기도 같이 가고 싶다며 어찌나 시끄럽게 우는지, 이우로 우는 소리가 아직까지도 이보배의 귓전에서 맴돌았다.

"지금은 집에 있는 거지? 보러 가도 돼?"

"나도 보고 싶어."

"당연하죠."

박마노가 방문하면 이해기가 무척 좋아할 것이다.

즐겁게 수다를 떨면서 옷을 고르고 있자니 세상을 다 가진 듯 행복했으나 얼마 지나지 않아 이보배는 중대한 문제에 봉착했다.

"아까 그 옷이랑 이거 중 뭐가 좋을까요?"

마음에 드는 옷이 두 벌인데 모두 살 순 없으니 하나를 정해야 했다. 하지만 둘 다 잘 어울리고 마음에 들어 쉽게 정할 수 없었다.

이럴 땐 다른 사람 의견도 들어야 한다.

이보배가 박마노와 유마리의 의견을 물으니 돌아오는 대답이 이러했다.

"둘 다 사. 내가 사줄게."

"그래, 보배야. 신세 지고 있으니까 한 벌은 내가 사줄게."

마음은 고맙지만 그럴 수 없었다.

이보배는 열심히 손을 휘저으며 두 언니의 호의를 거절했다.

"마음만 감사히 받을게요. 제가 외출할 일이 없어서 두 벌은 좀 과하거든요. 한 벌만 사려고요."

"너도 슬슬 여러 자리 불려 가게 될 텐데 다 질러. 이 업계가 복장이 프리하긴 한데 가끔 분기탱천하는 꼰대들 있어."

"설마요. 불러주는 사람 없을 거예요. 저는 조용히 포션만 만드는걸요."

"혹시 보배도 힘숨찐 좋아해?"

재룟값과 인건비가 더 나가긴 하지만 무려 금 제작에 성공한 연금술사가 불러줄 사람 없다고 말하자 박마노가 귀를 의심했다.

유마리는 그보다 유하게 반응했다.

"과장님, 보배가 필요해지면 그때 또 사면 되잖아요. 그때도 같이 쇼핑하면 좋겠다."

"맞아요. 그때도 같이 가주실 거죠?"

"당연하지. 이렇게 재밌게 옷 고르는 게 얼마 만인지 모르겠어. 오늘은 진짜 일 안 할 거야. 귀여운 우로도 사진 말고 실물로 보고 쓰다듬어 줘야지."

박마노는 친구들이 안 놀아줘 원통하다며 가슴을 쳤다.

인간 박마노의 신뢰가 언제부터 이리 땅에 떨어졌나 하소연하며 가슴을 치던 손이 안주머니로 들어가 업무용 핸드폰을 꺼냈다.

"말이 씨가 된다더니."

"저요?"

"마리 씨 말고 말. 내 입이 방정이지."

박마노는 마스크 너머 입을 몇 번 때리더니 이보배를 응시했다. 선글라스 때문에 눈이 가려져 있지만 대충 눈빛은 전달되었다.

'또 뭔가 터졌구나.'

사건이든 균열이든 뭔가 터져서 가봐야 한다는 것이다.

이래서야 친구들이 안 놀아줘도 변명의 여지가 없을 터다.

"증말 미안하고 귀환자의 밤은 무슨 일이 있어도 갈 테니까 그때 보자. 마리 씨는 오늘 휴일이니까 안 와도 돼! 옷 둘 다 예쁘니까 보배 마음에 드는 걸로 골라!"

박마노는 이보배가 간신히 알아들을 정도의 속도로 말을 쏟아내더니 빠른 걸음으로 멀어졌다.

"어? 어어?"

유마리는 갑자기 사라진 박마노 때문에 당황했다.

애초에 그녀가 안심하고 사람 많은 백화점에 쇼핑하러 올 수 있었던 이유가 무엇인가.

폭주하면 목줄을 잡고 전기 충격을 선사해 줄 박마노를 믿었기 때문이다.

"미, 미안해, 보배야! 과장님, 같이 가요!"

유마리는 분리 불안 있는 개처럼 안절부절못하더니 결국 박마노를 뒤쫓았다.

이보배는 떠난 이의 빈자리를 응시하며 한숨을 내쉬었다.

“갈 땐 가더라도 옷은 정해주고 가지.”

‘확 둘 다 사버려?’

이보배는 박마노의 말을 따를까 하다가 이우로의 밥값을 생각하고 지름 충동을 억눌렀다. 질러라! 그리하면 파산을 면치 못하리라.

‘공자님 찬스 써야겠다.’

결국 이보배는 막내 오빠의 선택을 따르기로 했다. 마침 옷을 입었을 때 박마노가 찍어준 사진을 공유받아 놔 물어보기 편했다.

‘막내 오빠한테만 물어보면 오빠들 삐치니까 대화방에 올리자.’

이보배는 남매 대화방에 옷을 입은 사진을 올린 다음 화르세인지의 반응을 기다렸다.

[최강뒤끝: 오늘 산 옷이니? 누구 동생인지 신수가 훤해 선녀 같구나^^]

[최강뒤끝: 둘 다 예쁘지만 유행에 조금 뒤처지는 것 같구나^^ 다른 옷은 없니?]

[닭똥마왕: 1]

[전생에성자님환생하면양아치: 악마새ㄱ기1번재그림만보고답장하엿으니무시하여라]

[전생에성자님환생하면양아치: 나는2번재옷이좋다]

미래 지향적 패션을 지향하는 회귀자가 제대로 정하지 않는 바람에 1 대 1 무승부가 되었다. 이보배가 둘 중 하나를 고르라고 적자 이해기가 이상하게 반응했다.

[최강뒤끌: 현우에게 물어보는 건 어떠니^^]

[이보배: 현우는 왜 끌고 들어와]

[이보배: 나 화낸다]

[최강뒤끌: 국내 온라인 게임 최종 컨텐츠가 뭔지 아니?]

[닭똥마왕: 뽑기!]

[전생에성자님환생하면양아치: 사끼군이슬데업는수작을부린다무시하ㅇㅓ라]

옷 고르는 것과 국내 온라인 게임 최종 콘텐츠가 무슨 상관이란 말인가. 그리고 한현우는 왜 튀어나오고? 이보배가 입술을 삐죽이는데 이해기의 말이 이어졌다.

[최강뒤끌: 캐릭터 옷 입히기란다^^]

스크린 샷 속 게임 캐릭터의 머리 위엔 '중금속미세먼지'라는 닉네임이 당당히 박혀 있었다.

이보배는 게임 캐릭터를 보고 감탄했다. 게임에는 판타지 세계관이라 현실에서 입으면 어색할 의상과 장신구가 많다.

그런데 스샷 속 캐릭터는 절묘한 센스로 현실에서 입어도 될 법한 옷차림을 하고 있었다.

아니다, 이보배는 이미 현실에서 이렇게 입고 다니는 사람을 한 명 알았다.

'현우가 이렇게 입고 다니지.'

하지만 한현우는 효율을 중시하는 효율 바보다. 영화 시사회에서도 좋은 장비로 완전 무장하고 오지 못한 걸 안타까워하지 않았는가.

'밑져야 본전이니까.'

[귀환자의 밤에 입고 갈 옷 고르는데 넌 어느 쪽이 좋아 보여?]

30분 내에 답장이 오지 않으면 가까운 매장의 옷을 고르려 하는데 생각보다 금방 답장이 왔다.

[첫 번째도 좋지만 너는 봄 웜톤이라 두 번째 게 더 잘

어울려.]

예상치 못한 퍼스널 컬러의 등장에 이보배는 한현우의 선택을 따르기로 했다.

[고마워! 두 번째 걸로 살게!]
[그래도 유사시 도망치기엔 첫 번째가 치마폭이 넓어 더 좋을 거야.]

'웬일로 효율 안 따지나 했다.'
이렇게 효율 좋아하는 효율 바보가 게임 캐릭터 장비는 멋을 우선하는 게 가능할까? 이보배는 작은오빠가 보내준 사진을 한현우에게 재전송했다.

[작은오빠가 보여줬는데 이건 제일 좋은 장비만 입힌 거야?]
[판타지아 2는 장비 슬롯과 의복 슬롯이 따로 있었어.]

정확하게 모르지만 대충 뜻은 통했다. 보이는 옷과 능력치 좋은 장비를 중복해 입힐 수 있다는 의미 같았다.
한현우는 그 뒤로 '현실에서는 의복 슬롯은 없어도 되니 장비 저장 슬롯이 있으면 좋겠다'고 푸념했다. 이번엔 무슨 말인지 몰라 한현우에게 물어봐야 했다.

[상황에 맞춘 장비 세팅을 저장해서 단축키로 갈아입는 기능이야. 지금은 옷 입는 것처럼 갈아입어야 하니까 불편해. 꼭 필요한 기능이니까 시스템에 반영되면 좋겠는데. 보배 너도 같이 건의해 줄래?]

[알겠어. 가끔 집중해서 생각하면 되는 거지?]

[응, 원하는 사람이 늘면 반영해 줄지도 모르니까.]

헌터들에게 무척 유용한 기능이니 시스템이 추가해 줄지도 모른다.

'내 소원은 씹지만.'

이보배의 간절한 소원은 씹힐지언정 한현우의 바람은 이루어질 가능성이 높다. 공익성과 효율성을 두루 갖춘 건의기 때문이다.

옷을 구매하고 집으로 돌아가니 회귀자가 이보배의 추측에 못을 박았다.

"장비 슬롯? 그거 곧 추가될 텐데. 아마 내년쯤 추가될 거다."

분명 좋은 얘기인데 빈정 상하는 건 어째서일까.

이보배는 아무것도 빌지 않고 잠들었다.

삐이이이.

이우로의 금빛 눈동자가 눈물에 잠겼다. 우로는 구슬피 울며 이보배를 불렀다.

"우로야, 금방 갔다 올게. 현우 형 말 잘 듣고 얌전히 있어."

삐이이이이이이.

"현우 형이 맛있는 밥도 주고 간식도 주고 놀아주겠대."

삐이이이이이이이이이.

한현우는 슬프게 우는 이우로를 뒤집어 꼬리 부근을 확인했다.

"암컷 같은데."

"어릴 땐 구분하기 힘들다니까 좀 더 크면 확실해지겠지. 별로 중요한 거 아니잖아."

소환되기 전까지 형체도 없다는데 성별이 대수겠는가.

한현우는 바로 납득했다.

삐아악!

한현우가 뒤집으면서 흔든 게 재밌었는지 우로가 언제 울었냐는 듯 신나게 비명 질렀다.

한현우는 즐거워하는 도마뱀을 쓰다듬었다.

"우로는 내가 잘 보고 있을게, 재밌게 놀다 와."

"고마워, 부탁할게!"

한현우는 이보배의 뒤에서 기다리는 삼 형제에게도 고

개 숙여 인사했다.

“하하, 둘이 아주 보기 좋구나. 꼭 부부 같아. 천생연분이야.”

“이 기사, 쓸데없는 소리 말고 얼른 운전해.”

이보배는 능글맞게 웃는 작은오빠가 더 김칫국 마시지 못하도록 옆구리를 쑤신 다음 차에 탔다.

귀환자란 균열에 휘말려 실종된 사람, 즉 균열 실종자 중에서 돌아온 사람을 뜻한다.

대한민국 공식 1호 귀환자이자 세계 최강자인 검성 때문에 대부분의 사람은 귀환자를 부러워했다.

다른 세계에서 미지의 힘을 얻어 돌아와 호의호식한다고 여겼다.

그러나 늘 그렇듯 현실은 그렇게 달콤하지 않다.

현재까지 등록된 귀환자의 수는 만 명을 넘기지만 각성자면서 헌터로 활동하는 귀환자의 수는 쉰을 넘기지 않는다.

일단 귀환자라고 해서 무조건 각성하는 게 아니다.

대부분의 귀환자는 평범한 사람이었다.

그저 더럽게 재수가 없어 다른 세계에 표류했을 뿐이다.

살아서 고향에 돌아왔음을 고려하면 균열 실종자 중에

선 운이 좋은 축에 속할지도 모른다.

그렇지만 귀환자에겐 귀환자 나름의 고충이 있다. 집 떠나면 고생인데 아예 다른 세계에 떨어졌으니 얼마나 힘들었겠는가.

언어, 문화, 상식, 물리 법칙이 다르고 심하면 문명도 없는 이세계에 나 홀로 표류한 것이다.

집에 돌아왔으니 고생이 끝이라고? 크나큰 오산이다.

애석하게도 귀환자의 비극은 거기서 그치지 않는다.

그리운 고향에 돌아왔으나 돌아갈 집과 가족을 잃은 귀환자도 상당수였다.

영문도 모른 채 이상한 세계에 떨어져 죽을 고생 하다 운 좋게 고향으로 돌아왔다.

돌아왔더니 고향은 표류했던 이세계처럼 상식과 법칙이 뒤바뀌었고 심지어 가족과 집도 없어졌다.

가족과 집이 남아 있어도 문제는 끝나지 않는다.

세계마다 시간의 흐름이 달라 실종 기간은 3년인데 다른 세계에서 수십 년이 지나 노인이 된 귀환자도 있었다.

반대로 6년 동안 실종되었는데 다른 세계에선 하루밖에 지나지 않았다는 귀환자도 존재했다.

이런저런 사정으로 대부분의 귀환자는 바뀐 환경에 쉽사리 적응하지 못했다.

사회에 적응하지 못하고 소외되거나 심한 경우 범죄에

투신했다.

각성했거나 비범한 힘을 소지한 귀환자면 그나마 낫지만 이 또한 사회 복귀를 힘겨워하는 귀환자가 있었다. 다른 세계에 너무 잘 적응한 나머지 고향이 낯설어진 것이다.

각성 시스템교의 한완용이 대표적인 예시라 할 수 있다.

다른 세계에서 무소불위의 권력을 휘두르다 갑자기 소시민으로 돌아가라고 하니 반발한 것이다.

물론 저기서나 여기서나 천상천하 유아독존으로 군림하는 검성 같은 귀환자도 있지만 예외로 두자.

연회장은 검성과 반야 길드의 명성에 걸맞게 으리으리했다.

"와, 이게 다 얼마야."

"흠, 사기꾼이 하도 구두쇠라 욕하여 걱정했는데 제법 괜찮구나."

"글쎄, 이것도 공짜는 아니라서."

이해기는 가까이 있는 형제들만 들을 수 있게끔 아주 작은 목소리로 말했다.

"귀환자는 희귀한 직업이나 스킬을 보유할 때가 있으니까 말이다. 특히 검성은 본인이 귀환자니 잘 알고 있지. 동병상련을 핑계로 귀환 각성자만 모아 호의를 베풀고 호감을 쌓아 될성부른 떡잎이다 싶으면 길드로 스카우트한단다."

"검성은 여기 안 온다고 했잖아. 될성부른 떡잎은 어떻게 알아?"

"대신 대리인을 보내지."

이해기는 무협풍 복식을 한 사람 중 검성의 대리인이 있는 위치를 확인했다.

스카우터를 찾던 그의 눈에 검성의 넷째 제자가 잡혔다.

"비인부전하고 비기자부전이라."

해맑고 어린 얼굴을 보자 이해기는 저도 모르게 나직하게 중얼거렸다.

"제자를 받을 때 사람들은 비인부전을 원칙으로 하나 검성은 비기자부전을 우선시했단다. 검성의 무공이 막강해 천재가 아니면 대성할 수 없거나 시스템이 무공을 가르쳐 줄 수 있는 인원에 제한을 두어서 그런가 했는데 그게 아니었어."

비인부전.

사람이 되지 못한 자에겐 전하지 말라.

비기자부전.

재능 없는 자에겐 전하지 말라.

검성은 제자를 고를 때 인품보다 재능을 중요시했다.

무공을 배울 때 재능의 중요성은 무협지에서도 수없이 언급했기 때문에 다들 대수롭지 않게 생각했다.

공들여 키운 제자를 산 제물로 바쳐 차원을 이동하기 전까지, 아무도 심마에 든 노고수의 진의를 헤아리려 들지 않았다.

이해기는 사람에게 둘러싸인 검성의 넷째 제자를 물끄러미 응시했다.

다른 사람의 시선도 소년에게 집중되어 있기 때문에 이상하게 여기지 않을 것이다.

어리고, 천진난만하고, 뜻밖의 행운이 버거우며 기쁜, 제게 쏟아지는 관심과 질시가 기꺼운 어린 소년.

이해기가 회귀했다고 소년의 최후가 바뀌리라 속단하긴 이르다.

고진수는 제자들을 제물로 사육했다.

세계의 절반을 부수고 강림하는 대마왕이 오지 않더라도 양의 배를 가를 때가 되었다고 판단하면 망설임 없이 갈라 살과 내장을 취할 것이다.

'갑자기 왜 이러지?'

이보배는 한문 선생님처럼 문자를 쓰더니 한없이 진지해진 작은오빠 때문에 당황했다.

"사기꾼이 이상한 소릴 하더니 똥폼을 잡는구나."

"둘째야, 재수 없다."

"미안, 안 좋은 기억이 떠올라서. 이제 괜찮아."

말은 그렇게 하면서도 이해기는 복잡한 심기를 떨치지 못했다.

'전부터 검성이랑 반야 길드는 꺼려했지. 괜히 오자고

했나.'

이보배는 얼굴에 그늘을 드리운 작은오빠를 걱정하고 후회했으나, 박마노를 보자마자 취소했다.

"마노 누나!"

이해기가 박마노를 발견하자마자 쏜살같이 달려갔다.

근심 걱정 모두 떨쳐내고 밝게 웃는 얼굴이 보기 좋으면서 줏대 없어 보였다.

"다들 여기 있었네."

박마노는 반야 길드 사람 몇에게 인사하고 알아봐 주는 사람에게 묵례하더니 바로 이씨 남매에게 다가왔다.

하지만 곧 다른 사람에게 인사해야 한다며 떠났다.

박마노와 같이 왔다가 남게 된 유마리는 긴장했는지 어깨를 움츠렸다.

이보배가 달래보려는데 이해기가 선수 쳤다.

"마리 씨 너무 긴장하지 마요."

"과장님이 저만 두고 가셨어요."

"마노 누나잖아요. 무슨 일 있으면 번개처럼 달려올 거예요."

유마리는 이해기를 배려해 억지로 긴장이 풀린 척했다.

이보배는 유마리를 돕기 위해 말을 걸었다.

"마리 언니 가족분들은 안 오셨어요?"

"내가 매년 안 간다고 했더니 이미 다른 약속 잡았다고 해서. 내년에 같이 오기로 했어."

약간 긴장이 풀렸는지 유마리가 배시시 웃고 이씨 형제에게 제대로 인사했다.

"안녕하세요."

"멍멍이다! 멍멍이 안녕!"

이귀한은 늑대 유마리가 인상 깊었는지 그녀를 알은체했다.

가장 걱정했던 이귀한이 온건하게 반응해서 한시름 덜었으나 방심하긴 이르다.

아직 망나니가 남아 있었다.

"히익. 저, 저리 가거라."

이한생도 늑대 유마리가 인상 깊었는지 그녀를 똑똑히 기억하고 있었다.

사람 무는 늑대로 기억해서 문제일 뿐이다.

화르세인지는 늑대 인간이 다가오자 질색하고 손을 휘저었다.

유마리는 다시 사과하면서 변명했다.

"그땐 정말 죄송합니다. 제가 늑대일 땐 성격이 조금 변해서……."

"개과라고 개소리하지 말거라. 성격이 변하는 게 아니라 본성을 드러내는 것 아니냐."

"막내 오빠, 마리 언니는 착해. 본성이 아니라 상태 이

상인 거야."

"입에 닿는 게 무엇이든 물어뜯는 짐승이었다면 차라리 낫다. 나를 약자로 찍고 은근히 괴롭히지 않았느냐! 사람 가려 장난칠 이성과 지성이 있어! 상태 이상이 아니라 본성이 확실하다!"

성신의 사랑을 듬뿍 받는 화르세인지 드 체키빙 공자님은 성신의 이름을 걸고 사람 무는 늑대와 어울릴 수 없다며 멀리 도망쳤다.

"연회장은 나가지 말고 자유롭게 놀렴."

이해기는 눈 닿는 곳에만 있으면 된다며 멀어지는 공자님에게 손을 흔들었다.

한편 이귀한은 늑대로 변해보라며 유마리를 보고 짖었다.

"멍멍아, 멍멍 하자! 멍멍!"

"큰오빠, 무례하게 무슨 짓이야."

"괜찮아, 보배야. 이한생 씨한테도 그렇고 난 첫 만남 때 더 무례했는걸. 멍멍 안 하려고 진정제 세 병 마셨어요. 정말 괜찮을 거예요."

'약물 의존이 심한데.'

아무리 긴장했다지만 한꺼번에 세 병이나 복용하다니. 유마리의 약물 의존이 심각한 수준이었다.

이보배는 앞으로 한 병에 담는 진정제 양을 줄이기로 결심했다.

"이귀한 씨도 귀환자라고 하셨죠? 어떤 곳이었나요?"

유마리는 처음으로 참석한 귀환자의 밤을 즐기고 싶은지 귀환자 동지인 이귀한에게 질문했다.

이귀한의 대답은 간단했다.

"멍멍."

"저 지금은 사람인데 사람 말로 해주시면 안 될까요?"

"멍멍멍."

어림도 없다는 듯 이귀한은 더 열심히 짖었다.

이해기가 형의 입을 막고 당황한 유마리를 위로했다.

"마리 씨, 죄송합니다. 저희 형이 실종된 동안 안 좋은 일을 많이 겪어서 떠올리기도 싫어해요. 다른 분들과 경험을 공유하는 게 나을 듯싶습니다."

"맞다, 그랬죠. 저야말로 죄송해요."

"저는 여기서 형과 있을 예정이라 저희와 같이 있으면 재미없을 겁니다. 다른 귀환자들이 있는 곳에 가서 말을 걸어보세요."

"그건 조금…… 무서워요."

"우리 보배가 만든 진정제를 드셨잖아요. 그리고 마리 씨는 괜찮을 거예요. 전 마리 씨를 믿어요."

회귀자가 가끔 보여주는 일방적인 내적 친밀감은 솔직히 무섭고 기분 나쁘다.

하지만 개똥도 약에 쓸데가 있다더니 오늘은 그의 일방

적인 감정이 두터운 신뢰로 전해졌다.

유마리는 잘 모르는 이해기가 자신을 믿고 응원해 준게 반가웠는지 용기를 내었다.

“그럼 저쪽에 껴볼게요. 으으, 조명이 동그래서 꼭 달 같아요.”

유마리는 미련이 남은 듯 몇 번이고 뒤돌아보다가 다른 사람에게 말을 붙였다.

이귀한은 그나마 관심 보이던 개가 사라지자 심드렁한 표정으로 핸드폰 게임에 집중했다.

이해기가 그런 형을 부드럽게 불렀다.

“형, 저기 먹을 거 많다. 가져와서 먹자.”

“귀찮아. 재미없어.”

“음식 종류 다양하잖아. 일단 가보자.”

“나 없는 동안 무료 뽑기 너희가 뽑았지?”

“응, 우리가 잘못한 거 있어? 큰오빠 말대로 출석 체크랑 무료 뽑기만 하고 다른 건 안 건드렸어.”

이귀한은 동생들이 무료 뽑기로 뽑아둔 화려한 카드들을 노려보았다.

현금 결제를 해도 뽑지 못했던 SR등급 카드는 물론이요, 심지어 SSR등급 카드도 세 장이나 있었다.

“이 쓰알(SSR)…….”

“그거 전부 한생이가 뽑은 거야. 전생에 세계를 구해서 그런지 뽑기 운이 장난 아니더라."

이한생이 최고 등급 카드를 팍팍 뽑는 걸 보고 흥분한 이보배가 로또를 사게 했으나 정작 로또는 당첨되지 않았다는 슬픈 비화가 있다.

"막내 오빠 특전에 복권 당첨은 안 되지만 일상의 소소한 운은 좋아지는 버프? 그런 게 있는 것 같아."

이미 부잣집 아들로 태어나게 해달라는 소원을 빌어서 복권 당첨되게 해달라는 소원을 빌지 않았을 가능성도 있다.

어쨌든 부럽고 탐나는 특전이었다.

"카드가 너무 화려해서 낯선데. 내 계정 아닌데."

"큰오빠 계정 맞아."

"형, 음식 가져와서 먹으면서 게임 해. 자, 가자."

"아이구, 귀찮아. 끙차."

"보배 너도 자유롭게 놀다 오렴. 형은 내가 지켜보고 있을게."

"괜찮겠어?"

이보배는 박마노를 곁눈질해 작은오빠의 심중을 살폈다.

이해기가 부드럽게 고개를 저었다.

"형은 내가 돌본다고 했잖니. 다녀와. 오고 싶어 했잖아."

"그럼 나도 인사 한 바퀴 돌고 올게."

이보배는 내심 이귀한을 걱정했다.

다른 사람 손을 탄 세이브 데이터나 게임 계정을 싫어하는 경우를 보았기 때문이다.

대표적으로 한 모 씨가 있다.

다행히 이귀한은 동생들이 뽑아준 카드들이 마음에 드는 눈치였다.

"와! 셋째가 기간 한정 쓰알 뽑아줬다!"

이보배는 얼씨구절씨구 어깨춤을 추며 자랑하는 큰오빠와 그런 큰오빠를 수발드는 작은오빠를 보다가 슬그머니 움직였다.

'다른 귀환자 가족들은 어떤지 궁금하고 하고 싶은 얘기도 많아.'

이귀한은 평범한 귀환자가 아니지만 이보배는 귀환자 가족으로서 평범한 귀환자 가족과 공유할 만한 얘깃거리가 있을 터.

이보배는 작은오빠의 배려를 감사히 즐기기로 했다.

관리국에서 실종된 가족을 찾았다는 연락을 받았을 때의 놀람과 관리국으로 가는 동안의 애타는 마음, 애타게 찾던 가족과 재회했을 때의 감동과 기쁨.

이귀한이 다른 귀환자와 다르더라도 그와 재회했을 때의 심정은 다른 귀환자 가족들과 공유할 수 있었다.

'역시 오길 잘했어.'

이보배는 손수건으로 눈물을 콕콕 찍었다.

이보배만 그런 게 아니라 주위가 온통 눈물바다였다.

이역만리 타향살이를 한다 해도 슬플 판에 아예 다른 세계로 실종되었으니 실종자 가족 마음이 오죽 타들었겠는가.

개중엔 균열 실종자가 아니라 시체를 찾지 못한 사망자로 분류되어 가족을 가슴에 묻었다가 다시 꺼내게 된 사람도 있었다.

사이가 안 좋거나 신경 쓰지 않는 가족도 있을 테지만 그런 가족은 애초에 귀환자의 밤에 참석하지 않는다.

그러다 보니 다들 가족이 돌아왔을 때의 감격과 상황을 공유하며 재회의 기쁨을 반추했다.

'울었더니 목말라.'

하고 싶은 얘기도 하고 듣고 싶은 얘기도 들었겠다, 이보배는 귀환자 가족 모임에서 빠져나왔다.

'보자, 우리 집 화상들은 뭐 하나.'

이보배는 음료를 가지러 가면서 오빠들의 위치를 확인했다.

이귀한은 여전히 음식에 집중하고 있었고 이해기는 적당히 떨어진 거리에서 형을 감시했다.

접근하는 사람이 있으면 자연스럽게 끼어들어 차단했다.

동생들에게 편히 놀라고 하더니 언행이 일치하는 모습이 멋졌다.

'간헐적 진국 상태 좋고요. 망나니 성자님은 뭐 하시나.'

유마리에게서 도망쳐 일찌감치 독자 노선을 택한 막내 오빠를 찾은 이보배는 놀란 나머지 발을 멈췄다.

'저게 뭐야? 왜 저러고 있는 거야?'

놀랍게도 이씨 집안의 삼남 이한생은 여자들에게 둘러싸여 있었다.

생긴 것 멀쩡하고 옷도 잘 입으니 이성이 관심을 보내는 것이야 이해할 수 있다.

"훗, 나의 인기는 세상이 바뀌어도 신의 사랑처럼 변치 않는군."

이보배가 이해할 수 없는 건 화르세인지 드 체키빙의 태도였다.

그는 자신을 둘러싼 여성들에게 오만하지만 매력적인 미소를 뿌렸다.

'내가 지금 꿈을 꾸나?'

이한생은 인기가 좋았으나 낯을 가리고 겁이 많아 연애를 하지 못했다.

화르세인지 공자님도 겁 많고 낯가리기는 이한생 못지않았다.

"저요! 다음 순서는 저예요!"

"흠, 서두르지 않아도 상대해 줄 테니 기다리도록 하여라."

공자님은 다음 순번이라고 말한 여성에게 다가가더니 아래를 가리키며 발재간을 놀렸다.

저 무슨 희한한 짓인가 싶어 지켜보는데 여성이 이한생의 발재간을 따라 했다.

'설마 지금 춤 가르쳐 주고 있는 거야?'

겁 많은 공자님이 공포를 감추려고 허세를 부리나 싶었는데 그게 아니었다.

이보배는 성자님이 파티광 망나니였음을 상기했다.

'이 망나니, 파티가 일상이었지!'

똥개도 제집 마당에서는 목청이 커지듯 인간은 자기 영역에 있을 때 강해지는 법이다.

낯선 사람과 대화하거나 춤추는 걸 두려워할 필요가 없었다.

파티는 원래 그런 것이니까.

낯선 사람이 많은 게 당연하니 두렵지 않고 춤은 걸음마 하던 시절부터 배웠기에 자신감이 넘쳤다.

화르세인지 드 체키빙은 물 만난 물고기처럼 생기가 넘쳤다.

이한생의 손을 잡은 여자가 즐거운 듯 웃었다.

주위에서 지켜보는 구경꾼도 다음 차례를 기다리거나 보고 배운 스텝을 따라 하며 즐겼다.

아예 여자끼리 손을 잡고 막춤을 추는 사람도 있었다.

'인기 많다고 해서 거짓말인 줄 알았는데 진짜였네.'

이보배는 화려한 무도회장을 종횡무진 누비는 막내 오빠를 상상해 봤다가 그만두었다.

웃기고 느끼해서 뇌가 상상을 거부했다.

남매의 텔레파시가 통한 것일까.

어느새 다가온 이귀한이 미간을 좁히고 심각하게 말했다.

"오글토글."

"왜 그래, 형. 보기 좋은데."

이해기가 팔짱을 끼고 진지하게 남동생을 응시했다.

"내가 기억하는 한생이는 항상 잠들어 있었으니까. 보기 좋아."

양아치는 같이 춤을 춘 여성의 손등에 입을 맞췄다.

구경꾼이 박수를 치며 자지러지게 웃었다.

보기 좋다던 이해기의 눈가가 경련했다.

"취소, 속이 조금 메슥메슥하다."

"둘째야, 나도."

이씨 집안 첫째와 둘째가 흐뭇하게 구경할 수 있는 남동생의 춤은 개다리춤밖에 없었던 모양이다.

큰오빠와 작은오빠는 메슥거리는 속을 달래겠다며 화장실로 갔다.

이보배는 어깨를 으쓱였다.

실은 이보배도 약간 느끼하다고 생각했다.

이보배는 목적지였던 음료 코너에서 탄산음료와 주스 중에 고민하다 과즙 100% 포도 주스를 선택했다.

어차피 공짜인데 탄산음료를 마시자니 아깝단 생각이 들었기 때문이다.

속이 니글거렸으나 주스 맛이 깔끔해서 느끼함이 가라앉았다.

이보배는 파트너를 바꿔 다시 춤을 추는 막내오빠를 구경하면서 조금씩 주스를 홀짝였다.

'잘하면 조카 볼 수 있으려나.'

큰오빠는 포기했고 작은오빠의 청춘 사업은 요즘 어떻게 돌아가는지 모르겠다.

이보배는 고개를 돌려 박마노를 찾았다.

사람들에게 둘러싸여 있던 박마노가 보이지 않았다.

'화장실 갔나?'

어쩐지 연회장 분위기도 어수선해진 듯해 의아해하는데 마찬가지로 의지할 사람이 없어져 당황한 유마리가 다가왔다.

"마리 언니, 마노 선배 어디 가셨는지 아세요?"

"아마 고진아 씨 만나러 갔을 거야. 지금 분위기 어수선해진 것도 고진아 씨가 참석한다는 소식 때문에 그런 걸 거고."

이보배가 손수건을 눈물로 적시는 동안 고진아가 귀환

자의 밤에 참석한다는 뉴스 기사가 떴다.

기사를 본 사람들이 주위 사람에게도 소식을 전하면서 연회장 분위기가 어수선해진 것이었다. 무려 검성의 동생을 볼 수 있다니 당연하다면 당연한 일이었다. B급 헌터가 천상계 소리를 듣는 판국에 검성은 구름 위 신선이 뭐냐, 옥황상제급이었다.

"거물의 회동이네요."

무림계에서 귀환한 검성은 무공으로 부친의 암을 치료하고 병약한 모친의 체질을 개선했다.

뿐만 아니다. 비각성자였던 여동생에게 무공을 전수했다. 그 무공의 위력이 얼마나 가공한지 시스템이 바로 고진아를 각성시켰다고 전해진다.

세간에 퍼진 이야기라 어디까지가 사실인지 알 수 없으나 어쨌든 고진아는 전투계 각성자에 반야 길드의 중역이었다.

검성이 과보호해 실질적인 전투력은 알려진 게 없으나 우수한 헌터라는 평이 우세했다.

그런 고진아라도 박마노와 비교할 수 없다.

대신 검성의 이름이 그만큼 거대했다.

이보배가 감탄하자 유마리는 그런 게 아니라며 우물쭈물하더니 대답했다.

"거창한 거 아니고 그냥 얼굴 보는 걸 거야. 원래 두 분 친했거든."

"정말요?"

박마노가 틈만 나면 검성을 욕한다는 사실을 알고 있기에 검성의 동생과 친하다는 이야기가 신기하게 들렸다.

"그땐 나도 관리국에 없었어서 잘 모르는데, 귀환 초기에 검성이 힘을 숨긴 건 알지?"

"네."

반야 길드의 사람이 곳곳에 있기 때문에 검성의 유마리가 문자로 나머지 이야기를 이었다.

[공식 1호 귀환자라 과장님이 신경 많이 썼거든. 당시에 가족들 상황도 안 좋으니까 일자리도 알선해 주고 병원비도 보태주시고 그랬던 걸로 알아. 사정 딱하다고 자주 들여다보면서 고진아 씨랑 친해진 거지.]

대한민국 공식 1호 귀환자 가족과 그들을 담당한 공무원의 가슴 훈훈해지는 교류는 검성이 박마노의 뒤통수를 정말 아프지만 머리가 박살 나지 않을 강도로 후려치면서 끝났다.

이후 검성님이 이룩하신 위업이야 말하기 입 아프다.

대표적인 사건으로 두 가지를 꼽는데 하나가 '검성님, 산 가르신다'이고 다른 하나가 '검성님, 수박 깨신다' 되겠다.

전자는 말 그대로 대형 몬스터 잡다가 산을 반으로 가른 사건이고 후자는 조금 복잡하다.

일단 세간엔 검성이 자신을 암살하려던 흉수들을 처단한 가슴 통쾌한 사건으로 알려져 있다. 하지만 진실은 검성을 회유하려던 이웃 나라와 귀찮은 일이 재발하지 않도록 초장에 버릇을 잡으려 한 검성의 과잉 대응이다.

목격자 증언에 의하면 사람들의 머리가 수박 떨어뜨린 것처럼 퍽퍽 깨지고 피와 뇌수가 하늘에서 좌르르르 쏟아졌다나 어쨌다나.

게다가 상기한 두 사건이 대표적일 뿐 그 외에도 알려지지 않은 사건 사고가 많았다. 오죽하면 대한민국 한정으로 검성이 이룬 가장 위대한 업적이 각성자 특별법 도입이라고 하겠는가.

"고진아 씨에겐 검성이 오빠니까, 사이가 벌어진 것도 어쩔 수 없겠지."

"그러게요. 나쁜 오빠도 아니고 좋은 오빠니까요."

동생 꿈을 이뤄주겠다고 몇천억을 들여 영화를 제작해 주는 오빠다.

고진아 입장에선 검성이 저지른 죄목을 알아도 미워하거나 멀리할 수 없을 것이다.

이보배만 하더라도 그랬다.

큰오빠가 다른 세계를 파괴하고 왔어도 돌아와 줘서 고맙다고 말하지 않았던가.

이해기가 미신고 균열을 공략하고 다닐뿐더러 마석을

아라크네에게 판매하는 건 어떻고? 용돈은 알아서 번다며 흐뭇해하지 않았나.

인류에 큰 도움이 될 힐러의 존재를 숨기는 건.

'이건 인간적으로 막내 오빠 안전을 위해서니까 빼자.'

어쨌든 사실이 밝혀지면 이보배도 박마노와의 관계가 박살 날 것이다.

이보배는 순진한 공무원을 속이는 희열을 느끼고 싶지 않느냐던 아라크네의 제안을 떠올렸다.

굳이 포션 암거래를 하지 않아도 이미 속이고 있었다.

양심이 아파서 그런지 포도 주스의 씁쓸한 맛이 강하게 풍겼다.

이보배는 반쯤 마신 유리잔을 근처 테이블에 올려두었다.

"치워 드릴까요?"

내려놓기 무섭게 상냥한 목소리가 말했다.

"아뇨, 괜찮아요."

이보배는 잠깐 내려둔 것이기 때문에 거절했다.

갑자기 유마리가 경계하더니 기민하게 주위를 두리번거렸다.

이보배도 얼결에 주위를 둘러봤지만 이상한 건 없었다.

"왜 그러세요?"

"아니, 갑자기 피 냄새 같은 게 나서."

유마리는 코를 킁킁거리면서 냄새를 분석했다.

"헌터도 많고 반야 길드 관계자도 많아서 그런가 피 냄새가 나네. 평소 같으면 바로 알겠는데 진정제를 마셔서 그런지 잘 모르겠어. 그냥 잠깐 냄새가 났다 안 났다 하는 정도인데."

연신 냄새를 맡던 유마리가 큰일이 아니라며 이보배를 안심시켰다.

"지금 코가 살짝 둔해서 내가 잘못 맡은 걸 수도 있어. 매일 피 냄새만 맡으니까 괜히 냄새가 난다 싶으면 피부터 떠올리거든. 실은 이귀한 씨랑 이해기 씨에게도 피 냄새랑 비린내 같은 게 짙게 나는데."

"요즘 오빠들이 곤달걀에 꽂혔거든요. 큰오빠는 수십 판 먹어서 닭 비린내가 몸에 배었을 거예요."

"그런가? 그런데 이상하게 이한생 씨한테는 굉장히 기분 좋은 냄새가 나더라."

"막내 오빠 향수 모아요."

"무슨 향수인지 알아? 굉장히 마음이 안정되고 기분이 좋아지던데."

"저도 향수는 잘 몰라서요. 막내 오빠한테 직접 물어보세요."

누가 개코 아니랄까 봐 유마리는 대마왕, 복수귀, 성자님을 정확히 분간했다.

이보배는 내친김에 이한생을 가리켰다.

"가서 춤 가르쳐 달라고 하면서 물어보세요."

"날 무서워하는데 괜찮을까?"

"춤바람 나서 괜찮을 거예요."

유마리는 아주 싫지 않은지 못 이기는 척 화르세인지에게 다가가 순번을 기다리는 무리에 합류했다.

이보배는 내면에서 솟구치는 김치 국물을 억눌렀다.

'전생에 성자님이라 동물이 따르는 걸 수도 있어. 김칫국은 안 돼, 보배야.'

모 회사 애니메이션 속 공주님들은 고운 성품과 아름다운 노래로 동물을 부린다.

세계를 구한 성자님도 비범한 성품과 현란한 춤사위로 동물을 꼬실 법했다.

이보배는 목이 타서 테이블에 올려두었던 유리잔을 찾았다. 그새 치웠는지 보이지 않았다.

'괜찮다고 했는데. 아깝다.'

고급 호텔이라 그런지 직원의 서비스 정신이 투철했다.

이보배는 다시 음료 코너로 가 다양한 주스 중에서 무엇을 마실까 고민했다.

"포도 주스가 마음에 안 드셨으면 딸기 주스는 어떠세요?"

유리잔을 치워주겠다던 상냥한 목소리가 들렸다.

이보배는 얼굴을 보고 고맙다고 말하려고 고개를 돌렸다.

호텔 직원 복장을 하고 안경 쓴 최요한이 방긋 웃으며 그녀를 반겼다.

"요!"

이보배는 최요한의 이름을 말할 뻔하다가 입을 꾹 다물고 눈만 크게 떴다.

최요한이 고개를 끄덕이고 고마워했다.

"주스를 흘리셨군요. 파우더 룸으로 안내하겠습니다."

이보배는 주스를 흘리지 않았지만 최요한을 따라갔다.

대연회장을 나와 인적이 드문 곳에 도착하자 최요한이 반갑게 인사했다.

"안녕하세요, 보배 씨. 잘 지내셨어요?"

"저야 잘 지냈죠. 이렇게 뵐 줄 몰라서 깜짝 놀랐어요."

"저야말로 들키는 줄 알고 조마조마했어요. 마리 씨 코는 못 속이겠네요."

최요한이 엄살을 부렸다.

그는 유마리가 피 냄새가 난다고 말한 것 때문에 들키는 줄 알았다고 했다.

"소취제를 써도 늑대 코는 이길 수 없나 봐요."

"에이 설마요. 요한 씨 때문에 그런 건 아닐 거예요. 원래 후각이 둔해지면 별거 아닌 냄새도 비리게 느껴지고 그렇잖아요."

피 냄새 맡을 일이 잦아 후각이 둔감해져 무슨 냄새가

잡히면 혈향부터 의심한다고 유마리가 직접 말하지 않았던가.

"하하하, 그러면 다행이죠."

"마노 선배가 요한 씨는 안 온다고 했는데, 놀러 못 오고 일하러 오는 거였군요."

이보배는 최요한이 입은 호텔 직원 복장을 보았다.

세련된 의상이 잘 어울렸다.

최요한이 상큼하게 웃었다.

"아뇨, 과장님은 모르세요."

"네? 그럼 어쩐 일로……."

"일의 연장이라고 해야 할까, 취미라고 해야 할까요. 복잡하네요."

최요한은 두리뭉실하게 대답했다.

이보배는 자세히 캐묻지 않고 대강 납득했다.

'마커 달러 왔구나.'

"일하러 오신 것치고 변장이 너무 허술한 거 아닐까요?"

"의외로 괜찮아요. 사람들은 제복 입은 직원에겐 방심하거든요. 특히나 이런 고급 호텔은 직원 고용에 신중하고 보안을 철저히 할 거라고 생각해서 더 쉬워요."

최요한은 실제론 그렇지 않다고 고개를 저었다.

"사실은 이런 연회가 있을 때마다 사람을 수시로 채용하고 해고해서 잠입하기 쉽지만요."

전직 암살자가 하는 말이라 그런지 의미심장하게 들렸다.

최요한이 다른 보험도 들어두었을 것 같아 이보배는 안심했다.

'하긴, 나도 요한 씨가 말 걸기 전까진 몰랐으니까.'

"약한 예방도 해두었죠."

최요한이 안경을 고쳐 썼다.

이보배는 솔직하게 평했다.

"안경도 잘 어울리세요."

"감사합니다."

튜닝의 끝이 순정이듯 패션의 완성은 얼굴이다.

깔끔하게 올린 머리와 안경 모두 최요한과 잘 어울렸다.

"기왕 보배 씨를 뵌 김에 살짝 부탁드릴 게 있는데, 도와주실래요?"

"당연하죠."

"사람이 제일 많은 각성 귀환자 모임 보셨어요?"

"네."

귀환자의 밤.

귀환자가 주인공인 파티였으나 슬프게도 귀환자마다 급이 나뉘었다.

각성해 헌터로 활약하는 귀환자가 1등급이고 아무 능력도 없이 고생만 하다가 돌아와 사회에서도 적응하지 못하는 귀환자가 최하층이었다.

당연히 사람들은 1등급 귀환자에게 몰렸다.

누가 일부러 편을 가르지 않았음에도 시간이 지나면서 자연스럽게 그렇게 되었다.

"거기에 잠시 껴주시겠어요?"

"그거면 될까요?"

"네."

생각보다 쉬운 부탁이었기 때문에 이보배는 흔쾌히 승낙했다.

'하긴, 나 같은 초짜가 의식하고 뭔가 하면 그게 더 튈 거야.'

게다가 이보배에겐 믿는 구석이 있었다.

최요한과 헤어져 연회장으로 돌아온 이보배는 보무도 당당하게 1등급 귀환자 무리에게 다가갔다.

1등급 귀환자 무리의 정중앙에서 쾌활하게 떠들며 대화를 주도하는 남자, 김혁이 이보배를 알아보았다.

"어! 아는 사람!"

김혁은 이보배의 이름이 떠오르지 않는지 버벅이다가 이내 답을 찾았다.

"포션 기계!"

"넵, 포션 기계 이보배입니다. 안녕하세요, 김혁 씨."

"오빠 입원했다는 얘기 들었는데 괜찮아요?"

"네, 크게 다친 건 아니었어요."

“큰오빠는요? 같이 왔겠네요. 이귀한 씨!”

이보배가 잠깐 최요한을 만난 사이 무슨 일이 있었는지, 이귀한은 동생 없이 혼자 디저트를 아작 내고 있었다.

이귀한은 김혁이 알은척하자 무시했다.

본래 이귀한은 가족이 아닌 사람들에겐 관심이 없고 기억하지도 않는다.

김혁을 어렴풋이 기억하는 건 반드시 죽여 버리겠다고 결정해서였다.

‘얘 죽이면 맹약자인 용이 복수한다고 찾아올 테니까 꿩 먹고 알 먹기.’

이귀한의 꿍꿍이를 모르는 김혁이 활짝 웃으면서 어깨를 쳤다.

‘지금 죽여 버릴까?’

다른 세계에서 운이 좋았던 김혁은 이번에도 운이 좋았다.

‘오빠! 봐주기로 했잖아.’

막냇동생이 필사적으로 입을 벙긋거리면서 손으로 X 자를 긋자 이귀한은 봐주기로 했다.

“너…… 몇 번 봐주기로 했더라.”

“하하하, 아직 프프프! 하세요?”

“무슨 상관?”

“저 추첨 이벤트 당첨되었는데 필요 없거든요. 드릴까요?”

“일단 한 번 봐주기로 함.”

무리의 중심인 김혁 덕분에 이보배와 이귀한은 자연스레 중앙에 자리했다.

이귀한도 귀환자라는 소개에 사람들의 관심이 쏟아졌다.

"이귀한 씨는 이세계에서 어떤 능력을 얻으셨습니까?"

"개고생만 했는데."

"동생이랑 네 살 차이 난다고 하는데 또래처럼 보이는 걸 보면 거기서 지낸 시간이 짧은가 봐요."

"응, 아냐. 존나 오래 있었어."

이보배는 순순히 대답하는 이귀한 때문에 깜짝 놀랐다.

그래도 같은 귀환자라고 봐주고 참는 모습이 대견했다.

하지만 그건 사정을 아는 이보배의 시선이다.

이귀한의 비사교적인 대응 덕분에 관심은 금방 시들었다.

"스킬로 마법 쓰려니 불편해서 미치겠습니다. 세계마다 마법 체계가 다를 수 있으니 아예 못 쓰면 이해하겠는데 스킬이 뭡니까. 게임도 아니고."

다른 세계에서 마법을 체계적으로 배웠다는 마법사가 열변을 토했다.

"전 스킬로 바뀌어서 더 편한데요. 오러 연공 너무 어려워서 머리에 쥐 나는 줄 알았다니까요."

"그럴 수도 있겠지만 저는 정말 불편합니다. 이해도 안 되고. 시스템이 정말 각성자를 성장시키고 싶다면 이런 이상한 방식이 아니라 제대로 가르쳐야 합니다. 마력도 각성해서 바로 감지할 수 있는 현 방식보다 수련을 통해 스스로 느낄 수 있게 해야죠."

귀환자 중엔 다른 세계에서 수련해 무공이나 마법을 배운 사람이 있다.

이들은 귀환하면서 본래 지니고 있던 능력 일부를 잃었다.

시스템이 강제로 각성시켜 시스템창으로 능력을 묶어둔 것이다.

자유롭게 쓰던 마법이 스킬로 바뀌어 쿨 타임이 추가되고 자유롭게 가르치던 무공에 시스템이 제약을 둬 제자를 몇 명 이상 들일 수 없는 식이다.

좋아하는 사람도 있고 싫어하는 사람도 있었다.

그래도 보통 세계가 바뀌었으니 어쩔 수 없는 일임을 알고 수용했다.

"와, 다들 적응력 좋네요. 전 용마법이 시스템 때문에 약화되어서 미치겠던데."

가뜩이나 용의 계약자기 때문에 용이 없으면 힘이 약해지는데 용에게 직접 배운 마법의 위력까지 떨어진 김혁이 투덜거렸다.

"김혁 씨는 자력으로 귀환하셨다던데, 사실입니까?"

"자력은 아니고 제 맹약자의 도움을 받았습니다."

"용과 맹약인지 계약인지 맺었다고 하셨죠? 구국의 영웅에 용과 계약했으면 정말 성공한 인생인데 돌아오다니.

큰 결심 하셨습니다."

"그러게요. 사랑하는 애인이랑도 헤어지셨다죠?"

"아닌데요."

김혁은 자신을 안쓰러워하는 사람들에게 그런 적 없다고 대답했다.

"부모님 돌아가신 뒤에 제가 신호 보내면 프람이 데리러 오기로 했어요. 으하하, 어차피 저야 프람이 죽기 전까진 늙어 죽지 않으니까요."

1등급 귀환자 대부분은 다른 세계에서도 상류층이었다.

개중엔 다른 세계를 그리워하고 돌아가고 싶어 하지만 그럴 수 없는 사람도 제법 있었다.

그런 사람들 앞에서 김혁은 사랑하는 용이 자기를 데리러 올 것이라 실컷 자랑했다.

솔로 가슴에 염장 지르는 애룡(?) 자랑은 덤이었다.

"제가 프람과 저의 첫 만남이 어땠는지 말했던가요? 아, 프람은 제 맹약자의 애칭인데요. 저만 그렇게 부를 수 있으니까 주의해 주시고요."

솔로보단 커플이 파괴하는 재미가 있는 법.

봐주기로 했지만 파괴 충동이 일어나는지 이귀한이 이보배에게 간절한 눈빛을 쏘아 보냈다.

'죽여도 돼?'

이보배는 고개를 젓고 핸드폰을 가리켰다.

게임 뽑기권을 받았으니 좀 더 참으라는 뜻이었다.

견물생심이라, 보고 있으면 더 죽이고 싶어질 것 같아 이귀한은 아예 간식 먹던 테이블로 돌아갔다.

"이보배 씨라고 했나요? 혹시 연단술사이십니까?"

이보배는 자신을 부르는 목소리에 고개를 돌렸다.

무협풍 옷을 입은 소년이 이보배에게 포권했다.

고등학생쯤 되었을까, 이마가 반듯하여 훤칠했다.

"네, 맞아요."

"역시! 사부님이 언급하신 적 있습니다."

"반야 길드원이신가 봐요."

"소개가 늦었습니다. 반야문의 호법 강햇빛입니다."

"안녕하세요, 보배 공방 이보배입니다."

이보배는 어설프게 포권을 따라 해 인사했다.

사람이 몰려 있어 어쩔 수 없이 조금씩 부딪혔는데 강햇빛은 기묘한 움직임으로 사람들을 피했다.

"사부님께서 기특한 연단술사라 평하신 적 있습니다. 연이 닿아 직접 뵙게 되어 반갑습니다."

"사부님이라면 혹시 검성 님이신가요?"

"네, 구배지례는 올리지 못했으나 과분하게도 스승과 제자의 연을 이었습니다."

"와, 대단하세요!"

이보배가 감탄하자 강햇빛의 얼굴에 자부심이 스치고

지나갔다.

그런 강햇빛의 뒤에서 호텔 직원이 잰걸음으로 다가왔다.

"실례합니다, 말씀하신 딸기 주스 가져왔습니다."

"고맙습니다."

최요한은 강햇빛을 스치듯 지나쳐 이보배에게 딸기 주스를 건넸다.

그는 미련 없이 몸을 돌리고 떠났다.

음료를 건네는 직원에게 신경 쓰는 사람은 없었다.

모두 김혁이나 강햇빛을 주시했다.

심지어 강햇빛은 주위 사람들과 닿지 않도록 조심하고 있으면서도 자신을 스치고 지나간 최요한을 의식하지 않았다.

'나 없어도 되었겠는데.'

"세 번째 제자분이신 거죠?"

"넷째입니다. 곧 정식 공표가 있을 예정입니다."

최요한은 아직 공식 발표도 나지 않은 제자에게 마커를 찍기 위해 휴일을 바친 것이다.

최요한은 과거 박마노가 워커 홀릭이라 쉴 수 없다고 투덜거렸으나 이보배가 보기엔 그도 워커 홀릭이었다.

"와, 네 번째! 정말 대단하세요!"

목적은 달성했지만 바로 자리를 뜨면 수상하기 때문에 이보배는 강햇빛과 담소를 나눴다.

무협지 말투를 억지로 따라 하는 것만 빼면 착하고 좋은 아이였다.

"와, 그럼 검성님이 보자마자 제자 삼으신 거예요?"

"네, 제 입으로 말하기 부끄럽지만 제가 사부님의 진전을 잇기 좋은 오성과 체질이라고 합니다."

평범한 고등학생을 우연히 마주친 검성이 제자로 거뒀으니 신데렐라 스토리가 따로 없었다.

이보배는 로또 중에서도 10회 이월된 로또에 당첨된 소년을 축하했다.

강햇빛은 머쓱해하면서 즐겼다.

와아아아.

갑자기 대연회장 입구 쪽이 소란스러워졌다. 눈보다 귀가 빨랐다.

"고진아다!"

"검성 동생이야!"

"천만 배우 고진아다!"

"카메라가 실물을 못 잡네. 진짜 여신이다, 여신."

뉴스 기사로 연회장 사람들을 설레게 한 고진아가 마침내 당도했다. 고진아는 혼자가 아니었다. 반야 길드원 다섯이 고진아를 밀착 경호했다.

"박마노다!"

"아예 간 게 아니라 고진아 만나러 나간 거였구나!"

박마노는 그런 고진아와 약간 거리를 두고 대화를 나누며 동시 입장했다.

박마노도 혼자가 아니었다. 목표를 달성한 최요한이 박마노를 찾아갔느냐? 그게 아니다.

'저 인간은 저기서 뭐 하는 거야?'

예비 세최헌 이해기가 박마노의 뒤에서 무해한 청년 분위기를 풍기며 같이 움직이고 있었다.

박마노와 고진아는 이해할 수 있는데 거기에 작은오빠가 낀 연유를 알 수 없었다.

'설마?'

이보배는 불길한 예감에 오한이 들었다. 평소 TV에서 고진아를 볼 때마다 그녀가 자신을 짝사랑하였노라 주장하는 회귀자의 발언이 뇌리에서 재생되었다.

이보배와 눈이 마주친 이해기가 엄한 오해 말라며 손가락으로 X 자를 그렸다.

그는 문자로 간략히 사정을 전달했다.

아까 화장실에 간 이씨 형제는 나간 김에 호텔을 구경했다.

그러다 우연히 박마노, 고진아와 마주쳤다.

고진아가 어색했던 박마노는 이해기를 대화에 끌어들였다.

대화가 지루했던 이귀한은 먼저 연회장으로 복귀, 이해기는 내내 붙잡혀 있다가 연회장 입장도 같이 하게 되었다는 것이다.

[눈치껏 빠졌어야지.]

[내가 무슨 힘이 있겠니.]

설상가상 고진아와 대화하던 박마노가 이보배를 가리켰다. 고진아는 다른 곳에 눈을 돌리지 않고 이보배에게 직진했다. 옆에 있는 강햇빛을 보고 오는 거일 가능성도 있으나 그런 것 같진 않았다.

고진아의 검고 단아한 눈동자가 이보배에게서 떠나지 않았다.

'진짜 예쁘다.'

고진아는 미인도에서 걸어 나온 것 같은 동양적인 분위기의 미인이었다.

극장의 큰 화면 속 고진아도 아름다웠지만 실물은 더욱 아름다웠다.

"반야문의 사호법이 아가씨를 뵙습니다."

"편히 있어. 이분을 보러 온 거거든."

고진아는 인사하는 강햇빛을 말 한마디로 물리고 이보배에게 말을 걸었다.

"이보배 씨?"

"네, 맞는데요."

이보배는 마른침을 삼켰다.

고진아는 단전 호흡으로 단련한 특유의 발성으로 반가움을 표현했다.

"만나서 반가워요. 꼭 만나보고 싶었어요."

"저를요? 왜, 왜요?"

"왜긴 왜야. 우리 보배가 이렇게 착하고 장하니까 그렇지."

박마노가 과장된 목소리로 칭찬하면서 이보배의 어깨에 팔을 둘렀다.

이보배는 퇴로가 막혔다.

"오빠에게 들었어요. 이보배 씨 사정도 우리 집이랑 비슷했다고."

'검성 입 진짜 싸다.'

처지가 비슷하다지만 고작 한 번 만났을 뿐인 인연이다.

얼마나 말하고 다녔으면 제자에 동생까지 알은척하는 것일까.

"와, 정말. 뵙게 되어 가문의 영광입니다."

"편히 하라니까요."

고진아는 아미를 찌푸렸다.

"하긴 이렇게 말해봐야 쉽진 않겠죠. 내가 불편할 테니까. 그럼 하고 싶은 말만 할게요."

고진아가 이보배의 손을 꼭 잡았다.

"고마워요. 덕분에 마음을 정할 수 있었어요."

돌아가신 부모님께 맹세코 이보배는 오늘 고진아를 처음 보았다. 감사 인사를 들을 만한 일은 하지 않았다.

"제가 무슨."

"영화 봤죠?"

"넵."

"어땠어요?"

살면서 자신이 본 영화 주연에게 영화 감상평을 말하게 되는 날이 올 줄 몰랐다.

인생은 참 알다가도 모를 일이었다.

이보배는 당황했지만 솔직하게 말했다.

"아주 재밌었습니다."

"그거 말고 내 연기요. 어땠어요?"

'제발.'

이 질문을 예상했지만 정말 대답하고 싶지 않았다.

이보배는 일단 생각해 둔 모범 답안을 바쳤다.

"액션 연기가 박진감 넘치던데요? 여기로 슝, 저기서 쾅!"

"액션 말고 다른 연기는요?"

이보배는 한 집안의 가장이며 사회인이다.

어엿한 어른이니 입에 발린 소리야 얼마든지 할 수 있었다. 하지만 고진아는 그런 어른의 대답을 듣고 싶어 물어본 것이 아닐 것이다.

이보배는 말을 고르고 골라 간신히 입을 열었다.

"조금 어색하긴 했지만, 첫 주연에 첫 영화니까요. 아하하."

"알아요, 엉망이었죠? 누가 봐도 엉망인데 난 그걸 몰랐어요."

고진아가 재차 고운 얼굴을 찌푸렸다.

"오빠가 돌아오고 연기를 배우면서 내내 칭찬만 들었어요. 진짜 미친 소리처럼 들릴 텐데."

귀환자의 동생은 쓴웃음을 지었다.

"난 내가 연기 잘하는 줄 알았어요."

'와우.'

배우 고진아의 충격 고백에 이보배는 혀를 내둘렀다.

그렇게 연기하면서 자각이 없었다니, 어떤 의미에선 대단했다.

'우리 집 망나니보다 못하던데.'

이한생은 어떨지 몰라도 화르세인지 드 체키빙 공자님은 가출하면서 옷을 바꿔 입을 정도로 디테일에 신경 쓰는 연기파다. 각성 시스템교에 잠입할 때 보여줬던 연기력도 상당했다.

'그때도 고진아 씨보다 막내오빠가 연기 더 잘한다고 생각했는데.'

이보배는 머릿속에 떠오르는 무례한 생각들을 티 내지 않도록 표정 관리에 집중했다.

"편집이 끝난 후, 스크린 속 나를 보고 착각에서 빠져나왔죠. 자다가 얻어맞은 것처럼 정신이 없는데 동시에 부끄럽고 화가 났어요. 너무 부끄러워서 잠도 못 자고."

본인 연기의 실체를 알아챈 고진아는 가장 먼저 연기 선생을 찾아가 따졌다.

연기 선생은 어쩔 수 없었다고 말했다.

"검성이 보고 있잖아요."

감히 검성의 동생 앞에서 연기 못한다고 말할 수 있는 만큼 간이 부은 사람은 없었다.

설혹 있더라도 고진아 주위엔 없었다.

검성을 두려워하지 않는 부모님도 사실대로 말해주지 않았다. 자신들 때문에 고생한 딸이 재능 때문에 꿈을 포기할까 봐 일부러 진실을 감췄다.

"연기 못하는 사람도 나고, 현실을 바로 보지 못한 사람도 나인데 오빠가 너무 원망스러웠어요."

결국 고진아의 원망은 검성에게 쏟아졌다.

검성이라도 말렸어야 했다. 옛날처럼 연기는 아무나 하냐고, 너는 재능이 없다고 진실로 폭행하며 말려줬어야 했다.

"막 따졌어요. 왜 연기가 엉망이라고 말해주지 않았냐, 발연기하는데 때려서라도 말렸어야지. 그러니까 오빠가,

잘난 검성님이 그러더라고요. 고생한 저에게 보상해 주고 싶었대요. 배우가 되고 싶어 해서 배우가 되게 해줬는데 뭐가 문제냐고."

고진아는 손바닥으로 눈가를 가렸다.

"저 욕하는 사람들은 없을 거라고, 업계 사람들도 대형 투자금 들어와서 좋아하니까 일석이조 아니냐고 하는데……. 손바닥으로 하늘을 가리라죠. 그걸로 심하게 싸웠어요."

검성은 검성대로 동생을 위해 시간과 돈을 들였는데 원망받자 역정 냈다. 심지어 개봉 전에 전 세계 수출 계약을 맺는 바람에 고진아의 망신살은 국제적으로 뻗어 나갈 예정이었다.

무협 세계에서 지존으로 군림했으며 팔순 잔칫상까지 받아먹고 온 검성은 먼저 사과할 줄 몰랐다. 검성 입장에선 잘못한 게 없으니 더욱 그랬다.

고진아는 고진아대로 사과할 수 없었다. 자존심이 떨어져 짓밟힌 참담한 기분이었다. 이대로 평생 남매가 화해하지 않겠구나 싶었는데 뜻밖의 일이 벌어졌다.

검성이 먼저 다가온 것이다.

"사과하러 온 건 아니었어요. 그냥 저를 닮은 아이를 봤는데, 대견해서 제 생각이 났다고 하더라고요. 그 말을 들으니까 오빠가 돌아오기 전이 생각나는 거예요."

고진아는 자신이 철부지처럼 투정 부리고 있었음을 깨달았다.

아버지의 회사가 도산하고 어머니는 쓰러졌으며 오빠는 실종되었다. 설상가상으로 아버지는 암에 걸려 투병하게 되었다. 고진아는 졸지에 집안의 가장이 되어 사회에 떨어졌다. 배우를 꿈꿀 만큼 빼어난 외모가 오히려 독이 되어 위험한 일도 많았다.

'솔직히 나보다 힘들었겠지. 난 그때 큰오빠가 있었는데.'

이보배는 균열의 날 직후, 이귀한이 없었으면 어땠을까 상상해 보고 몸을 떨었다. 일단 이한생은 확실히 죽은 목숨이었을 것이다.

"모든 게 꿈같았죠. 하루하루가 위험한 외줄 타기였는데 오빠가 돌아오면서 모든 게 바뀐 거예요. 아빠가 낫고, 엄마는 건강해지고, 사람들은 오빠를 검성이라고 부르고. 제가 한 고생을 보상하겠다는데 전 그냥 오빠가 살아 돌아온 것만으로도 좋았어요. 좋았는데, 초심을 잊었던 거예요."

고진아의 말에 감동받은 호위들의 눈가가 촉촉해졌다.

박마노는 심기가 복잡한지 웃는 얼굴이 흐렸다.

검성은 결코 좋은 사람이 아니지만 부모에겐 자랑스러운 자식이요, 고진아에겐 좋은 오빠다.

인간의 다면성이 검성을 싫어하는 박마노에게 남다른 감정을 심어준 것 같았다.

"그 생각 하니까 오빠한테 미안하더라고요. 그래서 제가 먼저 사과했죠. 모두 이보배 씨 덕분이에요."

'이건 그러니까, 내가 화해의 계기가 된 건가.'

자칫 오래갈 수 있었던 남매의 냉전이 이보배 덕분에 끝났다. 고진아가 보이는 호감은 거기에서 기인한 듯했다.

기실 이보배가 한 일은 없지만 사람은 가끔 존재하는 것만으로도 충분할 때가 있었다.

이씨 남매가 실시간으로 세상을 지키고 있는 것처럼.

"오빠는 정말 많이 변했지만, 그래도 돌아와서 기뻐요. 이보배 씨도 그렇죠?"

"네!"

이보배는 힘차게 동의했다. 앞으로 무슨 일이 생기더라도 이 마음만은 변치 않으리라.

"하고 싶은 말은 이게 전부예요. 그리고."

고진아는 용건을 끝냈지만 바로 떠나지 않고 망설였다.

이보배는 인벤토리에서 명함을 꺼내 그녀에게 건넸다.

"포션 공방을 운영하고 있어요. 상태 이상 치료제 주문 제작 의뢰를 받고 있고요. 그게 아니더라도."

이보배는 자신과 같은 귀환자의 동생에게 동질감을 느꼈다.

"오빠 흉보고 싶을 땐 언제든 연락 주세요."

"고마워요."

고진아가 선녀처럼 웃으면서 이보배와 명함을 교환했다.

고진아가 연회장을 떠나자 그녀에게 말 한마디 붙이고 싶어 한 사람들이 아쉬워했다. 고진아와 대화를 한 이보배에게 관심이 쏟아졌으나 곁에 박마노가 있어 먼저 접근하는 사람은 없었다.

"사부님과 진아 아가씨의 우애를 지켜주셨군요."

선망과 동경의 시선을 즐기던 강햇빛이 역으로 이보배에게 동경의 시선을 던졌다.

"인연이 좋게 닿았던 거죠."

"끄응, 이제 살겠네. 진아 언니한테는 잘못한 것도 없는데 불편하단 말이지."

박마노는 고진아가 사라지자 안도하고 목을 스트레칭했다.

이해기도 옆에서 고진아가 떠난 사실에 진심으로 안도했다.

'마노 선배는 이해할 수 있지만 작은오빠는 왜?'

막냇동생의 의구심 가득 찬 시선을 받은 이해기가 뻔뻔한 낯짝으로 어깨를 으쓱였다. 또 반하면 곤란하다는 의미의 자신만만한 미소가 재수 없었다.

"강햇살 씨? 아까 바빠 보여서 인사를 못 했습니다. 검성 제자로 들어가니 어떻습니까? 살 만합니까?"

"강햇빛입니다. 사부님을 적대하지 말아주십시오."

"아, 미안. 내가 이름 잘 외우는데 헷갈렸습니다. 그리고 적대 행위는 영감님이 먼저 했습니다?"

"박 과장님은 사부님을 오해하고 있습니다. 사부님은 정의롭고 지혜로운 분이십니다."

강햇빛의 말에 충격받은 박마노가 입을 가리고 뒷걸음질 쳤다.

"내가, 내가 그 영감에게 속아서 돈도 빌려줬어!"

세상에 이렇게 억울한 일이 없다는 듯 박마노가 가슴을 쳤다.

"이자까지 후하게 돌려받은 걸로 알고 있습니다."

"무담보 무이자 대출해 준 사람에게 사기 친 게 이자냐! 뒤통수 후려친 위자료지!"

분개한 박마노가 검성이 저지른 만행을 제자인 강햇빛에게 폭로하려 했다.

이해기가 급히 끼어들어 박마노를 말렸다.

"마노 누나, 진정하세요. 숨 들이쉬고 내쉬고. 찬찬히."

사부가 저지른 죄목을 어린 제자에게 알려줄 수도 없다.

답답해진 박마노가 뒷목을 잡았다.

이해기가 박마노의 혈압을 낮추느라 간지러운 말을 속살거렸다.

춤을 배우고 있던 유마리도 다가와 말리려는데 뜻밖의 지원군이 도착했다.

"워워, 과장님. 진정하세요."

최요한이 이해기의 반대편에서 박마노를 진정시켰다.

목표를 달성해 옷을 갈아입고 안경도 벗은 평소의 최요한이었다.

"죄송합니다, 저희 과장님이 좋은 자리라 과음하셨네요. 과장님은 기분 좋을 때 목소리가 커지거든요."

최요한은 진솔하게 사과하고 강햇빛에게 손을 내밀었다.

강햇빛은 즉시 몸을 뒤로 물려 최요한의 손을 피했다.

사부인 검성에게 언질받은 게 있는 듯 경계하는 기색이 역력했다. 하지만.

'이미 늦은 것을.'

강햇빛이 알아채지 못하는 사이 이미 최요한은 임무를 완수했다. 지금 모습을 드러낸 건 훼이크였다.

"과음은 몸에 좋지 않습니다. 사부님께서 박 과장님의 무재를 높이 평가하시니 나태와 방종을 멀리하시기 바랍니다. 이만 실례하겠습니다."

그 사실을 모르는 강햇빛은 포권을 한 뒤 자리를 옮겼다.

박마노는 누가 보아도 워커 홀릭이기에 강햇빛의 말을 듣고 화낼 줄 알았으나 그러지 않았다.

"쯧, 제자 앞에선 잘하나 보지."

박마노가 이를 가는 검성도 누군가에겐 좋은 아들이요, 좋은 오빠요, 좋은 스승이란 사실에 만감이 교차하는 듯했다.

진실을 아는 회귀자 홀로 쓴웃음을 지었다.

"근데 요한이 너는 웬일이냐? 내가 가자고 꼬실 땐 싫다고 하더니."

"실은요. 과장님이 보배 씨 옷 고르는 거 도와달라고 사진 보내셨잖아요."

옷을 살 때 최요한에게도 보여주겠다고 사진을 찍더니 진짜로 보낸 모양이었다.

"응, 근데 그때 너 씹었잖아."

"취미에 집중하고 있어서 나중에 확인해 보니 너무 늦었더라고요. 그래도 혼자 두 번째가 좋다고 생각했는데."

최요한의 온화한 눈빛이 이보배에게 닿았다.

"직접 뵙고 말하는 게 나을 것 같았어요. 잘 어울려요, 보배 씨. 마음이 통했네요."

"하하, 감사해요."

이보배는 공연히 민망해서 볼을 붉히고 고개를 숙였다.

최요한과 한현우, 이한생의 마음이 통했으니 참 좋은 일이었다.

몰래 취미 활동에 매진한 최요한은 식전이었다.

이보배는 그 얘기를 듣자마자 놀라 밥부터 먹으라고 뷔

페를 가리켰다.

이보배는 디저트를 몇 개 골라 최요한의 맞은편에 앉았다.

"하하, 신경 써주지 않으셔도 괜찮은데요."

"저도 혼밥 잘하지만 아는 사람 있는데 앞자리가 비면 섭섭하잖아요."

자신이 지지하는 한현우가 탈락하면 탈락했지 최요한만은 용납할 수 없는 이해기가 끼어들려다가 박마노에게 붙잡혔다.

"요한이 밥 먹게 두고, 우린 저기서 술이나 마시자."

이해기의 눈동자가 흔들렸으나 그는 결국 자신의 팔을 붙잡은 박마노의 손을 뿌리치지 못했다.

이해기는 순순히 끌려가 점점 멀어졌다.

멀어지면서 눈이 마주친 이귀한에게 이보배에게 가보라 눈짓했으나 거절당했다.

'형! 저기서 밥 먹어!'

'응, 싫어.'

애초에 이귀한은 최요한을 매제 후보로 지지하고 있으니 도와줄 리 없다.

이해기는 이한생을 찾았으나 이놈의 동생은 춤바람이 심하게 들어 아직도 춤추고 있었다. 심지어 화르세인지 드체키빙의 사교 댄스 교실은 마쳤는지 단체로 요즘 유행한다는 춤을 췄다.

"아이고."

"거 기회 좀 줘보라니까. 그렇게 나쁜 놈 아니야."

"알아요. 아는데요, 누나."

나쁜 놈이라고 생각하면 살리지도 않았다. 때로 모르는 게 약이고 아는 게 독이 된다.

이해기는 솔직하게 말하지 못해 끙끙거리다 포기했다.

아니, 이건 포기가 아니다. 동생에게 보내는 신뢰다.

'믿는다, 보배야! 오빠 마음 알지?'

마음이 닿기라도 한 듯 이보배와 눈이 마주쳤다.

이해기는 엄지손가락을 들고 몸을 돌렸다.

"이해기 씨가 뭔가 하시네요?"

"무시하세요."

이해기의 의도는 전해졌으나 이보배는 냉정하게 무시했다.

떡 줄 사람은 아무 생각 없는데 김칫국을 항아리째 들고 와 마시고 있으니 창피해서 견딜 수 없었다.

이보배는 신경질적으로 자허 토르테를 포크로 떠서 입에 넣었다. 작은오빠에게 쌓였던 분노와 짜증이 입에서 살살 녹는 초콜릿과 함께 사라졌다.

'행복하네.'

역시 케이크는 초코 케이크가 최고다.

최요한은 눈을 감고 자허 토르테를 음미하는 이보배를 보고 흐뭇하게 미소 지었다.

"도와주셔서 감사했습니다."

"별말씀을요, 요한 씨가 도와주신 거에 비하면 변변치 않은걸요."

식사를 마친 최요한이 감사 인사를 전했다.

최요한은 이보배가 돕든 돕지 않든 목표를 달성했을 것이다.

공연히 신경 쓰게 만든 것 같아 도리어 미안했다.

"그런데요."

이보배는 운을 뗐다가 민감한 대화 같아 문자로 할까 고민했다. 그러자 최요한은 품에서 스크롤을 꺼내 찢었다.

"이제 편히 말씀하세요."

"설마?"

귀 밝고 눈 좋은 각성자들에게서 사생활을 지키기 위한 스크롤은 아라크네의 거미줄의 대표 상품이다.

내가 생각하는 그게 맞느냐고 이보배가 눈썹을 치켜올리자 최요한이 허허 웃었다.

"편하고 좋은데 안 쓰면 아깝잖아요."

이보배도 그렇게 생각하지만 박마노와 콤비를 짠 최요한이 스크롤 쓰는 모습을 보니 박마노를 배신하는 것 같아 이상했다.

"그냥 마노 선배를 정점으로 올리겠다던 야망 포기하신 것 같은데 취미 활동은 포기하지 않았구나, 해서 여쭤보려고 한 건데."

하필 이보배가 하려던 말도 박마노의 경고와 관련되어 있어 기분이 더욱 오묘해졌다.

"그렇죠. 과장님이 이런 거 그만두라고 했는데."

최요한은 사뭇 슬프다는 듯 어깨를 축 늘어뜨렸다. 어찌나 애석해 보이는지 과장임을 알면서도 안쓰러웠다.

"근데 정말 취미가 되어서 말이에요. 취미보다는 약간의 강박일까요. 제가 조금, 의도치 않게 사회의 어두운 면을 많이 목격했거든요. 그래서 그런지 보험을 들어두지 않으면 밤에 잠이 안 와서……."

어둡고 쓸쓸한 최요한의 눈빛이 연회장 중앙에 있는 강햇빛에게 닿았다. 나이에 비해 동안인 소년이 근심 걱정 없이 웃는 얼굴을 보고 안심한 듯 따라 웃었다.

하지만 그 미소는 무척 서글펐다.

"특히 미성년자 각성자는 안전한지 확인하고 싶어져서요."

"요한 씨……."

이보배는 손을 뻗어 최요한의 손등을 덮었다.

최요한은 손을 돌려 이보배의 손을 맞잡았다.

뭐라 위로해야 할지 모르겠기에, 이보배는 최요한의 손을 잡고 가만히 있었다.

손가락으로 문지르거나 힘을 더 주어 꽉 잡거나 하지 않고 그냥 붙잡고 있기만 했다.

맞닿은 손으로 체온을 전하고 그녀의 것인지 최요한의 것인지 알 수 없는 맥박을 쉰 번쯤 헤아린 뒤에야 이보배는 간신히 입을 열었다.

"요한 씨 잘못이 아니에요."

"감사합니다. 보배 씨는 참 좋은 분이에요."

뻔한 말에 뻔한 응대인데 공연히 볼이 달아올랐다.

이보배는 손을 잡고 있어서 그런 거라 판단하고 슬쩍 손을 빼냈다.

최요한은 상냥해 보이나 속을 알 수 없는 눈에 이보배를 담았다. 수상한 이씨 형제들을 감시하기 위해 이보배에게 관심이 생겼다고 생각했으나 스스로에게 했던 변명에 불과했다.

둘은 별개였다. 이씨 형제가 수상하지 않더라도 최요한은 이보배에게 관심과 호감이 생겼을 것이다. 이보배는 뻔한 말에 뻔하지만 진심으로 응대할 수 있는 사람이기에.

'사람을 좋아하기 위해 핑계가 필요하다니.'

최요한은 본래 이런 성격이 아니었다.

그는 씁쓸해진 입에 이보배가 그의 몫으로 가져온 자허토르테를 집어넣었다.

그는 녹아내리는 초콜릿을 음미하며 위험한 취미를 그만둘 때가 되었다고 생각했다.

"과장님도 그렇고 보배 씨도 그렇게 말하니 그만둬야겠

죠. 이제 남는 시간에 뭘 해야 하나."

"다른 취미를 찾는 건 어떨까요?"

"가능하면 집중할 수 있는 게 좋을 것 같아서요."

최요한은 군무를 끝내고 다시 사교 댄스 교실을 연 화르세인지를 가리켰다.

"마침 선생님이 계시니 춤을 배워볼까요?"

"그것도 좋겠네요."

"보배 씨가 도와주실 거죠?"

"당연하죠."

이보배는 공자님에게 부탁해 달라는 말인 줄 알고 선뜻 고개를 끄덕였다. 그러자 최요한이 그녀의 손을 붙잡고 일어났다.

"어어?"

이보배는 손을 잡혀 엉거주춤 일어났다.

최요한은 자연스레 이보배를 춤 교실 근처로 인도하더니 가슴에 손을 붙인 채 허리를 숙였다.

"한 곡 추실까요?"

도와달라는 말이 망나니에게 부탁해 달라는 의미가 아니라 춤 파트너가 되어달라는 부탁이었다.

이보배는 저도 모르게 웃음을 터뜨렸다.

그녀는 어깨를 으쓱이고 손을 내밀었다.

"기꺼이요."

최요한은 이보배가 내민 손을 잡고 손등에 가볍게 입을 맞췄다. 입을 맞췄다기보단 코가 스치듯 닿았다는 표현이 적절할지도 모른다.

최요한과 이보배가 춤 교실을 구경하며 눈대중으로 익힌 자세를 취하고 움직였다.

결국 눈대중이었던지라 서로 껴안고 빙글빙글 도는 장난에 가까웠다.

어차피 주위 다른 사람들도 비슷하게 둥글게 둥글게 춤을 추고 있어 괜찮았다.

최요한도 즐거워하는 기색이 역력했다.

“거기 막춤 추는 둘! 춤은 그렇게 추는 게 아니니라! 이리 와서 제대로 배우거라!”

엄한 춤 선생님의 불호령이 떨어졌지만 둘은 멈추지 않았다.

그 모습이 재밌어 보였는지 박마노가 다가와 관심을 보였다.

“씁, 나 아까처럼 단체로 추는 건 괜찮지만 이런 춤은 오글거려서 못 추는데.”

“둘이 하는 강강술래라고 생각하면 되죠.”

“이해기 씨 발상의 전환 좋아. 아주 좋아.”

박마노가 긍정적으로 반응하자 이해기가 기대감을 품고 손을 내밀었다.

그러나 박마노는 유마리와 이한생의 손을 붙잡았다.

"강강술래는 사람이 많아야 재밌지. 열 배속 강강술래 하실 분 이리 오세요!"

박마노가 판을 키우자며 사람을 모았다.

이해기는 허탈해하는 한편 박마노의 옆자리를 사수하기 위해 동생을 떼어냈다.

그렇다면 오늘 밤의 주인공인 이귀한은 무엇을 하고 있나 확인해 보니.

"벽돌 노예로 5년 고생했습니다. 아직도 그때만 생각하면 눈물이 앞을 가려."

"노예에, 사람은, 사라딴, 소리. 정글, 사람, 없어."

"댁들은 가족이라도 찾았지. 나는 쉬불, 다 죽었어. 다 죽었단 말이야!"

"저는 차원 이동할 때 이미 가족들 다 죽었었습니다. 거기서 결혼해 애도 낳고 잘 살고 있었는데 이렇게 돌아와 버렸으니. 우리 가족은 어떡합니까!"

각자의 불행을 토로하는 귀환자 무리에 껴 타인의 불행을 즐기고 있었다.

이보배와 눈이 마주친 이귀한이 재밌고 즐겁다는 듯 엄지손가락을 들었다.

언뜻 들려온 사연이 너무 슬퍼 울상을 짓는데 갑자기 몸이 떠올랐다.

"으악."

"절 봐주셔야죠."

최요한이 이보배를 들고 빙빙 돌며 과장되게 서운하다는 표정을 지었다.

그의 손에 들린 채 이전보다 빠르게 돌고 있자니 어쩐지 이 상황이 참을 수 없이 우습고, 즐거우면서 행복했다.

이보배는 결국 웃음을 터뜨렸다.

"푸하하하."

가기 싫어하는 오빠들을 설득한 보람이 있었다.

발이 바닥에 닿자, 이보배는 보답으로 최요한을 들고 빙빙 돌았다.

삐야아아악! 삑삑삑삑삑 삐삐 삐삐삑!

여섯 시간 만에 주인과 재회한 이우로가 눈물을 뚝뚝 흘리며 이보배에게 달려와 안겼다.

이보배는 이우로를 어르고 달래느라 애먹었다.

"늦어서 미안해. 이제 집에 가자."

삐삐삐삐 삐악삑삑!

한현우가 지난 여섯 시간을 보고하는 동안에도 우로는 이보배의 손바닥에 몸 전체를 비비고 비틀면서 쉼 없이 울었다.

그러더니 다시는 떨어지지 않겠다는 듯 이보배의 손목에 몸을 말고 꼬리를 물었다.

과장 조금 보태 이보배가 힘껏 불면 날아갈 것같이 작고 가벼운 몸으로 손목에 붙어 혼신의 힘으로 버텼다.

이보배는 그런 우로를 열심히 쓰다듬어 달랬다.

한현우에게 감사 인사를 하고 집으로 돌아가는 차내는 조용했다.

밤이 깊었기도 하고 오랜만에 사람 많은 곳에 가 춤추고 노니 피곤했다.

박마노가 빌려준 〈피독주〉로 술기를 날려 버렸으나 기분은 취해 있는 이해기가 흥얼거리는 트로트가 적막한 차내에 퍼졌다.

한현우에게 맡겼던 이우로도 울다 지쳐 잠들었다. 잠든 중에도 이보배의 손목에 매달려 꼬리를 물고 있는 모습이 안쓰러웠다.

"파티가 일찍 끝나 아쉽도다."

딱 한 명, 파티가 일상이었던 망나니 공자님만 지금이 대낮인 양 생기 가득한 눈으로 아쉬워했다.

"실로 오랜만에 즐거웠다. 육신이 바뀌어도 나의 인기가 변치 않음을 확인할 수 있어 더욱 뜻깊은 시간이었다."

춤 선생으로 활약한 이한생에게 전화번호를 교환하자

고 청하는 사람이 많았다.

이씨 남매가 겁을 준 덕분에 개인 정보의 소중함을 아는 이한생은 아무에게도 번호를 알려주지 않았지만(심지어 유마리에게도) 그럼에도 좋다고 자신의 번호를 알려주는 사람들도 있었다.

'매일 자기 입으로 인기 좋았다고 하고 잘생겼다고 한단 말이지.'

이한생 왈, 화르세인지 드 체키빙은 은발 벽안 기생오라비라고 했다. 교차 검증으로 화르세인지 드 체키빙 공자님의 외모를 확인해 보고 싶은 마음에 이보배가 질문했다.

"공자님은 원래 어떻게 생겼는데?"

"훗, 말해 무엇하느냐. 돼지가 감히 바로 보지 못할 미남이었다."

"은발에 푸른 눈동자, 맞지?"

"평범한 은발이 아니니라. 성신의 은혜를 담은 빛나는 청은발에 북해처럼 깊고 푸른 청회색 눈이지."

순정 만화에나 나올 법한 색 조합이었다.

이보배는 이한생의 얼굴에 청은발과 청회색 눈동자를 덧씌워 상상해 보았다.

어울리지 않았다.

"이목구비는 어때? 비슷해?"

"얼굴과 체격은 이 몸이 듬직한 맛이 있다만, 에잇, 묻지 말거라!"

화르세인지는 지레 찔려 성질 내고 입을 다물었다.

이한생과 화르세인지의 증언을 교차 검증한 결과 바람직한 결과가 나왔다.

'오케이, 접수. 미소년 맞았네.'

청은발에 청회색 눈동자를 지닌 미소년 성자님이라니. 상상만 해도 신성해서 절로 신을 믿고 싶어졌다.

성신, 얼굴만 보고 성자 뽑아.

이보배가 자극적인 문구를 생각하며 신성 모독을 범하는 와중, 이한생이 화제를 돌릴 겸 다른 주제를 꺼냈다.

"오늘 다양한 세계의 이야기를 들어 견문을 넓히는 좋은 기회가 되었는데, 악마는 대체 어떤 세계에 있었느냐? 한 번도 말해준 적이 없구나."

편애하는 막냇동생을 위해 참기 싫지만 잘 참은 대마왕을 자극하는 민감한 질문이었다.

이해기가 즉시 경고했다.

"화르세인지, 형에게 그런 거 묻지 마라."

"맞아, 막내 오빠. 큰오빠가 떠올리기 싫대."

"하지만 악마는 실종되기 전까지 인간이었지 않느냐! 차원 이동된 세계에서 무슨 일이 있어 악마가 되었는지 궁금하지 않느냐! 적어도 어떤 세계였는지 알고 싶다!"

그건 이보배도 마찬가지다. 몇 번 넌지시 물어본 적 있지만 그때마다 이귀한은 대답을 회피하거나 무시했다.

막내 오빠를 나무라면서 이번에도 큰오빠가 무시하리라 여겼는데 이게 웬걸.

"완벽한 세계."

이귀한이 처음으로 질문에 답했다. 이보배 혼자 짐작하고 상상했던 것과 전혀 다른 답변이었다.

"완벽한 세계라고?"

이해기도 마찬가지였는지 당황한 음색이었다.

이귀한은 가로등을 지나갈 때마다 길어지고 짧아지길 반복하는 그림자를 응시했다.

"고아도, 전쟁도, 기아와 질병도 없는, 길거리에 쓰레기를 버리는 사람이나 도둑, 강도, 살인범, 강간범이 없는 완벽하게 깨끗하고 결백한 세계."

가로등의 유무과 상관없이 이귀한의 발치에 드리운 그림자가 짙어졌다.

이한생이 헛구역질하면서 반대편으로 몸을 붙였다.

이보배의 손목에 몸을 말고 잠들었던 이우로가 이상한 낌새를 눈치채고 눈을 떴다.

"모두가 행복하고 즐거운 세계. 아무도 울거나 화내지 않는 세계. 사람이 사람을 사랑하고 질투하지 않고 배신하지 않는 아름다운 세계."

이귀한이 히죽 웃었다.

"나만 빼고."

"히이이익."

삐이이익!

이한생이 목욕하기 싫은 고양이처럼 발버둥 치다가 기어이 이보배가 있는 앞좌석으로 넘어왔다.

이우로는 놀라서 비명을 지르다가 입에 문 꼬리를 놓치고 이보배의 무릎에 떨어졌다.

운전에 방해되는 건 둘째 치고 형의 모습이 심상치 않아 보였기에 이해기가 형을 말렸다.

"형, 그만하자."

"어둠과 그림자 없이 빛만 가득했던 세계. 눈부시게 아름다워서, 그래서 더 역겨웠던 세계. 나만 빼고 모두가 행복했던 세계. 나만 빼고 모두에게 공평했던 세계. 나만 빼고 모두가 정의로웠던 세계."

이해기가 급히 갓길에 차를 주차했다.

이해기는 차에서 이귀한을 끄집어냈다.

이귀한이 나오자 차내에 있던 어둠이 꿀렁이며 흘러내렸다.

"그래서 내가 그 세계의 어둠이 되었고, 그래서 내가 그 세계의 그림자가 되었고, 그래서 내가 그 세계의 질병이 되었고 전쟁이 되었고 타락이 되었고 부패가 되었고 파괴가 되었고 영원한 죽음이 되었는데!"

"큰오빠!"

"그래도 너희는 잊기 싫었어."

혹시 모를 사태에 대비해 이보배를 뒤로 감추고 긴장하던 이해기의 어깨에 힘이 풀렸다.

그렇지만 완벽히 경계를 풀진 않았다.

이귀한은 언제 그랬냐는 듯 힘을 완벽하게 감추고 히죽히죽 웃었다.

"잊기 싫고 보고 싶었어. 그래서 돌아왔어. 잘했지?"

"잘했어. 정말 잘했어, 형."

"돌아와 줘서 고마워, 오빠."

"우웨에에엑, 정화!"

이해기는 그제야 안심하고 여동생을 붙잡고 있던 손을 풀었다. 그는 전봇대를 붙잡고 토하는 남동생의 등을 두드렸다.

이보배는 막내 오빠를 작은오빠에게 맡기고 큰오빠를 상대했다. 이우로는 그녀의 머리카락 속으로 파고들어 몸을 숨겼다.

"말해줘서 고마워. 고마운데 힘은 참으면 안 돼?"

"동생을 괴롭히는 건 형의 의무이자 권리."

"막내 오빠 기분 좋게 놀았는데 토하면 기분 나빠지잖아."

"그럼 기분 좋아지게 또 놀자!"

이귀한은 물로 입을 헹구는 이한생의 손을 붙잡았다.

"뭐냐?"

"강강술래!"

동생들 노는 데 끼고 싶었으나 모르는 사람들 틈바구니에 끼고 싶지는 않았던 이귀한이 뒷북을 쳤다.

화르세인지가 황당해하든 말든, 이귀한은 둘째의 손도 잡고 둘을 돌리기 시작했다.

"형, 이게 무슨 강강술래야!"

"어, 어지럽다, 이 악마야!"

강강술래를 추고 싶다더니 이귀한은 남동생들을 붙잡고 빙빙 돌며 괴롭혔다.

대마왕의 속도를 버티지 못한 이해기와 이한생의 발이 지면을 벗어나 허공을 갈랐다.

놀이터에서 무수한 아이들을 날려 버린 놀이 기구가 떠오르는 광경이었다.

'그 놀이 기구 이름이 뭐더라.'

아무리 기억을 더듬어도 원심 분리기란 단어 말곤 생각나는 게 없었다.

이보배가 핸드폰으로 놀이 기구 이름을 검색해 보려는데 다급한 구조 요청이 들어왔다.

"우웁! 소, 속이!"

대마왕의 1차 공격으로 속을 게워낸 화르세인지가 2차 공격으로 제정신을 차리지 못하고 있었다.

자칫 잘못하다간 성자님의 토사물이 밤하늘에 흩뿌려

질 위기에 이보배는 〈가장의 위엄〉을 사용했다.

"큰오빠 그만!"

파괴신은 제자리에 무릎 꿇고 회귀자와 망나니는 바닥에 처박혔다.

이보배는 결과를 고려하지 않은 스킬 시전의 해로움을 실감했다.

"막내야, 말로 하면 살살 멈추는데. 이건 다 막내 탓."

"아프지 않으니 괜찮다. 화르세인지도 괜찮을 거다."

이해기가 전투계 각성자의 물리 방어력을 운운하며 괜찮다고 했으나 아픈 것과 바닥에 처박힌 것은 별개의 사건이다.

바닥에 얼굴부터 처박힌 화르세인지가 손을 들어 올려 이보배의 발목을 잡았다.

"건방진 돼지. 내 오늘은 기필코."

"진짜 미안해, 막내 오빠. 고의는 아니었어. 알지?"

"기필코, 우웁."

차에서 이귀한에게 1차로 공격받고 2차로 원심 분리기로 고문당하면서 뒤집힌 위장에 땅에 처박힌 충격이 결정타가 되었다.

무덤에서 기어 나오는 좀비처럼 이보배를 향해 기어가던 이한생이 그대로 토했다.

이보배는 밤하늘이 아니라 자신의 발등과 새 구두에 펴

부어진 토사물을 보고 하늘을 올려다보았다.

마석을 새 에너지원으로 사용하면서 맑아진 하늘에 별이 가득했다.

"……."

이한생은 자신이 만든 참상을 보고 침묵했다.

얼마나 힘차게 토했는지 원피스에도 토사물이 튀었다.

"……미안하다."

공자님이 웬일로 솔직하게 사과했다.

"아냐, 오빠. 이걸로 퉁 치자."

이보배는 관대하게 막내 오빠를 용서했다.

이보배가 그러했듯 망나니 또한 고의가 아니었으니 이쯤에서 화해하는 편이 옳았다.

"둘 다 참 착해."

이해기는 그 모습을 보고 흐뭇하게 웃었다.

균열의 날 이전의 둘이었다면 서로 머리 끄댕이를 붙잡고 너 죽네 나 죽네 오늘로 가족의 연을 끊네 마네 싸우다가 부모님이 말려야지 떨어졌을 것이다.

아니면 이보배가 오빠들 뒤로 도망쳐 이한생이 서럽게 '형들은 꼴통만 예뻐해!'라고 서러워하든가.

만약 균열의 날 이후 이한생이 망나니가 아닌 양아치로 깨어났다면 이보배가 이귀한 앞 이해기처럼 설설 기었을 것이다. 그러다 답답함을 견디지 못한 이한생이 화를 냈을

지도 모르겠다.

솔직하게 서로의 잘못을 인정하고 사과하는 지금의 동생들도 보기 좋았다.

이귀한도 같은 생각인지 동생들을 보고 뿌듯하게 웃었다. 비록 이해기처럼 자세히 기억하지 못해 감회가 새롭지 않더라도 동생들이 전부 살아 있는 것만으로 만족스러웠다.

책임이 무겁고 삶이 너무 힘들어 모두 버리고 도망치고 싶어 했던 청년이 있었다. 그런 생각을 하는 자신을 용서하지 못하고 지옥에 떨어진 후 자책하던 청년이 있었다. 늘 도망치고 싶어 하던 주제에 다시 돌아가고 싶어 한 청년이 있었다.

이귀한은 그 나약한 청년을 기억하지 못한다. 그러기엔 너무 많은 일이 있었다.

하지만 괜찮다. 이귀한이 기억하지 못하더라도 동생들은 그 나약한 청년을 기억하고 있으니.

이귀한의 선과 정의는 오래전에 오염되고 변질되어 돌이킬 수 없게 되었으나 아무렴 어떤가. 사람에서 한없이 먼 그를 기꺼이 형, 오빠라 부르고 정화해 주겠다고 노력하는 동생들이 있는데.

'죽여주겠다는 동생이 제일 고맙지만.'

인간보다 신에 가까운 이귀한 보시기에 동생들이 한평생 피똥 싸게 노력해도 불가능할 것 같았으나.

이귀한은 타락의 주인답지 않게 긍정적으로 생각했다.

세상에 회귀자도 있고, 환생한 성자님에, 파괴신을 오빠로 둔 동생도 있다.

운 좋게 정화에 성공할지 모르는 일이다.

동생과 재회해도 아무것도 느끼지 못하리란 두려움에 귀환을 포기하려 한 적 있다. 도망가려던 이귀한을 붙잡은 건 도망쳐선 안 된다는 나약한 외침이었다.

'도망치지 않길 잘했어.'

이귀한은 이른 귀환의 일등 공신인 둘째의 머리를 쓰다듬었다.

"너도 착해, 둘째야."

"내가 착하다고?"

"그럼. 난 나쁜 놈이라 착한 놈 구분할 수 있지롱. 내 동생들은 다 착해."

회귀자는 형의 칭찬을 믿지 않다가 이어지는 말에 눈물을 글썽이며 고개를 끄덕였다.

"형도 착해."

타락과 파괴, 부정의 군주에게 착하다는 말은 욕이지만 분위기상 관대히 봐주기로 했다.

"집에 가자. 얼른 씻고 싶어."

이보배는 인벤토리에 비축한 물로 구두에 묻은 토사물을 흘려보내고 오빠들을 재촉했다.

“그래, 집에 가자.”

“잠시 기다리거라. 속 좀 가라앉혀야겠다.”

“그럼 느리게 밟을 테니까 넌 뛰어와. 길 알지?”

동생 놀릴 기회를 놓치지 않는 이해기의 발언에 이한생이 뒷목을 잡았다.

셋째는 길길이 날뛰고 둘째는 실실 비웃는다. 막내는 〈사랑의 매〉를 남발하지 않기 위해 참을 인을 중얼거렸다.

이귀한은 그런 동생들을 보고 빙그레 웃었다. 이런 나날이 영원히 이어지길 바라지만 불가능하다. 잘 알고 있다. 이귀한의 입장에서 보면 순식간에 지나갈 찰나의 시간.

‘더 길게 늘릴 수 있지만 싫어하니까 참아야지.’

이귀한은 참기 싫다. 하지만 동생들을 위해서라면 참을 수 있다. 세상에 부술 세계 많고 죽일 생명 많아도 동생들이 있는 즐거운 나의 집이 최고니.

마침내 집에 돌아온 귀환자는 활짝 웃었다.

외전 〈완결〉